염상섭 『삼대』의 인물 스토리텔링 전략

염상섭 『삼대』의 인물 스토리텔링 전략

이종호 지음

문현

염상섭이 우리나라 근대 사실주의 문학의 선구자라는 데는 별 이견이 없을 듯하다. 이러한 평가는 본 저서의 분석 대상인 「삼대」에서도 확인할 수 있다. 「삼대」는 기존의 평자들이 밝혀놓았듯이, 비극적인 일제 강점기 현실에서 벌어지는 조부, 부친, 손자 삼대에서 벌어지는 가치관의 대립과 세대적 갈등을 다루면서 동시에 조부의 완고성, 부친의 무기력, 사회주의 운동가들의 투쟁적인 계급의식 등을 거부하고 조부와 부친의 서로 다른 가치를 통합하고 세대간의 갈등을 화해시키고자 하는 손자(덕기)의 합리적인 현실주의적 입장을 제시하고 있기도 하다. 이런 점에서 「삼대」는 분명 사실주의적 성과를 충분히 성취하고 있는 것으로 평가할 수 있을 것이다.

특히 이 작품에서 주목해야 할 점은 바로 손자(덕기)가 보여주는 '온건한 이념주의자이며, 현실적인 개량주의적 입장'일 것이다. 우리의 지금-여기의 현실은 그것이 이념적이든, 현실적이든 지나치게 양분되어 있다. 그 양분은 첨예한 갈등을 야기하고, 그 갈등으로 인해 증오와 적의가 전체 사회 분위기를 음산하고 광포하게 만드는 듯하다. 그 갈등의 현장에서 혐오와 모멸은 진정성을 죽이고, 이내 한-편을 절망감에 빠져 신음하고, 결국 죽게 한다. 그들이 죽어가면 또 다른 한-편이 혐오와 모멸이 대상이 될 것이고 그들 또한 그렇게 죽어나가는, 그런 일들이 계속해서 반복될 것이다. 국가는 이미 조정할 능력도 그렇게 할 생각이 없다. 자칭 국가 운영의 주체들은 진영 논리의 경계에서 자신들의 권력욕을 채우고 확대 재생산하는 데 여념이 없다. 그래서 손자(덕기)가 보여주는 합리적인 현실주의적 입장을 지금-여기에서 고대하는지도 모르겠다.

기존의 저서에서와 마찬가지로 본 저서에서도 「삼대」에 등장하는 대부분의 인물들을 이름, 성별, 나이, 출생지 및 거주지, 활동 공간, 직업, 출신 계층, 교육 정도, 가족 관계, 인물 관계, 인물의 존재 방식(사회 계층), 성격, 성격 지표 및 인물의 제시 방식 등으로 나누어 분석하였다. 이 분석 결과를 통해 각 인물들의 삶의 방식이 여실히 드러난다. 문학 텍스트가 기본적으로 알레고리적인 특성을 갖추고 있다면, 「삼대」 역시 지금 - 여기의 '우리'에게 암시하는 점이 적지 않다. 세대 '간'의 갈등, 지나친 물욕에서 연유하는 폭력성, 고착화되는 듯한 사회의 양분 현상 등의 심각성이 그 도를 넘고 있음을 간과하지 말고, 실천적 행동으로써 그 해결의 실마리를 찾아가야 한다는 점도 분명 「삼대」는 함축하고 있다. 문학텍스트가 시대의 과거에 갇히는 실체가 아닌 이유는 그것이 멀리 미래에서도 독자를 매혹하고 끌어당기는 힘이 있기 때문이다. 서사텍스트의 인물들을 보면 그 역사적-사회적 면면을 확인하고 추측할 수 있다. 더욱이 그들을 통해 인간을 이해하는 연대 혹은 실존의 길로 들어설 수 도 있을 것이다. '나' 아닌 인간들과 감응하고 '나'를 확산시켜 나가는 일, 그것이 바로 '나'가 서사텍스트의 인물들과 만나는 이유이다.

문현출판사 한신규 사장께 고맙다는 말씀 드린다.

차례

	기본 서사 정보

발 표 년 도	〈조선일보(朝鮮日報)〉(1931. 1. 1~9. 17) 연재
시대적 배경	1920년대 중반 충청도 원터라는 농촌마을을 무대로 식민지 자본주의 아래서 농촌이 황폐화하고 농민계급이 분해되어 빈농과 노동자들의 갈등이 표면화하기 시작하던 시기
핵 심 서 사	1) 유학생 덕기가 방학을 맞아 고향에 왔다가 친구 병화를 만나 병화가 아는 술집 바커스로 가 그곳에서 홍경애를 만나 홍경애의 과거가 암시됨. 2) 덕기네 가정에서 제사를 둘러싸고 삼대 아내들의 갈등이 벌어짐. 3) 덕기가 병화의 하숙집에 가 병화의 비참한 생활을 목격하고 주인집 딸인 필순에게 관심을 보이는데 병화가 주의자가 된 이유를 설명하고 덕기가 필순에게 관심을 보임. 4) 덕기가 홍경애를 만나면서 홍경애의 딸인 누이동생을 만나게 됨. 5) 홍경애와 덕기의 부친인 조상훈이 타락한 관계를 맺게 되는 과정을 회상함. 6) 제삿날 조의관과 조상훈의 충돌이 일어남. 7) 조의관의 낙상하여 자리에 눕고 덕기 모친과 수원집의 갈등이 드러남. 8) 홍경애로 인하여 덕기와 조상훈이 갈등함. 9) 덕기는 일본 경도로 떠나고 상훈은 병화와 함께 홍경애를 찾아가 홍경애를 만남. 10) 조의관의 병이 깊어지며 상훈과 경애는 아이를 사이에 두고 갈등을 일으킴. 11) 일본에서 온 덕기의 편지를 통해 덕기가 필순에게 마음을 두고 있음이 드러남.

12) 홍경애, 병화, 상훈이 한자리에서 만나게 돼 병화와 상훈이 어색해 하고, 홍경애가 병화를 피혁(이우삼)에게 소개함.

13) 홍경애의 집에서 피혁의 지하운동 자금이 전달됨.

14) 필순이 찢어진 덕기의 편지를 보고, 필순이 덕기에게 관심을 둠.

15) 병화가 원삼에게서 상훈의 뒷조사를 함.

16) 조상훈을 둘러싼 김의경, 매당, 홍경애 등의 계산적인 애정행각이 벌어짐.

17) 조의관의 재산을 탐하는 수원집과 최참봉의 음모가 진행됨.

18) 피혁이 국내를 빠져나가는 데 성공함.

19) 병화가 필순에게 러시아로 가서 공부할 것을 제안하나, 필순은 덕기의 편지 내용대로 덕기의 도움을 받아 일본에 가서 공부하고 싶은 생각을 하고, 병화는 덕기에게, 언젠가는 덕기 자신과 필순이 사회주의 시대에 동참할 것이라는 편지를 씀.

20) 조의관이 자신이 위독하니 즉시 귀국하라는 전보를 덕기에게 치라고 하나 조의관의 재산을 탐하는 수원집 등과 결탁한 조창훈이 거짓으로 전보를 쳤다고 둘러대는 가운데 덕희가 친 전보를 받고 덕기가 귀국함.

21) 재산을 둘러싼 암투로 집안의 분위기가 음산하고 조의관의 병세가 악화됨.

22) 조의관이 대학병원에 입원하고 수원집은 집안 사랑에 있는 금고를 열기 위해 온갖 계략을 짜내지만 열지 못하고, 덕기가 이를 눈치 채고 금고를 열어 조의관이 재산을 분배해 놓은 발기를 확인함.

23) 조의관이 수술한 뒤, 깨어나지 못하고 죽고 의사는 비소중독을 사인으로 제기함. 덕기가 아버지인 조상훈 대신 실질적인 상주 역할을 함.

24) 홍경애와 병화가 피혁이 남기고 간 자금으로 산해진 이라는 반찬가계를 차림.

25) 홍경애, 병화, 필순의 부친이 기밀비 유용 문제로 장훈에게 테러를 당하는데, 장훈은 자신을 보호하고 김병화를 반성시키기 위해 테러를 함.

26) 덕기가 필순의 부친 병문안을 하고, 필순이 덕기의 마음 씀씀이에 생광스러워함. 김병화에게 돈을 대었다는 이유로 형사가 덕기를 데려가자 필순이 마음을 걷잡을 수 없어함.

27) 상훈의 재산을 보고 경애 모친과 수원집, 매당집이 탐욕적인 계략을 꾸밈.

29) 조부가 독살되었다는 소문이 퍼지고 덕기 모친이 필순을 경계함.

30) 경찰이 조부의 독살 소문에 대하여 수사를 하여 그것이 사실로 밝혀지는 가운데 장훈이 검거되고 병화가 경찰서로 끌려감.

31) 덕기가 경찰서로 끌려가자 상훈이 가짜 형사극을 벌여 금고를 탈취하고, 유서를 변조하다 검거됨. 장훈이 자결함.

32) 상훈이 음독 자살을 시도하고 결국 훈방조치로 풀려나고 수원댁이 조부의 독살범으로 밝혀진 가운데 덕기는 병화 등의 공산당 사건, 독살사건, 상훈이 사건 등에서 범죄사실이 드러나지 않아 풀려남.

33) 필순의 부친이 덕기에게 딸을 부탁하고 사망함. 덕기가 그 장비(葬費)를 대기로 작정하며 부친이 경애 부친의 장사를 지내 주던 생각을 하고 자기 또한 그와 같은 운명에 지배되는가 하는 이상한 생각을 함.

34) 덕기가 부친의 사건과 서조모들의 사건은 검사국으로 넘어가고 김병화 사건은 폭탄의 출처 때문에 시간이 더 걸릴 것이라는 경찰부 소식을 들음.

주 제	1) 비극적인 일제 강점기 현실에서 벌어지는 조부, 부친, 손자 삼대에서 벌어지는 가치관의 대립과 세대적 갈등 2) 조부의 완고성, 부친의 무기력, 사회주의 운동가들의 투쟁적인 계급의식 등을 거부하고 조부와 부친의 서로 다른 가치를 통합하고 세대간의 갈등을 화해시키고자 하는 덕기의 합리적인 현실주의적 입장
등 장 인 물	조덕기, 조상훈, 조의관, 김병화, 홍경애, 수원댁, 이필순, 덕기 모친, 김의경, 조덕기의 아내, 바커스 주부, 필순 모친, 필순의 부친, 지주사, 조덕희, 홍경애 모친, 홍경애 부친, 금천, 장훈(장개석), 조문기, 매당, 피혁(이우삼), 김원삼, 최참봉, 조창훈, 어멈 등

● 조덕기(趙德基)

성별	남자
나이(추정포함)	스물세 살

출생지 및 거주지, 활동 공간

① 장가들기 전 중학교 삼년까지 부모를 따라 화개동 집에서 자람.

② 중학교 사년 때에 장가를 들자 반년쯤 부모와 살다가 조부의 집으로 들어 감.

③ 경도삼고에 유학함.

④ 동기 방학 중에 귀국함.

⑤ 경도로 돌아갔지만 조부가 위급하다는 누이동생의 전보로 귀국함.

⑥ 조부가 죽고, 장훈·김병화 관련 공산당 사건과 수원집 일파의 독살 사건, 부친의 사건 등으로 경도 출발이 늦어져 서울 본가에서 생활 중임.

직업	일본 유학생
출신 계층	서울의 중류계층
교육 정도	일본 경도 삼고(京都三高) 재학 중

가족관계

① 수하동에는 조부 조의관과 서조모 수원집, 조부의 딸 귀순, 덕기와 그의 아내, 아들 등이 살고 있음.

② 화개동에는 부친 조상훈과 모친 및 누이동생 덕희 등이 살고 있음.

인물 관계

① 마르크스 보이 친구 병화, 병화의 하숙집 딸 필순, 부친의 첩이자 그와는 동창생인 홍경애 등과 우호적으로 지냄.

② 부친의 위선적이고 방탕한 생활을 못 마땅하게 생각하여 때로는 대립하지만, 부친을 동정하고 이해하려

고 함.

　　　③ 서조모 수원집과 조부의 집에서 집안 살림을 돌보는
　　　　　부친의 재종형 창훈, 지주사 등이 조부의 재산을 탐내
　　　　　고 그것을 갈취할 음모를 꾸밈으로써 갈등을 야기함.

인물의 존재방식(사회계층)

　　　서울 중류계층의 일본 유학생으로서 가정과 사회 문제에
　　　크게 관심을 두지 않고 공부만 해왔지만, 조부와 부친의
　　　갈등, 부친의 위선적이고 방탕한 생활, 그리고 사회주의
　　　자 병화, 부친의 첩이었던 홍경애, 병화 하숙집의 딸 필
　　　순 등을 만나면서 내적으로 갈등하고 삶과 사회의 실상
　　　을 이해하기 시작함.

　　　① 현실 타협적이고 소극적임.

성격　　② 선량하고 인정이 많으나 우유부단함.

　　　③ 조부나 부친의 말에 순응하며 이해하려 노력함.

　　　④ 봉건주의나 서구사상을 비판적으로 수용하나 가문의
　　　　　명예는 지키려 함.

　　　⑤ 온건하면서도 합리주의적으로 사고함.

성격 지표 및 인물의 제시방식

〈예문 1〉

덕기는 안마루에서 내일 가지고 갈 새 금침을 아범을 시켜서 꾸리게
하고 축대 위에 섰으려니까, 사랑에서 조부가 뒷짐을 지고 들어오며 덕
기를 보고,

"애, 누가 찾아왔나 보다. 그 누구냐? 대가리 꼴하고…… 친구를 잘
사귀어야 하는 거야. 친구라고 찾아온다는 것이 왜 모두 그 따위뿐이냐
?"…〈후략〉…

　…〈중략〉…

머리가 텁수룩하고 꼴이 말이 아니라는 조부의 말눈치로 보아서 김병

화가 온 것이 짐작되었다.

"야 — 그렇지 않아도 저녁 먹고 내가 가려 하였었네."

덕기는 이틀 만에 만나는 이 친구를 더욱이 내일이면 작별하고 말 터이니만치 반갑게 맞았다.

"자네 같은 부르주아가 내게까지! 자네가 작별하러 다닐 데는 적어도 조선은행 총재나……."

…〈중략〉…

"만나는 족족 그렇게도 짓궂이 한마디씩 비꼬아 보아야만 직성이 풀리겠나? 그 성미를 좀 버리게."

덕기는 병화에게 '부르주아, 부르주아' 하는 소리가 듣기 싫었다. 먹을 게 있는 것은 다행하다고 속으로 생각지 않는 게 아니나 시대가 시대인 만큼 그런 소리가 — 더구나 비꼬는 소리는 듣고 싶지 않았다.(12쪽)

〈예문 2〉

"내일 몇 시에 떠나나?"

"글쎄, 대개 저녁이 되겠지."

덕기도 유한계급인의 가정에서 자라나니만치, 몇 시 차에 갈지 분명히 작정도 안 하였거니와, 내일 못 가면 모레 가고 모레 못 가면 글피 가지 하는 흐리멍덩한 예정이었다.(13쪽)

〈예문 3〉

공장에 다니는 주인 딸, 한 되에 이십여 전씩 한다는(덕기는 확실한 쌀금은 모른다. 남들이 하는 말을 귓결에 들었을 뿐이다) 쌀을 되되이 팔아먹는 집, 게다가 밥값을 석 달 넉 달씩 지고 엎혀 있는 병화…….

덕기는 병화의 하숙에 한번 찾아가마고 집을 배워만 두고 못 가보았지만 그들의 생활을 분명히 머리에 드려 볼 수는 없었다. 그러나 병화에게 그 말을 들을 제 어쩐지 그들이 측은한 생각도 들고 까닭 없는 일종의 감격 비슷한 충동을 받았다. 끼니 때 밥 먹으로 들어가가 겸연쩍어하는 친구의 심사에도 물론 동정이 가지만 공장에 다닌다는 딸의 모양을 상상하여 보고는 얇은 호기심과 함께 몹시 가엾게 되었다. 덕기는 밥걱정 없는 집안에 자라나서 구차살이란 어떠한 것인지 딴세상 일 같지마는 그래도 워낙 판이 곱고 다감한 성질이니만큼 진순한 청년다운 감격성과 정을 가지고 있는 것이었다.(14쪽)

〈예문 4〉

두 청년은 본정통으로 하여 꼽들었다.

"이왕이면 음식맛 좋은 데로 가세그려."

"그런 귀족 취미는 넣에 두게. 양식 한 접시면, 이 사람아, 쌀 한 되가 넘네. 그런 넉넉한 돈이 있거든 나 같은 유위한 청년의 사업에 보태게."

"구렝이 제 몸 추둣 잘도 추네만 좀더 유위해지면 삼 년 동안은 고무공장장 계집애의 밥을 먹고 들어앉을 셈일세그려."

덕기도 지지 않았다.

"우리집 주인 딸이 무척 마음에 키이나 보이그려."

"자네 신세도 딱하고 그 계집에도 가엾으니까 말일세."

"내 신세가 왜 딱한가?"

하고 병화는 약간 불쾌한 기색을 보이다가,

"그러기에 자네 같은 무위의 프티 부르는 크게 반성하여야 한든 말일세."

하는 어조가 지금까지의 농담과는 다르다.(15쪽)

〈예문 5〉

"기껏 온 게 여기야?"

덕기는 다소 실망도 하고 불쾌한 듯이 핀잔을 주었다.

"싫건 미안하나 자넨 구경만 하게. 카페니 요릿집이니 하는 데는 가본 일도 별로 없지만 돈 많고 예의범절이 분명한 상등인이 오락장이 되어서 나같이 막된 놈은 도리어 불편하데. 더구나 없는 놈이 부르 영감이 계집애들을 끼고 노시는 좌석에 줄줄 쫓아가 앉아서 자작자배를 하고 앉았으면 제 신세가 공연히 가련해 뵈어 싫데."

있는 사람을 따라다니며 얻어먹기도 싫다, 화려한 좌석에서 어울리지 않게 놀기도 싫다고 하는 병화의 말이 옳지 않은 아니요, 그 기분을 아주 이해치 못하는 것은 아니나, 덕기는 자기를 빗대 놓고서나 하는 말이 같아서 듣기 싫었다. 그뿐 아니라 언제든지 뺏어 먹고 쓰고 할 것은 다 하면서 게걸대고 입바른 소리를 툭툭 하는 것이 밉살맞기도 하였다. 있는 사람의 통성으로 자기에게 좀 고분고분하게 굴어 주었으면 좋았다.

그러나 없은 사람이 있는 친구와 어울리면 병정 노릇이나 하는 것 같은 일종의 굴욕을 느끼는 것도 사실이겠고, 또 그렇게 구칙칙하거나 더럽게 굴지 않고 자기의 자존심을 더럽히지 않으려는 것이 취할 모라고 아직 경력 없는 덕기건만 돌려 생각도 하는 것이었다.(16~17쪽)

〈예문 6〉

이 순간에 덕기는 얼음장을 목덜미에 넣는 듯이 전신에 소름이 끼치면서 모가지를 움츠러뜨렸다.

'경애!'

덕기는 속으로 이렇게 부르짖으며 눈알맹이까지 얼어붙은 듯이 눈길을 돌리지 못하고 가만히 앞만 내다보고 앉았다. 그 뒤에는 두 눈이 확 달면서 더운 것이 흐르는 것 같았다. 그러나 앞의 앉았는 친구와 주부가 아무 말 없는 것을 보면 자기 눈에서 눈물이 나오는 것은 아닌가 보다 하고 안심이 되었다.

다시 눈을 쳐들 때는 문 밑에 목욕제구를 들고 섰던 미인은 없어졌다.

덕기는 눈을 내리깔았다. 앞에서는 칠 홉쯤 남은 술 컵이 위아래로 춤을 추는 것 같았다. 술을 아무리 못 먹어도 그것쯤 먹고서야 술에 취할 리가 만무한 것은 덕기 자신도 번연히 알면서 머리가 어찔하고 앉은 자리가 휘휘 둘리는 것 같았다.(20쪽)

〈예문 7〉

부친의 친구를 찾아가서 물으면 알리라 하는 생각이 들자 물어 봄직한 사람을 속으로 골라 보았다. 몇 사람 머리에는 떠오르기도 하나 부친은 혼자만 속에 넣어 두는 일생의 비밀일 터인데 섣부른 짓을 하다가 덧들여 내게 되면 큰일이라고 이것도 돌려 생각을 하였다. 교회 속 일이니만치 그리고 아직도 부친이 교회의 신임도 받고 그 사회 속에서는 그래도 웬만치 알리어 있느니만치 부친의 전비(前非)는 어쨌든지 명예를 위하여 함부로 발설 못 할 일이었다.

그러나 부친을 위하는 마음이 생길수록 이상하게도 한옆에서 부친을 미워하는 마음이 머리를 들었다. 부자의 정리보다도 부친에게 대한 인격적으로 존경할 수 없는 불쾌한 감정이 불현듯이 떠올라 왔다. 그와 동시에 혹은 그와 같은 정도로 옆에 앉았는 모친과 경애가 가엾이 생각되었다. 죽었는지 살았는지도 알 수 없는 경애가 낳은 딸 - 보지 못한 누이 동생, 그리고 자기 남매까지 불행하고 측은히 생각되었다.

부친이 그리 잘난 인물은 못되더라도 인격적으로 아들에게만이라도 숭배를 받았던들 얼마나 자기는 행복하였을까? 덕기는 자기 부친에게 인격적으로 경의를 표할 수 없는 것을 몹시 괴로워하였다. 그랬다면 설혹 부친이 자기에게 냉정하더라도 자기가 진심으로 섬겨보고 싶었다.(37쪽)

〈예문 8〉

올 적마다 조부에게 꾸중만 맞고 안에도 들르거나 말거나 하고 훌쩍 가버리는 부친의 뒷모양을 바라보고 덕기는 민망한 생각이 들었다.

자기 부친에게 잘못이 없다는 것은 아니나 그렇다고 남의 없는 위선자이거나 악인은 아니다. 이 세상 사람을 저울에 달아 본다면 한 돈[一錢]도 못 되는 한푼[一分] 내외의 차이밖에 없건만 부친이 어떤 동기로이었든지-어떤 동기냐느니보다도 이삼십 년 전 시대의 신청년이 봉건사회를 뒷발길로 차버리고 나서려고 허비적거릴 때에 누구나 그리하였던 것과 같이, 그도 젊은 지사(志士)로 나섰던 것이요, 또 그러노라면 정치적으로는 길이 막힌 그들이 모여드는 교단 아래 밀려가서 무릎을 꿇었던 것이 오늘날의 종교생활에 첫발새였던 것이다. 그것도 만일 그가 요새 말로 자기 청산을 하고 어떤 시기에 거기에서 발을 빼냈더라면 그가 사상적으로도 더 새로운 시대에 나오게 되었을 것이요, 실생활에 있어서도 자기의 성격대로 순조로운 길을 나가는 동시에 그러한 위선적 이중생활이나 이중성격 속에서 헤매이지는 않았을 것이다.

"나도 너희들 생각하는 것이나 기분을 이해하지 못하는 것은 아니다. 사회의 현실상 앞에 눈이 어두운 것은 아니다. 그러나 나는 내 살아온 시대상과 너희의 시대상의 귀일점을 찾으려는 것이다. 쉽게 말하자면 네 사상과 내 사상이 합치되는 소위 '제삼제국'을 바라는 것이다. 너희들은 한걸음 나아갔고 나는 그만치 뒤떨어진 것은 사실이다. 그러나 너희 시대에서 또 한걸음 다시 나아가면 그때에는 내 시대 사상, 즉 지금 내가 가지고 있는 사상의 어떠한 일부분이라도 필요하게 될지 누가 아니? 나는 그것을 믿고 그것을 찾는다…….."

…〈중략〉…

덕기는 부친의 이러한 의견에 반대하고 싶지 않은 것은 아니었으나, 역시 구습상 부친에게 반대할 수도 없고 또 제 주제에 길게 논란할 수도 없는 터이어서 그만두었었다. 그뿐 아니라 부친이 생각하였던 것보다는 현대 사상경향이나 사회현상에 대하여 아주 어둡고 무관심한 것이 아닌 것을 발견한 것이 반갑기도 하고, 부자간의 이런 토론은 처음이었으나 그로 말미암아 부친과 자기 사이가 좀 가까워진 것 같은 기쁜 생각이 들어서 그대로 웃고만 말았지만, 어쨌든 부친은 봉건시대에서 지금 시대로 건너오는 외나무다리의 중턱에서 끼여서 조부 편이 될 수도 없고 아들인 덕기 자신의 편도 못 되는 것과 같은 어지중간에 선 사람이라고 새삼스러이 생각하였다. 따라서 그만치 사회적으로나 가정적으로나 또는 자기의 사상 내용으로나 가장 불안정한 번민기에 있는 처지인 것이 사실이다.

덕기는 부친에게 대하여 다소 이러한 이해가 있으므로 가다가다 반감이 불끈 치밀다가도 한편으로는 가엾은 생각, 동정하는 마음이 나는 것이었다. (45~46쪽)

〈예문 9〉

"무슨 과가 지망이냐?"

"법과를 할까 보아요."

덕기는 법과 중에도 형법에 주력을 써서 장래에는 변호사가 되겠다는 생각을 가지고 있다. 형사 전문의 변호사는 아니 되더라도 어쨌든 조선 형편으로는 그것이 자기 사업으로 알맞을 것 같았다.

병화에게 언젠가인가 그런 말을 하니까,

"흥, 자네는 전선(戰線)의 후부에 있어서 적십자기(旗) 뒤에 숨어 있겠다는 말일세그려?"

하고 비웃은 일이 있었다.

"군의총감(軍醫總監)이 되겠다는 말인가?"

병화는 이런 소리도 하였다.

"군의총감이 아니라 일 간호졸(看護卒)이 되겠다는 말일세."

덕기가 이렇게 대거리를 하니까,

"간디도 변호사 출신이었다!"

하고 짓궂이 놀리었다.

어쨌든 덕기는 무산운동에 대하여 무관심으로 냉담히 방관할 수 없고 그렇다고 제일선에 나서서 싸울 성격도 아니요 처지도 아니니까 차라리 일 간호졸 격으로 변호사나 되어서 뒷일이나 보면 좋겠다는 생각이었다. 덮어놓고 크게 되겠다는 공상도 가지고 있지 않으나 책상 물림의 뒷방 서방님으로 일생을 마치기도 싫었다. 제 분수대로는 무어나 하고 싶었다.(128~129쪽)

〈예문 10〉

"홍경애 – 를 만났지요."

홍경애라는 이름을 부르기가 서먹서먹하였다.

"어느 카페든?"

"카페가 아니에요. 바커스라는 술집 …… 오뎅야더군요."

덕기는 이렇게 대답을 하면서도 조금도 겸연쩍은 낯빛이 없이 남의 일처럼 묻는 부친의 얼굴이 빤히 보이었다.

"무얼 하고 있든?"

한참 만에 묻는다.

"술을 팔더군요."

"제 손으로 경영을 해."

"아뇨, 고용살이인가 봐요."

…〈중략〉…

"하여간 그런 데로 술을 먹고 다니지 마라. 벌써부터 그렇게 술을 먹고 다녀서 쓰겠니?"

하고 부친은 타일렀다.

…〈중략〉…

"어떻게 된 일인지ㅣ 모르겠습니다마는 저대루 내버려 두시면 어떻게 합니까?"

덕기는 말을 꺼내기가 거북한 것을 억지로 부리를 땄다.

"내버려두지 않으면 어떻게 하니? 내 처지도 내 처지요, 제가 발광을 하고 떨어져 나간 것을……."

"말눈치가 그렇지 않은가 보던데요? 어쨌든 아버지 체면만 생각하시고 거기 달린 두 사람 세 사람을 희생을 해버리시고 마는 것은 아무리 아버지께서 하신 일이라도 저는 큰 잘못이라고 생각합니다."

덕기는 당돌히 하고 싶은 말을 꺼냈다.

"네가 참견할 것이 아니야!"

하고 부친은 소리를 친다.

"제가 참견할 것도 아닙니다마는 처음이고 나중이고 모두 아버지 책임이 아닙니까? 그 책임을 어떻게 하시렵니까?"

아들은 대드는 수작이다.

"책임이 내가 무슨 책임이란 말이냐? 어쨌든 네가 쥐뿔나게 나설 일이 아니야!"

…〈중략〉…

"어쨌든 저편에서 일을 버르집어낸 것도 아닐 것이요, 저편에서 물러선 것은 아니겠지요. 세상에서 떠드는 것이 무서우시니까……."

"잔소리 마라! 어린 게 무얼 안다고 주책없이 할 소리 못 할 소리 기탄없이……."

부친은 듣기에도 싫지만 아비 된 성검을 세우려는 것이다.

덕기는 잠잫코 앉았을 수밖에 없었다. 그러나 말이 난 김이니 하고 싶던 말은 다 하고야 말겠다고 단단히 결심하였다.

"어쨌든 그 애가 불쌍하지 않습니까? 그 애까지야 무슨 죄로 희생이 됩니까? 제가 감히 아버지의 잘잘못을 말씀하려는 게 아닙니다마는 뒷갈망을 하셔야 하지 않습니까?"

"나더러 무슨 뒷갈망을 하라는 말이냐? 그 자식은 내 자식이 아니야!"

하고 부친은 소리를 한층 더 버럭 지른다.

"그건 무슨 말씀입니까? 저도 그제 저녁에 가보고 왔습니다만 어째서 그런 말씀을 하십니까? 안 할 말씀으로 아버지께서 책임을 모피하시려고

－허물을 저편에 들씌우고 발을 빼시려고 그렇게 모함을 잡으신 것은 설마 아니시겠지요?"

덕기는 상성이 났다.

"무어 어째? 그게 자식으로서 아비에게 하는 말버릇이냐?"

하고 부친은 화를 참느라고 소리를 낮추어서,

"어서 가거라! 어서 가!"

하고 들것질을 한다. 마체 제삿날 조부가 자기에게 한 말을 대를 물리듯이 나가라고 한다.(130~133쪽)

〈예문 11〉

자네의 투쟁의욕－이라느니보다 습관적으로 굳어 버린 조그만 감정 속에 자네의 그 큰 몸집을 가두어 버리고 쇠를 채운 것이 나 보기에는 가엾으이. 의붓자식이나 계모시하에서 자라난 사람처럼 비뚱그러진 것도 이유 없는 것이 아니요, 동정은 하네마는 그런 융통성 없는 조그만 투쟁 감정을 가지고 큰 그릇 큰 일을 경륜한다는 것은 나는 믿을 수 없네. 그건 고사하고 내게까지 그 소위 계급투쟁적 소감정으로 대하는 것이 옳은 일일까? 자네는 평범한 사교적 우의보다는 동지로의 우의－동지애를 구한다고 하네마는 그것이 그릇된 생각이라는 게 아니라 너무 곧이곧솔로만 나가기 때문에 공과 사를 구별치 못하는 것이 아닌가? …〈중략〉… 동지애를 얻으면 거기에서 더한 행복은 없을지 모를 것이지만는 그렇다고 사생애와 실제생활도 돌아보아야 할 것이 아닌가? 투쟁은 극복의 전(全) 수단은 아닐세. 포용과 감화도 극복의 유산탄(榴散彈)만한 효과는 얻는 것일세. 투쟁은 전선적(全線的), 부대적(部隊的) 행동이라 하면 포용과 감화는 징병과 포로를 위한 수단일세. 포용과 감화도 투쟁만큼 적극적일세. 지금 자네는 자네 춘부(椿府)께 대하여 당당한 포진을 하고 지구전을 하는 듯싶지만 나 보에는 그 조그만 감정과 결벽과 장상(長上)에 대하여 어찌하는 수 없다는 단념으로 퇴각한 셈이 아닌가? 훌륭한 패전일세. 이렇게 말하면 춘부께는 실경일지 모르지만 포용과 감화라는 적극 수단으로 종교의 성루(城壘)에 돌진할 용기는 없나? 그와 마찬가지로 내게 대하여도 만일 동지애를 구한다면 자네로서는 당연히 조그만 투쟁 감정을 떠나서 제이의 수단을 취할 것이 아닌가? 결코 좇아가면서 비릿비릿하게 애걸하는 것은 아닐세마는 자네로서는 그렇다는 말일세. 나 같은 사람도 자네 옆에 있어서 해 될 것 은 없네. 자네의 반려가 되겠다고 머리를 숙이고 간청하는 것은 아닐세 마는 나도 내 길을 걷노라면 자네들에게도 유조한 때도 있고 유조한 일도 없지 않으리라는 말일세. 이왕이면 한걸음 더 나서서 자네와 한길을 밟지 못하느냐고 웃을지 모르지만 나는 내 견해가 따로 있고 나와 같은 처지에 놓인 사람들에게는 피하지 못할 딴 길이 있으니까 결코 비겁하다고 웃지는 못할 것일세. 공연한 잔소리 같았네마는 내 딴은 잔소리만이 아닐세. 자네 의견이 듣도 싶으이 ……. (239쪽)

〈예문 12〉

덕기는 조부가 허리를 쓰고 일어앉는 것을 보고 속으로 반기었으나 다시 누운 얼굴을 보고는 고개를 비꼬지 않을 수 없었다. 그렇게 혈색 좋던 조부의 얼굴이 불과 한 달지내에 저렇게도 변하였을까 싶다. 누렇게 뜨고 꺼먼 진이 더께로 앉은 것은 고사하고 그 멀겋게 누런 빛이 살 속으로 점점 처져 들어가는 것 같은 것이 심상치 않아 보였다. 여러 해 속병에 녹은 사람 같다.

"전보를 그렇게 치고 법석을 해야 편지 한 장은 고사하고 죽었다가 살아 왔단 말이냐. 돈 삼십 전이 없더란 말이냐?"

담이 글겅거리면서도 급한 성미에 말을 급히 죄어치려니 숨이 턱에 받혀서 듣는 사라마이 더 답답하다.

"전보를 못 봤었에요."

"전보를 못 보다니? 그럼 노자는 어떻게 해가지고 왔단 말이냐?"

영감은 펄쩍 뛴다.

"주인에게 취해 가지고 왔어요 ······."

덕기가 또 무슨 말을 하려는데, 창훈이가 옆에서 눈짓을 하는 바람에 말을 얼른 돌려서,

"그 동안 스키를 하러 갔다가 와서 한꺼번에 전보를 받고 곧 떠났지요."

하고 꾸며 대었다. 덕기 역시 창훈을 좋게 생각하는 터도 아니요, 또 조부를 속여 가면서 구차스럽게 변명을 하기가 귀찮아 이실직고를 하려다가 흥분된 조부가 그 위에 큰소리를 내게 되면 모두 다 재미 없을 것 같아서 창훈이가 눈짓을 하는 대로 말을 돌려대 버린 것이다. (328~329쪽)

〈예문 13〉

덕기는 한나절을 들어앉았는 동안에 머리가 지끈지끈하는 것은 고사하고 어쩐지 집안에 무슨 이상한 공기가 떠도는 것 같은 감촉을 얻었다. 모든 사람의 얼굴에 나타난 불안정한 기분과, 서로 속을 엿보려는 듯한 시기와 의혹과 모색(模索)의 빛이 덕기에게까지 전염되어 오는 것을 부지중에 깨달았다. 언제라도 서로 마음놓고 깔깔 웃는다거나 얼굴을 제대로 가지고 순편히 말 한마디라도 하는 사람들은 아니지만, 이번에 와서

는 더욱이 거친 저기압이 지비 안의 어느 구석을 들여다보아도 자욱하다. 그것이 무슨 까닭인지, 어디에 원인이 있는지 덕기는 알 수가 없다. 초상이 나려면은 까마귀가 깍깍 짖는다더니 조부가 참 정말 돌아가느라고 죽음의 음기가 솟아나서 그런지? 어른의 병환이 침중하니까 수심에 싸여서들 그런지? 그런 열녀 효부는 가문에도 없으니 그럴 리도 없다. 그러면 그 동안에 또 무슨 대풍파가 있었던가? 덕기 자신이 늦게 왔다 하여 그러는 것인가? 그렇다면 죄는 창훈이에게 있는 것이다. 세 번이나 쳤다는 전보가 왜 안 왔을꼬? …〈중략〉…

수원집의 태도도 퍽 이상하여졌다. 온종일을 두고 보아야 모친과는 으레 그러려니 하더라도 건넌방 식구와는 잇살도 어우르지를 않고 영감 앞에 꼭 붙어 앉았다. 그래도 예전에는 덕기에게만은 거죽으로라도 좋게 대하더니 이번에는 덕기가 무슨 말을 걸어도 귀먹은 사람처럼 모른 척하다가 두 번 세 번 채쳐야만 마지못해 대꾸를 한다. 더구나 못된 지시은 덕기가 안방에 들어가는 것을 몹시 싫어하는 눈치인 것이다. …〈중략〉

그러나저러나 대관절 사랑 축들이 안방에를 왜 이렇게 꼬여드는지 알 수가 없는 일이다. 지주사는 한집 식구요, 약을 제 손으로 지으니까 말 말고라도 제일 눈에 거슬리는 것은 최참봉과 창훈이다. 어떤 때는 일가의 아저씨니 형님아우니 말이 위문 옵네 하고 몰려들어서는, 잔칫집 모양으로 떠들썩하니 안에서도 거기 따라서 더운 점심을 짓네 어쩌네 하고 한층 더 부산한 것은 고사하고라도 사랑에들만 몰려도 좋을 것을 병실에까지 무슨 당회니 가족회의 하듯이 몰려서 뒤집어엎는 데는 머리가 빠질 일이다. …〈중략〉… 이럴 때마다 덕기는 부친이 좀 다잡아서 엄숙하게 집안을 휘둘러 놓았으면 하는 생각이 간절은 하나 역시 하는 없는 일이다. 그렇다고 어린 자기는 성검도 안 서고 공부하는 애가 무얼 아느냐는

듯이 도리어 휘두르려고만 한다.(330~332쪽)

〈예문 14〉

"너 아범은 내가 어서 죽었으면 시원할 것이다. 너도 못 오게 하느라고 저희끼리 짜고 전보까지 새에서 못 치게 한 게 아니냐."

조부가 이런 소리를 할 제 덕기는,

"그럴 리가 있겠습니까?"

고 하기는 하였지마는 덕기도 의아는 하였다. 부친이 설마 그렇게까지 하랴 싶으나 창훈 아저씨라든지 최참봉이 부친에게 되돌아붙어서 무슨 일을 하는 것인지 그도 모를 일이라고 의심이 난다. 그러나 아무래도 수원집과 부친이 악수를 할 리는 없고 창훈이와 부친의 새가 금시로 풀렸을 리도 없으니 십중팔구는 수원집이 중심이 되어서 무슨 농간이 있을 것이라고 생각된다.

"제아무리 그래야 밥이나 안 굶게 하여 주지, 그 외에는 막무가내하다."

조부는 이런 소리도 했다.

"왜 그런 말씀을 하셔요. 그까짓 재산이 무업니까. 그런 걱정은 모두 병환중이시니까 신경이 피로하셔서 안 하실 걱정을 하십니다. 얼마 있으면 꼭 일어나십니다."

덕기는 조부를 안위시키려고 애썼다.

"네 말대로 되었으면 작히나 좋으랴만 다시 일어난대도 나는 폐인이나 다름없을 것이다. 어쨌든 이 금고 열쇠를 맡아라. 어떤 놈이 무어라고 하든지 소용없다. 이 열쇠 하나를 네게 맡기려고 그렇게 급히 부른 것이다. 이것만 맡겨 놓으면 인제는 나도 마음놓고 눈을 감겠다. 그러나 내가 죽기까지는 네 마음대로 한만히 열어 보아서는 아니 된다. 금고 속에는 네 도장까지 있다마는 내가 눈을 감기 전에는 네 도장이라도 네 손으로 써서는 아니 된다. 이 열쇠는 맡아 두었다가 내가 천행으로 일어나면 그대로 내게 다시 다오."

조부는 수원집까지 내보내 놓고 머리맡의 조그만 손금고를 열라고 하여 열쇠 꾸러미를 꺼내 맡기고 이렇게 일러 놓았다.

"아직 제가 맡을 것이야 있습니까? 저는 할아버지 병환만 웬만하시면 곧 다시 갈 텐데요! 그리고 아범을 제쳐 놓고 제가 어떻게 맡습니까?"

덕기로서는 도리로 보아도 그렇지만 공부를 집어치우고 살림꾼으로 들어앉을 수도 없는 일이었다.

"다시 간다고? 못 간다. 내가 살아난대도 다시는 못 간다. 잔소리 말고 나 하라는 대로 할 뿐이다."

하고 조부는 절대 엄명이었다.

…〈중략〉…

"살림은 아직 아범더러 맡으라고 하시지요."

덕기는 그래도 간하여 보았다.

"쓸데없는 소리 마라! 싫거든 이리 다오. 너 아니면 맡길 사람이 없겠니. 그 대신 내일부터 문전걸식을 하든 어쩌든 나는 모른다."

조부는 이렇게 화는 내면서도 그 열쇠를 다시 넣어 버리려고는 아니 하였다.

덕기는 병인을 거슬려서는 아니 되겠기에 추후로 다시 어떻게 하든지 아직은 순종하리라고 가만히 고개를 떨어뜨리고 있으려니까 밖에서 부석부석 옷 스치는 소리가 나더니 수원집이 얼굴이 발개서 들어온다. 이때까지 영창 밑에서 엿듣고 앉았던 것이다.

덕기는 수원집이 들어오는 것을 보자 앞에 놓인 열쇠를 얼른 집어 들고 일어서 버렸다.(335~337쪽)

〈예문 15〉

덕기는 분한 생각이 들었다. 내일이라도 단단히 족쳐서 인제는 꼼짝을 못 하게 만들리라고 단단히 별렀다. 조부는 부친만 가지고 의혹을 하나 창훈이가 앞장을 서고 최참봉은 수원집을 충동이고 하여 무슨 짓이든지 하려다가 못 하니까 속인 것이 인제는 의심할 나위 없다고 생각하였다. 어지중간에 부친만 가엾다. 조부가 그대로 돌아가면 조부는 영원히 부친을 오해한 대로 돌아갈 것이요, 부친은 아무 영문도 모르고 이 집아나의 객식구처럼 베도는 양을 생각하면 더 딱하다. 하여간에 시험을 못 보게 되더라도 잘 왔기도 왔고 수원집이나 부친에게 얼마씩 떼어 놓았는지는 모르겠지마는 조부의 처사도 옳다고 생각하였다. 부친에게 전부 상속을 안 하는 것은 자기로서는 좀 안되었으나 요즈음의 부친 같아서는 역시 자기가 맡아 놓고 부친이 돈에 군색하지 않게만 하여 드리는 편이 부친의 신상을 위하여서나 집안을 위하여 도리어 다행하다고 생각하는 것이다.(341쪽)

〈예문 16〉

덕기는 문을 걸라고 하고 조부의 방으로 들어갔다.

주머니의 열쇠를 꺼내서 다락문을 열었다. 문을 열면서 내닫듯이 마주치는 것은 금고다. 이 집을 사서 들 제 금고를 들여놓느라고 다락을 뜯어고치고 밑바닥에 기와집 서까래 같은 강철 기둥을 세우고 하던 것이 엊그제 같은데 벌써 열 몇 해가 지나갔다. 그리고 이 금고를 지키기에

소모되고 만 것이다. 언젠가 일고여덟 살 적에 조부는 금고를 열고 무슨 일을 하다가,

"덕기야, 너 이 속에 좀 들어가 보고 싶으냐? 말 안 들으면 이 속에 넣고 딱 잠가 버린다."

고 실없는 소리를 하며 웃던 것이 생각난다. 이제는 키가 갑절이나 되었으니 이 속에 들어가 갇히지는 않겠지만, 조부는 역시 자기를 이 속에 가두고 가려 한다. 덕기의 일생은 이 금고 앞에서 떨어져서는 안 될 것을 엄명하였다. 그리고 이 금고지기의 생애는 지금 이 순간부터 시작된 것이다. 왜 의심이 부쩍 들었나? 왜 지금 이 금고를 보살피러 나왔는가?

'내 일생에 하지 않으면 안 될 중대한 일은 이 금고 여닫는 것과 사당 문을 여닫는 것 두 가지밖에 없단 말인가? 마치 간수가 감방문을 여닫듯이, 그리고 그 중대한 사업이 오늘 이 자리에서부터 시작되는 것이다.'(352~353쪽)

〈예문 17〉

유서에 쓰인 날짜는 불과 십여 일 전이니, 그 침중한 가운데서도 만일을 염려하여 오밤중에 혼자 일어나 엉금엉금 금고에 매달려서 꺼내고 넣고 하였을 것을 생각하니, 덕기는 조부가 가엾고 감격한 눈물까지 날 것 같다. 조부의 성미와 고루한 사상에 대하여서나, 부자간에 그처럼 반목하는 것은 덕기로서도 불만이 없지 않으나, 자손을 위하여 그렇게 다심하게도 염려하는 것을 생각하면 고맙다. 분배해 놓은 것이야 일조일석에 한 것이 아니요, 몸이 편할 때에 시름시름하여 두었겠지마는, 늙은이가 아무도 모르게 혼자서 죽은 뒤의 마련을 하던 그 쓸쓸한 심정이나 거동을 상상하여 보면 또 눈물이 스민다. 이 유서 한 장을 쓰기에도 남 자기

를 기다려서 며칠을 두고 썼을지 모를 것이다. 남들은 노래에 수원집에게 홀딱 빠졌으니 그 재산이 성할 수야 있겠느냐고, 덕기가 듣는 데서까지 내놓고 뒷공론들을 하였지만, 결국 수원집 모녀 편으로는 이백 오십 석이니, 결코 적은 것은 아니나 상훈이는 단 이백석밖에 차례에 안 간 것을 생각하면 많은 편이라고 하겠다. 그러나 원체 상훈이에게 이백 석이라는 것은 너무나 가엾다. 이것이 모두 영감의 고집불통 때문이지마는, 봉제사 안하는 예수교 동티이다. 결국 영감의 봉건사상이 마지막으로 승리의 개가를 불러 보는 것이다. 그러나 덕기가 재산은 상속하였을망정 조부의 유지도 계승할 것인가? 그는 금고 문지기는 될 수 있을지언정 사당 문지기로서도 조부가 믿듯이 그처럼 충실할 것인가?(356~357쪽)

〈예문 18〉

조금도 꾸밈 없고 보탬 없이 진정에서 우러나는 그 한마디가 깨끗한 그 마음 그대로인 양하여 덕기는 다만 기뻤다. 아름다운 예술이나 큰 진리를 묻고 듣는 것같이 빛난 기쁨에 만족하였다.

이 여자의 몸의 어디서 고무 냄새가 날까! 어디서 직공 티가 보일까! 직업이란 그 사람의 육체만 외곬으로 기형적으로 발육시킬 뿐 아니라 정신상 심리상으로도 변작시키는 것이건마는 이 여자를 누가 보기로 어제까지 고무공장에 다니던 사람이라 할까. 자기의 직업에 동화하지 않는다는 것 - 자기의 주위와 환경에 휩싸이지 않는다는 것 - 다시 말하면 직공이 직공답게 되어 버리지 못한다는 것은 그 당자에게 도리어 고통일 것이다. 그러나 그것을 소시민성으로 직공생활이라는 것을 천하게 생각하거나 자기의 가문이나 교육이 다른 허섭스레기 직공과는 다르다고 동배를 천히 여기는 자존심에서 나오는 것이라고는 못 할 것이다. 저 타고 난 본바닥, 제 천성이 깨끗하고 기품이 높은 것이야 어찌할 수 없는 것이다. 적어도 필순이의 경우에는 그런 것이다.

덕기는 이런 생각을 하다가 근자에 유물론적으로 기울어진 자기의 사상과는 모순이 되지나 않는가 하는 생각도 하여 보았다. 필순이가 주위 환경에 지배되지 않고 제일 천성(第一天性)이 흔들리지 않는다는 말은 심령의 최후 승리를 믿는 유심적 해결에 기울어지래 함이 아닌가도 싶다. 덕기의 생각은 흐려졌다. 그러나 분명한 판단도 얼른 나서지 않거니와 또 그런 생각에 팔려 있을 때도 아니었다.(434~435쪽)

〈예문 19〉

매당은 집 든 지 대엿새 만에 열 상점 스무 점방에서 뽑아 들여온 발기 한묶음을 상훈이 앞에 내놓았다. 상훈이는 펴보지도 않고 그대로 집어서 최참봉을 주며 덕기에게 갖다가 주라고 명하였다.

…〈중략〉…

덕기는 최참봉이 주는 것을 받아서, 한 장 두 장 석 장까지는 펴보았으나 그대로 다시 착착 접어서 최참봉에게 내주며 나는 이런 물건 사들인 일 없다고 내던지는 소리를 한다.

최참봉도 받지 않았다.

"자네 어르신네 분부니까 자네 알아 할 것 아닌가."

덕기는 그도 그럴듯해서 주머니에 넣고 화개동으로 올라갔다. 대관절 어떤 형편인가 구경이나 하자는 생각이다.

…〈중략〉…

"아까 그건 봤니?"

부친이 비로소 말을 붙이나 아들은 다음 말을 기다리고 가만히 앉았다.

"치를 수 없거든 거기 두고 가거라."

역정스런 목소리나 여자 손들이 많은데 구차스럽게 세간값으로 부자 충돌하는 꼴은 보이기 싫기 때문에 아들의 입을 미리 막으려는 것이다.

"안 치러 드린다는 것은 아닙니다마는……."

덕기는 너무 오래 잠자코 앉았을 수 없어서 말부리만 따고 또 가만히 고개를 떨어뜨리고 앉았다. 그러나 복통이 터져서 속은 끓었다. 속에 있는 말이나 시원스럽게 하고 싶으나 부친 앞에서 그럴 수도 없다.

"이 판에 용이 이렇게 과하시면 어떡합니까? 여간한 세간 나부랭이야 저 집에 안 쓰고 굴리는 것만 갖다 놓으셔도 넉넉할 게 아닙니까?"

사실 이 부지깽이 한 가지라도 사들이고 팔백 원 가까운 돈을 모아서 치른다는 것은 누가 치르든지 어려운 일이다.

"이 판이 무슨 판이란 말이냐? 그 따위 아니꼬운 소리 할 테거든 그거 내놓고 어서 가거라."

아침 해장이 미끄러져서 온종일 은근히 취한 영감은 화만 버럭버럭 내고 호령이다.

"할아버지께서 산소에 돈 쓰신다고 반대하셨지요. 그걸 생각하시기로 ……."

"무어 어째? 널더러 먹여 살리라니? 걱정 마라. 아니꼽게 네가 무슨 총찰이냐? 그러나 정미소 장부는 이따라도 내게로 보내라."

부친은 이 말을 하려고 트집을 잡는 것이었다.

"정미소 아니라 모두 내놓으라셔도 못 드릴 것은 아닙니다마는 늘 이렇게만 하시면야 어디 드릴 수 있겠습니까."

"드릴 수 있고 없고 간에, 네 것은 네가 찾는 게 아니냐?"

"왜 그렇게 말씀을 하셔요. 제게 두시면 어디 갑니까?"

"이놈 불한당 같은 소리만 하는구나. 돈 몇백 원도 못 치러 주겠다는 놈이 무어 어째?"

부친은 신경질이 일어났는지 별안간 달려들더니 주먹으로 **뺨**을 갈기려는 것을 덕기가 벌떡 일어서니까 주먹이 어깨에 맞았다.

덕기는 술에 취한 이를 덧들여서는 아니 되겠다 하고 마루로 피해나와 버렸으나 금시로 정이 떨어지는 것 같고, 그 속에 앉은 부친은 딴세상 사람같이 생각이 들었다.

남의 눈을 꺼리고 소문을 무서워할 때는 위선자이기는 하여도 그래도 상식적 보통 사회의 한 사람이었다. 그러나 종교이고 가면이고 다 집어던지고 난 오늘날에는 어느 편으로나 철처한 것만은 오히려 취할 점이요, 자기 자신도 무거운 갑옷투구나 벗어 놓은 듯이 가뿟할지 모르겠으나 이렇게도 타락하여 갈 수야 있나 하고 놀라지 않을 수 없다.

'아버지도 인제는 저러시다가 세상을 떠나시는 것이다.'

혼자 탄식을 하였다.(454~458쪽)

〈예문 20〉

오 분도 못 지나서 문이 펄쩍 열린다. 휙 돌아다보던 덕기는 목덜미에 칼이 들어오는 것같이 고개를 덜컥 떨어뜨리며 뛰어 일어났다.

그 꼴! 사람의 자식이 되어서는 차마 못 볼 노릇이다. 수갑을 질러서 포승으로 허리를 질끈 동이고 흙이 뒤발을 한 모자를 채플린식으로 씌웠다. 흐트러진 머리카락이 앞으로 옆으로 흐트러진 것도 채플린식이다. 그러나 결코 연극이 아니다. 추악하고 잔인한 현실이다. 자식의 이런 꼴을 부모가 보고 느끼는 것은 그것은 불쌍하고 애처로운 애정이지만 자식이 부모의 이런 꼴을 보고 먼저 앞서는 것은 뼈저린 애벙보다 장상의 위신이 모독되는 점에 대하여 일종의 허무감과 동정이 일어나고 그 다음에는 창피한 생각이 나는 것이다. 그 창피는 자기 개인과 맞상대자까지를 포함한 일문일족의 씨족적 불명예를 느끼는 데서 나오는 것이다.(529쪽)

〈예문 21〉

"서방님, 기침하셨에요?"

하는 소리가 마루 앞에서 난다.

"왜 그러니?"

덕기는 소스라쳐 일어났다.

"병원에서 전화가 왔습니다. 돌아가셨답니다."

덕기는 부리나케 소세를 하고 모친 모르게 도망꾼처럼 빠져나왔다. 인력거를 잡아타고 달렸건만 병원에 가보니 벌써 시체는 고간으로 옮겨다 놓았다. 필순이 모녀는 덕기에게 좌우로 매달리듯이 하며 울었다.

장사는 비용 관계도 있고 시체는 집으로 안 들여간다고 하여 거기서 우물쭈물 내가려는 것을 그래도 그렇지 않다고 덕기가 우겨서 집으로 옮겨가게 하였다. 이삼백 원 장비는 자기가 내놓을 작정이다. 그러면서도 덕기는 자기 부친이 경애 부친의 장사를 지내 주던 생각을 하며 자기네들도 그와 같은 운명에 지배되는가 하는 이상한 생각이 들지 않을 수 없었다.(539쪽)

● 조상훈(趙相勳)

성별   남자
나이(추정포함)   쉰 살
출생지 및 거주지, 활동 공간

        ① 젊은 시절 이태 동안 미국에서 살았음.
        ② 부친이 서모와 함께 살게 된 후부터 아내와 함께 화개
           동 집에서 거주하며 마작과 술집 출입 등으로 소일함.

직업   종교가(예수교), 남대문학교(미션 스쿨) 교원
출신 계층   서울 중류계층
                미국에 이태 동안 있었고, 종교가이면서 남대문학교(미션
교육 정도   스쿨) 교원인 점으로 보아 고등교육을 받았을 것으로 추
                정함.
가족관계   본가에 사는 부친과 서모 및 아들 덕기와 며느리, 손자
                그리고 화개동 집에 사는 아내와 딸 덕희, 첫 번째 첩인
                홍경애와 그의 딸 정례, 두 번째 첩인 김의경과 그의 복
                중 태아 등이 있음.
        ① 부친 조의관과는 종교, 제사 문제와 방탕한 생활 등으
           로 첨예하게 대립함.
인물 관계 ② 아들 덕기는 부친의 처지를 이해하기 위해 노력하지
           만, 부친의 지나친 위선적이고 방탕한 생활로 인해 충
           돌함.
        ③ 홍경애의 부친(홍XX)과는 선후배 관계였으나 그가 죽
           은 후 홍경애와 그녀의 모친을 도와주는 사이에서 홍
           경애를 취했으나 교회 사람이나 일반 사회의 의혹을
           사지 않기 위해 둘 사이에서 태어난 딸이 자신의 딸
           이 아니라는 이유로 멀리함.
        ④ 수원집과 영감 곁에 붙어서 뭔가를 꾸미는 최참봉과
           재종형 창훈과 대립함.
        ⑤ 홍경애와 김병화가 가깝게 지내는 듯하자 김병화와

대립함.

　⑥ 매당집의 소개로 김의경을 첩으로 두려함.

　⑦ 부친이 죽은 후에는 협잡꾼들과 문서를 위조하여 조부에게서 상속받은 덕기의 재산을 **빼돌리**다가 검거되어 덕기에게 충격을 줌.

인물의 존재방식(사회계층)

서울 중류계층의 종교가, 교원으로서 신문물을 수용하고, 근대적인 사고방식으로 교육사업과 사회사업에 관심이 있으나, 부친과의 갈등, 봉건적 가치관과 서구적 가치관 사이에서의 혼란 등으로 줏대를 잡지 못하고 쾌락에 탐닉하여 타락해 가는 지식인 계층

성격

　① 이상적이고 서구지향적이나 봉건적 구습에서 벗어나지 못함.

　② 다소 위선적이고 이중적임.

　③ 긍정적이고 적극적인 삶의 의지를 결여함.

성격 지표 및 인물의 제시방식

〈예문 1〉

"네 처두 묵으라고 하였다만 모레는 너두 들를 테냐? 들르면 무얼하느냐마는……."

조부의 못마땅해하는- 어떻게 들으면 말을 만들어 보려고 짓궂이 비꼬는 강강한 어투가 또 들린다.

덕기는 부친이 왔나 보다 하고 가만히 유리 구멍으로 내다보았다.

수달피 깃을 댄 검정 외투를 입은 홀쭉한 뒷모양이 뜰을 격하여 툇마루 앞에 보이고 조부는 창을 열고 내다보고 앉았다. 덕기는 일어서려다가 조부가 문을 닫은 뒤에 나가리라 하고 주저앉았다.

"저야 오지요마는 덕기는 붙드실 게 무엇 있습니까. 공부하는 애는 그보다 더한 일이 있더라도 날짜를 대서 하루바삐 보내야지요……."

이것은 부친의 소리다. 부친은 가냘프고 신경질적인 체격 보아서는 목소리라든지 느리게 하는 어조가 퍽 딴판인 인상을 주는 것이었다. 그 부드러운 목소리와 급히 죄치지 않는 느린말투는 퍽 젊었을 때에도 그랬는지는 모르겠으나 아마 예수교 속에서 얻은 수양인가 보다고 덕기는 생각하였다. 거기다가 비하면 조부의 목소리와 어투는 자기 생긴 거와 같이 몹시 신경질이요 강강하였다.

"그보다 더한 일이라니?"

시비를 차리는 사람이 저편의 말끝을 잡는 것만 다행해하는 듯이 조부의 목소리는 긴장하여졌다.

…〈중략〉…

"그래 무에 어쨌단 말이냐? 에미 애비 제사도 모르는 놈이 당장 숨을 몬다기로 눈 하나 깜짝이나 할 터이냐? 그런 놈을 공부하는 시키면 무얼 하니?"

…〈중략〉…

"종교가 달라서 제사 안 지낸다고 반드시 부모의 임종까지 안 하리라고야 할 수가 있겠습니까?"

'아들의 말을 들으면 그도 그래!'

하는 생각을 노인들은 하였으나, 그래도 제사 안 지낸다고 야단치는 점만은 주인 영감이 옳다고 속으로들 시비를 가리는 것이었다.

"무슨 잔소리를 그래도 뻔뻔히 서서 하는 것이냐? 어서 가거라! 네 자식도 너 따위를 만들 작정이냐? 덕기는 내가 기르고 내가 공부를 시키는 터이다. 너는 낳았을 뿐이지. 네 손으로 밥 한 술이나 먹이고 학비 한 푼이나 대어 주었니? 내가 아무러면 너만치 못 가르쳐 놓겠니! 잔소리 말고 어서 가거라! 도덕이니 박애니 구원이니 하면서 제 자식 하나 못

가르치는 놈이 입으로만 허울 좋은 소리를 떠들면 세상이 잘 될 듯싶으냐!"(42~44쪽)

〈예문 2〉

　자기 부친에게 잘못이 없다는 것은 아니나 그렇다고 남의 없는 위선자이거나 악인은 아니다. 이 세상 사람을 저울에 달아 본다면 한 돈[一錢]도 못 되는 한푼[一分] 내외의 차이밖에 없건만 부친이 어떤 동기로이었든지-어떤 동기나느니보다도 이삼십 년 전 시대의 신청년이 봉건사회를 뒷발길로 차버리고 나서려고 허비적거릴 때에 누구나 그리하였던 것과 같이, 그도 젊은 지사(志士)로 나섰던 것이요, 또 그러노라면 정치적으로는 길이 막힌 그들이 모여드는 교단 아래 밀려가서 무릎을 꿇었던 것이 오늘날의 종교생활에 첫발새였던 것이다. 그것도 만일 그가 요새말로 자기 청산을 하고 어떤 시기에 거기에서 발을 뺐더라면 그가 사상적으로도 더 새로운 시대에 나오게 되었을 것이요, 실생활에 있어서도 자기의 성격대로 순조로운 길을 나가는 동시에 그러한 위선적 이중생활이나 이중성격 속에서 헤매이지는 않았을 것이다.
　"나도 너희들 생각하는 것이나 기분을 이해하지 못하는 것은 아니다. 사회의 현실상 앞에 눈이 어두운 것은 아니다. 그러나 나는 내 살아온 시대상과 너희의 시대상의 귀일점을 찾으려는 것이다. 쉽게 말하자면 네 사상과 내 사상이 합치되는 소위 '제삼제국'을 바라는 것이다. 너희들은 한걸음 나아갔고 나는 그만치 뒤떨어진 것은 사실이다. 그러나 너희 시대에서 또 한걸음 다시 나아가면 그때에는내 시대 사상, 즉 지금 내가 가지고 있는 사상의 어떠한 일부분이라도 필요하게 될지 누가 아니? 나는 그것을 믿고 그것을 찾는다………."

…〈중략〉…

덕기는 부친의 이러한 의견에 반대하고 싶지 않은 것은 아니었으나, 역시 구습상 부친에게 반대할 수도 없고 또 제 주제에 길게 논란할 수도 없는 터이어서 그만두었었다. 그뿐 아니라 부친이 생각하였던 것보다는 현대 사상경향이나 사회현상에 대하여 아주 어둡고 무관심한 것이 아닌 것을 발견한 것이 반갑기도 하고, 부자간의 이런 토론은 처음이었으나 그로 말미암아 부친과 자기 사이가 좀 가까워진 것 같은 기쁜 생각이 들어서 그대로 웃고만 말았지만, 어쨌든 부친은 봉건시대에서 지금 시대로 건너오는 외나무다리의 중턱에서 끼여서 조부 편이 될 수도 없고 아들인 덕기 자신의 편도 못 되는 것과 같은 어지중간에 선 사람이라고 새삼스러이 생각하였다. 따라서 그만치 사회적으로나 가정적으로나 또는 자기의 사상 내용으로나 가장 불안정한 번민기에 있는 처지인 것이 사실이다.(45~46쪽)

〈예문 3〉

경애가 제 잘못을 안다는 것은 자기의 허영심이 이렇게 일을 버릇어 놓은 것이라는 뜻이요, 모친도 지금은 큰소리를 하지만 잘하였을 것도 없다는 말이다. 이태 동안이나 미국 다녀온 사람, 그리고 도도한 웅변으로 설교하는 깨끗한 신사 - 그때는 덕기의 부친도 사십이 아직 차지 못한 한창 때의 장년이요 호남자이었다. 게다가 뒤에는 재산이 있으니 교회 안의 인기는 이 한 사람의 독차지였다. 이십 전후의 젊은 여자의 추앙이 일신에 모인 것도 사실이었을 것이다.(75~76쪽)

〈예문 4〉

"아버지 병환이 요새는 좀 어떠신가?"

조상훈 선생님은 경애를 만나면 자상하고 온유한 말소리로 이렇게 물었던 것이다. 그리고 모친을 만나면,

"차도가 계신가요. 한번 가뵌다 하며 바빠서 못 갑니다. 선생님은 이때껏 뵈온 일은 없지만 병환이 안 계시더라도 선배로서 찾아가 뵈어야 할 텐데!"

하고 가볼 시간을 묻는 것이다.

그러기를 한 서너 번 한 뒤에 그해 겨울 어느 일요일에 예배를 마치고 경애 모녀를 앞세우고 조상훈은 목사와 함께 미근동 경애 외삼촌 집으로 선배에게 대한 경의를 표할 겸 병 위문을 갔던 것이다.

병인은 반가워하였다. 신장염에 기관지병이 겹쳐서 중태이었으나 강기로 버티고 누웠던 사람이 일어나서 손을 맞았다. 그는 고사하고 상훈이를 첫대바기에 놀라게 한 것은 그 마님이 사십쯤밖에 안 되었는데 영감은 육십을 훨씬 넘은 듯한 백발이 성성한 것이었다. 사실 경애의 모친은 이 영감의 첩장가나 다름없는 삼취이었고 경애는 전무후무한 이 삼취 소생이었다. 이 몸에서 남매가 겨우 나서 경애 하나가 자란 것이다.

동지 전 추위에 방은 미지근하고 머리맡의 양약병에는 먼지가 앉고 중문 안에 놓인 삼태기에 쏟아 버린 약찌꺼기는 얼고 마르고 한 것이 상훈이의 눈에 띄었다. 약이나 변변히 쓰랴 하는 생각을 하니 늙은 지사(志士)의 말로가 가엾어졌다.

조상훈은 한 시간이나 병인과 감옥 이야기, 교유계 이야기, 사회 이야기를 하다가 돌아갈 제 상훈이는 부인을 조용히 불러서 이따가 세 시 후에 따님아이든지 누구든지 자기 집으로 보내 달라하고 주소를 두 번 세

번 일러 주었다.

…〈중략〉…

임종에는 목사도 있었고 상훈이도 있었다. 유언이란 것은 별로 없었으나 남기고 가는 처자가 마음에 놓이지 않아서 안타까워하였다. 그러나 조상훈이를 얼마쯤은 믿었다. 사귄 지는 얼마 안 되어도 그처럼 친절히 해주는 것을 보고 아무리 다른 사람과 다른 종교사업가라 하여도 지금 세상에는 어려운 일이라고 가상히도 생각하고 고마운 생각이 그지없었다.

"여러분이나 가족에게 그렇게 폐를 끼치지 않고 어서 하느님의 안온한 품으로 들어가고 싶었더니 이제야 때가 온 것 같소이다. …〈중략〉… 조 선생께는 무어라고 치사를 다할지 | 결초보은하여도 오히려 족하지 않겠거니와 나 죽은 뒤라도 이 두 모녀를 지금과 변함없이 보호해 주시기를 염의없는 말이나마 마지막으로 부탁하는 것이오 ……."(81~84쪽)

〈예문 5〉

"대관절 대동보소를 이리 옮겨 온 것도 형님이 아니오?"

상훈이는 종형을 또 들이댄다.

"옮겨 오고 말고가 있나. 그런 일이란 집안 어른이 하셔야 할 것이요, 나는 영감님 심부름만 한 게 아닌가? 자네는 나만 보면 들큰거리네마는 대관절 내가 무얼 잘못했단 말인가?"

창훈이는 다시 순탄한 목소리로 눅진눅진 대거리를 하고 앉았다.

"그야 큰댁 형님 말씀이 옳지요. 또 사실 사무소를 둘 만한 곳이 어디 있습니까?"

옆에 앉았던 젊은 재종이 창훈이 편을 든다.

"대동보소로 모두 얼마 쓰셨소?"

상훈이는 자기 부친이 족보 인쇄하는 데 적어도 삼사천 원은 그럭저럭 부스러뜨렸으리라고 생각하는 것이었다.

"그 역시 나도 모르지만, 장부에 뻔한 것이요, 회계 본 애가 있으니까."

창훈이는 냉연히 이렇게 대답하다가,

"자네 생각에는 내가 거기서 담배 한 갑이라도 사먹고 밥 한 그릇이라도 먹었을 성싶지만 없네, 없어! 나도 조카로 태어났으니까 싫어도 하고 좋아도 하는 노릇이지 아닌가?"

하고 코웃음친다.

서울 올라올 제의 고무신짝이 구두로 변하고 땟덩이 두루마기가 세루 두루마기로 되더니 올 겨울에는 외투가 그 위에 또 는 것은 어디서 생긴 것이오? 하고 들이대고 싶은 것을 상훈이는 참았다.

"그래, 대동보소 문패는 언제 떼게 될 셈인가요?"

한참 만에 상훈이는 또 비꼬아서 말을 꺼냈다.

"인쇄가 다 되었으니까 때지 말래도 떼게 되겠지."

"응, 일거리가 이제;는 없어져서 여관 밥값들이 밀리게 되니까 또 새 일거리를 꾸며 냈단 말이지 ……."

좌중은 아무도 대꾸를 안 하고 조용하였다. (104~105쪽)

〈예문 6〉

"장한 사업 하슈. ○○당 할아버지가 묘막 지어 달라고, 제절 앞에 석물이 없어서 호젓하다고 하 – 십디까?"

상훈이는 '합디까?'라고 입에서 나오는 것을 겨우 '하십디까'라고 존대를 하였다. ○○당 할아버지라고 부르는 것도 좀 어설프다. 예수교인이라 하여 자기 조상을 존경할 줄 모르는 것이 아니라 부친이 새로 모셔 온 십 몇 대조 할아버지라 하니 좀 낯 서투른 때문이다.

"그런 소리 아예 말게. 자네는 천주학을 하니까 이런 일에는 반대인지 모르지만 조상 없이 우리 손이 어떻게 퍼졌으며 조상 모르는 사람이 이 세상에 어디 있단 말인가? 어떻게 우리 조씨도 그렇게 해서 남에 빠지지 않고 자자손손이 번창해 나가야 하지 않겠나."

창훈이는 못마땅한 것을 참느라고 더욱 이죽이죽 대거리를 한다.

"조가의 집이 번창하려고? 조상의 음덕을 입으려고? 하지만 꾸어 온 조상은 자기네 자손부터 돕는답디다 ……."

상훈이는 불끈하여 소리를 높이며 또 무슨 말을 이으려다가 마루 끝에서 영감님의 기침 소리가 나는 바람에 좌우 방 안은 괴괴하여졌다.

"왜들 떠드니 ……?"

화를 참는 못마땅한 강강한 목소리와 함께 건넌방 문이 활짝 열린다. 방 안의 젊은 애들은 우중우중 일어서며 상훈이는 윗목으로 내려섰다.

…〈중략〉…

"너 어째 왔니? 오늘은 예배당에 안 가는 날이냐?"

영감은 얼굴이 발끈 취해 올라오며 윗목에 숙이고 섰는 아들을 쏘아 본다.

"어서 가거라! 여기는 너 올 데가 아니야! 이 자식아! 나이 오십 줄에 든 놈이 철딱서니가 없이 무엇이 어쩌고 어째? 조상을 꾸어 왔어? 꾸어 온 조상은 자기네 자손만 도와? 배우지 못한 자식!"

영감은 금세로 숨이 넘어가려는 사람처럼 헐떡거리며 벌건 목에 푸른 힘줄이 벌렁거린다. 상훈이는 여전히 고개를 숙이고 한구석에 섰다.

…⟨중략⟩…

"아버지께서 하시는 일에 ……."

조금 뜸하여지며 부친이 쌈지를 풀어서 담배를 담는 동안에 상훈이는 나직이 말을 꺼냈다.

"…… 돈 쓰신다고만 하는 것도 아닙니다마는 어쨌든 공연한 일을 만들어 내는 사람들이 첫째 잘못이란 말씀입니다."

"무에 어째 공연한 일이란 말이냐?"

부친의 어기를 좀 낮추어졌다.

"대동보소만 하더라도 족보 한 길(한 질)에 오십 원씩으로 매었다 하니 그 오십 원씩을 꼭꼭 수봉하면 무엇 하자고 삼사천 원이 가외로 들겠습니까?"

"삼사천 원은 누가 삼사천 원 썼다던?"

…⟨중략⟩…

"그야 얼마를 쓰셨던지요. 그런 돈은 좀 유리하게 쓰셨으면 좋겠다는 말씀입니다."

'재하자 유구무언(在下者 有口無言)'이 시대는 지났다 하더라도 노친 앞이라 말은 공손했으나 속은 달랐다.

"어떻게 유리하게 쓰란 말이냐? 너같이 오륙천 원씩 학교에 디밀고 제 손으로 가르친 남의 딸자식 유인하는 것이 유리하게 쓰는 방법이냐?"

…⟨중략⟩…

"아버지께서는 너무 심한 말씀을 하십니다마는 어쨌든 세상에 좀 할 일이 많습니까. 교육사업, 도서관사업, 그 외 지금 조선어자전 편찬하는데 ……."

상훈이는 조심도 하려니와 기를 눅이어서 차근차근히 이왕지사 말이

나왔으니 할 말을 다 하겠다는 듯이 말을 이어 나가려니까 또 벼락이 내린다.

"듣기 싫다! 누가 네게 그 따위 설교를 듣자던? 어서 가거라."

"하여간 말씀입니다. 지난 일은 어쨌든 지금 이 판에 별안간 치산이란 당한 일입니까. 치산만 한 대도 모르겠습니다마는 서원을 짓고 유생들을 몰다 놓으시렵니까? 돈도 돈이거니와 지금 시대에 당한 일입니까?"

상훈이는 아까보다 좀 어기를 높여서 반대를 하였다.

"잔소리 마라! 그놈 나가라니까 점점 더하고 섰고나. 내가 무얼 하든 네가 무슨 상관이란 말이야. 내가 죽으면 동전 한 닢이라도 너를 남겨 줄 줄 아니! 너는 이후 아무리 굶어죽는다 하여도 한푼 없다. 너는 없는 셈만 칠 것이니까…… 너희들도 다 들어 두어라."

하고 좌중을 돌려다보며 말을 잇는다.

"내 재산이라야 얼마 있는 게 아니다마는 반은 덕기에게 물려줄 것이요, 그 나머지로는 내가 쓰고 싶은 데 쓰다 남으면 공평히 나누어 주고 갈 테다. 공증인을 세우든 변호사를 불러 대든 하여 뒤를 깡그르뜨려 놓을 것이니까 너는 인제는 남 된 셈만 쳐라. 내가 죽으면 네가 머리를 풀 테냐? 거상을 입을 테냐?"

…〈중략〉…

이때까지 술이 취하면 주정으로 이런 말을 하는 것을 듣기도 하였지만 오늘은 친기라 하여 술 한 잔 안 자신 이 영감이 맑은 정신으로 여러 젊은 애들 앞에서 떠들어 놓는 것은 처음이다. 그래야 이 방중은 고사하고 이 집안 속에서 자기 편을 들어 줄 사람이라고는 하나 없고나 하는 생각을 하니 상훈이는 새삼스러이 고독을 느끼고 모든 사람이 야속하였다.(108~113쪽)

〈예문 7〉

"이번 봄이 졸업 아니냐? 그래 어디를 들어갈 테냐?"

부친이 아들의 공부에 대하여 묻는 것은 처음이다. 절대 방임주의, 절대 자유주의라 할지 덕기가 꽁꽁 혼자 생각하고 결정을 하여 조부에게 말하면 이 양반은 신지식에 어두워 그런지 학비만 내어 줄 뿐이요, 부친에게 허락을 구하면 그저 고개만 끄떡일 뿐이었다. 그것으로 보면 덕기가 이만치나 되어 가는 것은 제가 못생기지 않고 재주도 있거니와 철도 일찍 들어 그렇다고 할 것이다.

"경도제대로 들어갈까 하는데요."

"그럴 게 무어 있니? 경성제대로 오면 입학에 경쟁이 심한 것도 아니요 또 집안 형편으로 좋지 않으냐."

"글쎄올시다. 그래도 좋겠지요."

덕기는 아무쪼록 서울을 떨어져 있고 싶었으나 경성으로 오게 되면 와도 그리 싫을 것도 없었다.

"그렇게 해라. 그렇게 하는 게 무엇보다도 집안 형편에 좋고."

부친은 말끝을 아물리지 않았다. 실상은 '내게도 좋겠다'는 말을 하려다 만 것이었다.

상훈이의 생각으로 하면 붗핀이 이대로 나가다가는 어떠한 법률상 수단으로든지 자기는 쑥 빼어놓고 한 대 걸러서 이 아들에게로 상속을 시킬지 모르겠고 또 게다가 수원집의 농락이 있으니까 아무래도 뒷일이 안심이 안 된다. 그렇다고 요사이의 누구누구의 집 모양으로 부자가 법정에서 날뛰는 그 따위 추태는 자기의 체면상으로도 못 할 일이요, 더구나 종교가라는 처지로서 재산 문제로 마구 나설 형편은 못 되는 것이다. 그러니까 어쨌든 덕기를 꼭 붙들어 앉혀서 수원집이나 기타 일문 일족의

간섭이나 농간을 막게 하고 한편으로는 덕기를 자기 손에 쥐고 조종해 나가는 것이 제일 상책이라고 생각한 것이요, 또 그러자면 아무리 부자간이라 하여도 지금까지와는 태도를 고치어서 비위를 맞추어 주고 살살 달래서 버스러져 나가지 않게 해야 하겠다고 생각하는 것이었다.(127~128쪽)

〈예문 8〉

부친은 덕기가 아이까지 가보았다는 말에는 역정을 내면서도 궁금증이 났다. 그러나 그것을 다시 따져서 물어 볼 형편도 아니다.

지금 덕기에게 그 자식은 내 자식이 아니라고 막가는 말을 하기는 하였지만, 이때까지 교회 사람이나 일반 사회에 대하여 경애와 아무 관계가 없는 듯이 변명하기 위하여 하여 내려온 말을 자식에게도 되풀이한 것에 지나지 않는 것이나 자기 마음을 혼자 몰래 쪼개 놓고 본다면 그 자식이 자기 자식이 아니라고는 생각해 본 적이 없다. 더욱이 자식보다 경애 자신에게 대하여까지라도 삼 년이 넘는 오늘날까지 아주 잊어버린 것은 아니다. 다만 지금 와서는 새삼스럽게 가까이 할 기회도 멀어졌고 만나 볼 면목도 없고 보니 애를 써 묵은 붓그림을 건드릴 필요가 있으랴는 생각으로 내버려둘 뿐이다.(134쪽)

〈예문 9〉

한 곱뿌가 그뜩한 것은 아니나 한숨에 쭉 마시고 나니까 옹위를 하고 앉았던 일복 손님들은,

"용하다, 용하다!"

하고 또 한번 환성이 일어났다. 경애는 얼굴이 발개지며 생글생글 웃기만 하고 맥이 빠진 듯이 앉았다가 안주로 담배를 붙인다.

"아이상, 그런 화풀이 술을 먹으면 안 되어요."

이편에서 병화가 일본말로 소리를 쳤으나 경애는 못 들은 척하고 한눈을 팔고 있다. 병화는 머쓱해서 바로앉으며 술잔을 들다가,

"어서 잡숫지요."

하고 상훈이에게 말을 걸었으나 상훈이는 손에 든 담뱃불만 들여다보고 무슨 생각에 팔려 있다.

화풀이 술을 먹지 말라는 병화의 말이 상훈이에게는 또 무심코 들리지 않았다. 암만해도 자기네들의 내용을 알고 비꼬는 것 같았다. 그는 고사하고 대관절 경애가 왜 저렇게 술을 먹는 것인가? 나 때문에 그야말로 화풀이 술을 먹는 것이리라…….

'그렇지 않으면 돈 십 원에 ……?'

하는 생각을 하니 상훈이는 앞이 캄캄한 것 같았다.(150~151쪽)

〈예문 10〉

'내가 잘한 것이야 없지마는 효도 윗사람이 하도록 만들어 주어야 될 것이 아닌가?'

상훈이는 이런 생각도 하였다. 언제라도 부자간에 따뜻한 말 한 마디 주고받은 것은 아니로되, 수원집이 들어온 후로 한층더 심한 것을 생각하면 밤잦으로 으르렁대는 자기 마누라만 나무랄 수도 없을 것 같았다. 더구나 어제 매당집에 왔던 생각을 하면 도저히 이 집 속에 가면 자식이야 있든 없든 남 될 사람이요, 또 벌써부터 뒷셈 차리느라고 그런 데를 드나드는 것이겠지마는 큰 걱정은 까닭 없이 몇백 석이고 빼앗길 일이다. 그것도 잘 지니고 자식이나 기른다면 모르겠지만 어떤 놈 좋은 일이나 시키고 말 것이 생각하면 아까운 일이다. 그것을 장을 대고 벌써 어

떤 놈이 뒤에 달렸는지도 모를 일 – 달렸기에 병인을 내버려두고 틈틈이 다니는 것일 것이다. 제 밑 들어 남 보이기니까 어제 매당집에서 피차 만났다는 말이야 영감님께 하고 싶어도 못 하였겠지마는 오늘에 한하여 별안간 계집의 집에나 술집에 가서 틀어박혀 있으라고 부친이 역정을 내는 것은 웬일일꼬? 저는 발을 빠지고 또 무어라 헐어 냈나? 정말 그렇다면 이편에서도 가만히는 안 있으련다! 상훈이는 혼자속으로 이런 생각을 하며 아이년이 업은 손자새끼를 얼러 주다가 사랑으로 나가려니까 안에서는 눈에 안 띄던 수원집이 사랑문 앞께서 들어오다가 마주쳤다.(291쪽)

〈예문 11〉

상훈이는 최참봉을 보자 저절로 눈이 찌푸려졌다. 담 밑이 양지라 해서 거기서 어른거리는지도 모르겠으나 지금 자기네의 이야기를 들었을 것이 싫기도 하고, 날마다 대령하는 축이 아직 안 모여서 스라소니 같은 지주사만 지키고 들어앉았는 이 사랑에 수원집이 나왔으면 최참봉밖에 만날 사람이 누굴까. 최참봉이란 늙은 오입쟁이다. 파고다 공원에서 가서 천냥만냥하는 축이나 다름없으나 어디서 생기는지 인조견으로 질질 감고 번지르르한 노랑 구도도 언제 보나 울이 성하다. 또 그만큼 차리고 다니기에 파고다공원에는 안 가는 것이다.

어쨌든 이 사람은 수원집을 이 집에 들여앉힌 사람이니 주인 영감에게는 유공한 병정이다. 천냥만냥이 본업이요, 그런 일이 부업인지, 계집 거간이 전업이요, 땅 중개가 부업인지 그것은 닥치는 대로니까 당자도 분간하기가 좀 어려우리. 하여간 요전에 들어온 이 댁 어멈인가 안잠자기인가도 이 사람의 진권이라 하니 자기 마누라 말마따나 이 세 사람이 한통속은 한통속일 것이라고 상훈이도 생각하였던 것이다. 일전 피제삿날에 수원집과 싸우고 온 마누라를 나무랄 때 마누라 입에서 들은 말이지마는, 제삿날도 문간에서 최참봉과 숙설거리다가 어디인지 갔다 왔다 하지 않은가. 소문에는 원체 최참봉과 그렇지 않은 사이나 살 수가 없어서 이리 들어앉은 것이라는 말도 귓결에 떠들어 온 것을 기억하고 있다. 어쨌든지 상훈이는 최참봉만 보면 달라는 것 없이 미웠다. 미운 사람에는 또 한 사람 있다. 제삿날 저녁에 말다툼하던 재종 형 창훈이다. 이 두 사람을 꼼짝못하게 만들어 놓아야 하겠다고 벼르는 것이나 이편이 싫어하면 저편도 좋아할 리가 없다. 상훈이가 밖에 나가서 하는 일거일동을 영감에게 아뢰어 바치는 사람은 이 두 사람이다.

"요새는 어떠슈? 살살 혼자만 다니지 말고, 어떻게 나 같은 놈도 데리고 다녀 보구려? 과히 해로울 건 없으리다."

최참봉은 이런 소리를 하고 껄껄 웃는다. 나이는 상훈이보다 육칠 년 위나 말은 좀 높인다.

"어디를 가잔 말요?"

상훈이는 핀잔을 주며 냉소한다. 어젯밤 일이 벌써 이 놈팽이에게 보고가 들어갔고나 하니 더욱 불쾌하다.

"매당집에 자주 간답디다그려? 거기나 가볼까?"

하고, 상훈이는 고쳐 생각하고 앞질러 떠보았다.

"그거 좋지! 매당이란 말은 들었어도 이때껏 가보지는 못했어."

"수원집이 다 가는 데를 못 가봤어? 퍽 고루한데! 서울 오입쟁이 아니로군!"

"이 늙은 놈을 가지고 무슨 소리슈, 허허! 그런데 수원집이 그런 데를 가다니? 누가 그런 소리를 합디까?"

하며 최참봉은 자기 딸의 흉이나 나온 듯이 놀란다. (293~294쪽)

〈예문 12〉

상훈이는 주먹 맞은 감투가 되어서 잠깐은 물러앉는 수밖에 없었다. 할 말이 없는 게 아니요, 입이 없을 말을 못 할 것은 아니로되, 공격의 칼날이 날카로울 때는 은인자중하여야 할 것이라고 돌려 생각한 것이다. 만일 금고 열쇠가 상훈에게로 왔던들 이 사람들이 상훈이를 이렇게까지 무시는 못 하였을 것이다. 무시는커녕 창훈이가 팥으로 메주를 쑨다 하여도 네, 네 하였을 것이다. 상훈인들 해부를 꼭 하자는 것도 아니다. 어떤 연놈들이 악독한 음모가 있었다면 그것을 밝히겠다는 일념으로 선뜻 찬성은 하였으나, 기위 의사가 두 사람이나 증명하는 바에야 해부까지 할 필요도 없고, 또 후일 문제삼자면 오늘날 안장하고서라도 다른 도리가 얼마든지 있는 것이다.

…〈중략〉…

상훈이의 존재는 완전히 무시되었다. 덕기는 깃것만 안 입었을 따름이지 승중상을 선 것이나 다름없었다. 조상꾼도 상훈이에게는 절 한 번뿐이요, 덕기에게로 모여들어서 이야기를 하고, 모든 분별을 창훈이가 휘두르면서 덕기에게 허가를 맡거나 사후 승낙을 맡는 형식만 취하였으나, 상훈이에게는 누구나 접구를 안 하려 하였다.

상훈이는 꾸어다 놓은 보릿자루 모양으로 사랑 안방 아랫목에 멀거니 앉았는 수밖에 없었다. 그러나 덕기로서는 부친에 일일이 품을 하지 않을 수 없었다. 그것은 무시를 당하는 부친이 가엾어서도 그렇고 도리로도 그러하였다.

그러나 상훈이는 절대로 무간섭주의였다. 무슨 말을 물으나,

"너 알아 하렴, 의논들 해서 좋도록 하렴."

할 뿐이다.(370~372쪽)

〈예문 13〉

상훈이는 안동 네거리에서 전화를 빌려서 산해진에 걸고 좀 만나자 하니 경애는 나올 수 없다는 냉랭한 대답이었다. 오늘이야말로 귀정을 짓자는 생각으로 삼십 분이라도 좋으니 편할 대로 아무 데서나 만나자고 애걸하다시피 하여도 경애는 도저히 나갈 수 없으니 내일 아침에 댁으로 가마고 한다. 하는 수 없이 그러라고 약속을 하였다. 의경이가 오늘은 와서 자지 않을 테니까 내일 아침에 경애가 온대도 상관없다고 생각한 것이다.

귀정을 내자, 내 것은 밤낮 그게 그 소리 같지만 경애의 확적한 의향을 들어 보고서 의경이 일을 조처하자는 것이다.

의경이는 싫은 것도 아니요, 좋은 것도 아니다. 경애만 분명히 말을 하면 언제든지 떼어 버릴 수 있다고 생각하는 것이다. 그리고 병화와 갈라서기만 한다면 설혹 무슨 관계가 있다 하여도 그까짓것쯤은 눈감아 버리고 집도 무슨 짓을 해서든지 사줄 생각이다.(444쪽)

〈예문 14〉

며느리가 방문 앞에서 머뭇거리다가 인기척을 내고 문을 방긋이 여니까, 발치께로 놓인 아들의 책상 앞에 돌아앉아 무엇을 꿈적꿈적하다가 깜짝 놀라며 돌아다본다.

"응, 애, 잠깐 들어오너라."

"무얼 찾으세요?"

책상 서랍이 열려 있다.

"사랑, 문갑 열쇠 어디 있는지 아니?"

"모르겠에요. 거기 어디 있겠지요."

열쇠 꾸러미는 조그만 손금고에 넣어서 다락 앞턱에 넣어 둔 것을 아나, 모른다고 하여 버렸다. 손금고의 열쇠는 물론 덕기가 돈지갑 속에 넣고 다니는 것이다.

"다른 게 아니라 내 물건 하나를 초상 중에 문갑 속에 넣어 둔 것이 있는데, 경찰서에 곧 갖다 뵈어야 이 애가 놓여 나올 테구나……."

하고 망단한 듯이 먼산을 쳐다보고 앉았다가,

"넌 정말 모르니?"

하며 며느리에게 애원하듯 하며 얼굴을 쳐다본다. 알고도 속이는 며느리는 면구스러웠다. 마치 난봉자식이 휘 들어와서는 남의 눈을 기어 가며 집안을 들들 뒤지는 것 같아서 보기에 딱하고 흉하다.

"얘, 할아버지 쓰시던 조그만 금고 어디 갔니?"

"여기 있에요."

하고 며느리는 다락문을 열고 금고를 내다가 앞에 놓았다.

"열쇠 가져오너라."

시아버지는 반색을 하며 비로소 의기양양하여진다.

"집에 두고 다니지 않아요."

영감은 다시 낙심이 되었다. 어린애가 장난감 만적거리듯이 대그럭거리며 마진쇠질을 하려 한다. 체통이 아깝다.

며느리는 획 나오려다가,

"경찰서에서 가져오라 하시니 그러면 누구를 보내서 열쇠를 내달라고 해오랄까요?"

하고 물었다.

…〈중략〉…

며느리가 건넌방에 와서 그런 이야기를 시어머니한테 하니, 펄쩍 놀라

며,

"얘, 쓸데없는 소리 마라. 공연한 말씀이다. 큰 금고 열쇠가 함께 꿰어 있을 줄 알고 그걸 훔쳐 가려고 얼렁얼렁하시는 소리다."

하고 벌떡 일어나서 후닥닥 문을 밀치고 나간다. …〈중략〉…

"왜 우리마저 쪽박을 차고 타서는 꼴을 보려우? 낮도둑놈 모양으로 무슨 까닭에 여기까지 좇아와서 작은 열쇠 하고 법석요? 그놈의 금고째 떠 메가든지! 이 짓 하려고 자식을 그 몹쓸 데로 잡아 넣었구려? 이 죄를 다 어디 가서 받을 테요?"

소리를 바락바락 지르려니까, 영감은 검다 쓰다 말없이 모자를 들고 나와서 내려가다가 며느리 보고,

"난 모르겠다. 형사들더러 와서 가져가라지."

하고 홀쩍 가버렸다.(503~505쪽)

〈예문 15〉

"…… 영감 나이 몇이시오? 오십은 되었겠구려? 사십에 불혹이요, 오십 이면 지천명 아니오? 글 거꾸로 배우셨구려! 아들 보기 부끄럽지 않소?"

부친에게는 이런 투로 나무라는 것이었다. 삼십이 넘은 자식 같은 새 파란 젊은 애에게 이런 욕을 보고 앉았는 부친이 가엾다기보다는 밉고 분하고 절통하다.

"이립지년(而立之年)밖에 안 되는……."

하고 부장은 그 능갈한 조선말로 연해 문자를 써가며 이 늙은 난봉꾼을 준절히 훈계한다.

"나 같은 젊은 놈이 난봉을 피운다면 욕은 하면서도 그래도 마음잡을 날이 있거니 하고 용서도 하겠지만, 이거야 늦게 배운 도적놈이 날 새는

줄 모른다고 어디 영감 생전에 마음 잡을 날 있겠소? 여든을 먹어도 이 모양이면야 얼른 죽는 게 자손을 위하고 사회를 위하여 다행한 일이 아니겠소? 아니 원체 글을 거꾸로 배웠으니까 종심지년이 되면 게다가 망령도 겹쳐서 내 마음대로 하겠다고 한층더 뛸 거 아니오? 조선이 오늘날 왜 이렇게 되었소? 모두 당신 같은 늙은이 때문이 아니오? 그 큰일났소! 난 이 덕기 군이 가엾소. 부모 때문에 얼굴을 쳐들고 세상에 나다닐 수가 없게 돼서야 이걸 어디 가서 호소를 한단 말요! 벙어리 냉가슴 앓기지 ……."

덕기는 쥐구멍이 있으면 들어가고 싶었다. 그러나 상훈이는 요 방자스러운 놈이 – 하는 분기에 떠서 나오려던 부끄러운 생각도, 뉘우치는 마음도 쏙 들어가고 말았다.

욕을 보이려고 일부러 자식 앞에 놓고 개 꾸짖듯 하는 것이 더 분하기는 하나 어찌하는 수 없으니까 숨만 씨근벌떡하고 앉았다. (533쪽)

● **조의관** ─────────────────────────────────

성   별   남자
나이(추정포함)   일흔네 살
출생지 및 거주지, 활동 공간
            ① 부친이 물려준 천 냥을 늘려 부를 축적함.
            ② 양반 행세를 하기 위해 옥관자를 붙이고 족보를 사들이고 인쇄하며 알지도 못하는 윗대의 묘소를 치산함.
            ③ 첩인 수원집과 칠십 당년에 낳은 막내 딸 귀순이, 손자 덕기와 며느리, 증손자 등과 함께 서울 수하동 본가에 거주함.

직 업	정미소 경영주
출신계층	평민계층
교육정도	출신이 평민계층이기 때문에 특별한 교육경력이 없으며, 신지식에도 어두움.
가족관계	서른 갓 넘은 첩 수원집과 칠십 당년에 그 사이에서 낳은 딸 귀순이, 맏아들 조상훈과 며느리, 손자 덕기와 손자 며느리, 증손자, 손녀 덕희 등이 있음.
인물관계	① 아들 상훈과는 종교와 제사 문제, 문란한 생활 등으로 첨예하게 대립함.
	② 손자 덕기를 신뢰하고 아들 상훈을 제쳐놓고 그에게 자신의 족보와 가산을 물려줌.
	③ 수원집과 그 일파(최참봉, 창훈, 주지사 등)에게 둘러 싸여 족보 편찬과 치산에 돈을 낭비함.

인물의 존재방식(사회계층)

서울 중류계층으로서 막대한 토지를 소유하고 정미소를 경영하는 자산가로서 과거 세대의 유교적 가치관을 고집하여, 가문의 명예를 중시하고 그것들을 후대에도 지켜 나아가기를 바람.

성 격	① 평민출신의 자산가로서 돈으로 신분 상승을 꾀하고, 양반 행세를 하는 유교 윤리를 최고의 가치로 신봉함.
	② 봉건사상이 철저하여 가부장적이고 권위적임.
	③ 수원집 일파의 말만 듣고 아들 상훈의 말은 전혀 귀담 아 듣지 않는 등 고루하고 편협함.

성격 지표 및 인물의 제시방식

〈예문 1〉

덕기는 안마루에서 내일 가지고 갈 새 금침을 아범을 시켜서 꾸리게 하고 축대 위에 섰으니까, 사랑에서 조부가 뒷짐을 지고 들어오며 덕기를 보고,

"애, 누가 찾아왔나 보다. 그 누구냐? 대가리 꼴하고…… 친구를 잘

사귀어야 하는 거야. 친구라고 찾아온다는 것이 왜 모두 그 따위뿐이냐?"

하고 눈살을 찌푸리는 못마땅하다는 잔소리를 늘어놓다가, 아범이 꾸리는 이불로 시선을 돌리며 놀란 듯이,

"얘, 얘, 그게 뭐냐? 그게 무슨 이불이냐?"

하며 가서 만져 보다가,

"당치 않은! 삼동주 이불이 다 뭐냐? 주속(紬屬)이란 내 나쎄나 되어야 몸에 걸치는 거야. 가외(可畏) 저런 것을 공부하는 애가 외국으로 끌고 나가서 더럽혀 버릴 텐데 말이냐? 사람이 지각머리가 …….'

하며 부엌 속에 쪽치고 섰는 손주며느리를 쏘아본다.(11쪽)

〈예문 2〉

부자간에도 역시 그러하였다. 노영감은 손주는 귀하여 해도 아들은 못마땅하였었다. 게다가 귀한 젊은 첩을 들어앉히자니 아들 식구는 밀어냈던 것이다. 피차에 난편도 하였던 것이다.

칠십 당년에 첩의 몸에서 고명딸 겸 막내딸을 낳았다. 지금 네 살, 이름은 귀순이다.

덕기의 부모가 따로 날 때 중학교에 다니던 덕기도 물론 부모를 따라 나갔었다. 그러나 중학교 사년 때에 장가를 들자 반년쯤 부모 앞에서 지내다가 이 할아버지의 집으로 옮아왔다. 어머니는 내놓으려고 아니 하였다. 색시의 친정에서도 젊은 서시조모 밑에 두기를 싫어했다. 그러나 조부님의 엄명을 거역하는 수는 없었다. 조부의 엄명은 서조모의 엄명이다. 서조모가 만만한 어린 내외를 데려다 두고 휘두르며 부려먹기에도 알맞고 또 한 가지는 나 먹은 며느리 – 눈 안 맞는 며느리를 고독하게 만들자는 것이었다. 손주 내외를 떼어 놓자는 것이었다.

그래도 노영감으로서는 손주 내외가 귀여워서 데려온 것일지 모른다. 또 덕기도 저 아버지보다는 조부에게 따랐던 것이다. 게다가 재산이 아직도 조부의 수중에 있고 단돈 한푼이라도 조부가 차하를 하는 터이라 조부의 뜻을 맞추어야 하겠다는 따짐도 있었다.(30~31쪽)

〈예문 3〉

"너희는 예수교인지 난장인지 한다고 조상 봉제사(奉祭祀)도 개떡같이 알더라마는 내가 살아 있는 동안에는 막무가내하다!"

며느리가 끝끝내 잠자코 섰는 것이 못마땅하니까 연년이 제사 지낼 때마다 부자간에 충돌이 생기던 것을 생학고 주름살 많은 얼굴이 발끈 상기가 되며 치는 화를 참는다. 며느리는 좀 선뜻하였으나 무어라고 입을 벌릴 수는 없었다.

"그래 너두 이제는 천주학쟁이가 되었니? 내가 죽은 뒤에는 어떤 연놈이 물 한 방울 떠놓겠니?"

시아버지의 언성은 점점더 높아 갔다.

…〈중략〉…

"아녜요. 쟤 떠나는 것도 보고 아주 제사까지 치르고 가겠에요. 그렇지 않아두 그럴 생각으로 왔에요."

며느리의 말이 의외로 온순하여지니까 영감은 도리어 김이 빠지는 것을 깨달으면서도 마음이 적이 풀리었다. …〈중략〉…

"예수교 아니라 예수교보다 더한 것을 믿기로 그래 조상 제사 – 보모 제사 지내는 게 무에 틀리단 말이냐? 예수는 아버지를 모른다더라마는 어쨌든 예수도 부모가 있었기에 태어나나지 않았겠니……? 덕기도 잘 들어 두어라!"

하고 영감은 마루 편으로 소리를 치고 나서 또 밤낮 듣는 잔소리를 꺼낸다.

예수교 놀래 - 뒤따라서 아들의 놀래를 한참 늘어놓고 나서는,

"덕기야!"

하고 제 방으로 들어가서 수건질을 하고 섰는 손주를 불렀다.

"네……."

하고 건너왔다.

"그 일복 좀 벗어 버려라. 사람이 의관을 분명히 하고 있어야지!"

하고 우선 꾸지람을 한 뒤에,

"너도 제사 지내고서 떠나거라!"

하고 엄명을 하였다. (33~35쪽)

〈예문 4〉

"네 처두 묵으라고 하였다만 모레는 너두 들를 테냐? 들르면 무얼하느냐마는……."

조부의 못마땅해하는 - 어떻게 들으면 말을 만들어 보려고 짓궂이 비꼬는 강강한 어투가 또 들린다.

…〈중략〉…

"저야 오지요마는 덕기는 붙드실 게 무엇 있습니까. 공부하는 애는 그보다 더한 일이 있더라도 날짜를 대서 하루바삐 보내야지요……."

…〈중략〉…

"그보다 더한 일이라니?"

시비를 차리는 사람이 저편의 말끝을 잡는 것만 다행해하는 듯이 조부의 목소리는 긴장하여졌다.

부친은 잠자코 섰는 모양이다.

"계집 자식이 붙드는 게 그보다도 더한 일이냐? 에미 애비가 숨을 몬다면 그보다 더한 일이냐?"

"왜 불관한 일에 그렇게 말씀을 하세요?"

똑같이 부럽고 똑같이 일 분간에 오십 마디밖에 아니 되는 듯한 말소리다. 그러나 노영감은 아들의 그 말소리가 추근추근히 골을 올리려는 것 같이 들려서 더 못마땅하였다.

"그래 무에 어쨌단 말이냐? 에미 애비 제사도 모르는 놈이 당장 숨을 몬다기로 눈 하나 깜짝이나 할 터이냐? 그런 놈을 공부하는 시키면 무얼 하니?"

영감은 입에 물려던 담뱃대로 재떨이를 땅땅 친다. 방 안에 좌우로 늘 어앉은 노인축들은 두 손을 쓱쓱 비비며 꾸벅꾸벅 조는 사람처럼 고개들을 파묻고 앉았을 뿐이다. 이 사람들은 주인 영감의 말이 꼭 옳은지 안 옳은지 뚜렷이 판단할 수는 없으나 어쨌든 일리 있다고들 생각하였다.

…〈중략〉…

"종교가 달라서 제사 안 지낸다고 반드시 부모의 임종까지 안 하리라고야 할 수가 있겠습니까?"

'아들의 말을 들으면 그도 그래!'

하는 생각을 노인들은 하였으나, 그래도 제사 안 지낸다고 야단치는 점만은 주인 영감이 옳다고 속으로들 시비를 가리는 것이었다.

"무슨 잔소리를 그래도 뻔뻔히 서서 하는 것이냐? 어서 가거라! 네 자식도 너 따위를 만들 작정이냐? 덕기는 내가 기르고 내가 공부를 시키는 터이다. 너는 낳았을 뿐이지. 네 손으로 밥 한 술이나 먹이고 학비 한 푼이나 대어 주었니? 내가 아무려면 너만치 못 가르쳐 놓겠니! 잔소리 말고 어서 가거라! 도덕이니 박애니 구원이니 하면서 제 자식 하나 못 가르치는 놈이 입으로만 허울 좋은 소리를 떠들면 세상이 잘 될 듯싶으냐!"(42~44쪽)

〈예문 5〉

영감님은 모든 분별을 하느라고 안방에 들어가 앉았고 사랑 큰방에는 윗항렬 노인들과 제삿밥 기다리는 노인측이 점령하고 떠든다. 덕기도 아까 여덟시가 넘어서 들어와서 제삿날 나다닌다고 조부에게 한바탕 꾸중을 듣고 안에서 제물 올리는 시중을 들고 있다. 일할 사람이 없어서 그러는 것이 아니라 어동육서(魚東肉西)니 조율이시(棗栗梨柿)니 하는 절차부터 가르치기 위하여 꼭 손주를 시키는 것이다. 영감으로서 생각하면 죽은 뒤에 아들의 손으로 제사 받기는 틀렸으니까 장손에도 외손자인 덕기 하나를 믿는 것이었다.

내가 죽은 뒤에 기도를 어떤 놈이 하면 내가 황천으로 가다 말고 돌아와서 그놈의 혓바닥을 빼놓겠다고 노영감은 미리미리 유언을 해둔 터이다. 아들이 예수교식으로 장사를 지내 줄까 보아 그것이 큰 걱정인 것이다. 그러기 때문에 자기가 죽으면 호상은 사랑에 있는 지주사로 정하고 모든 초종범절은 지금 사랑 건넌방에서 상훈이와 말다툼을 하고 있는 당질 창훈이더러 서로 의논해 하라는 것이 벌써부터의 유언이다. 아들더러는 프록 코트나 입고 마차나 자동차를 타고 따르든지 기생집에서 콧노래를 부르고 누워 있든지 너 알아 하라고 일러두었다.

도대체 영감의 소원은 앞으로 십오 년만 더 살아서(십오 년이면 여든두셋이나 된다) 안방 차지인 수원집의 몸에서 아들 하나만 더 낳겠다는 것이다. 이제라도 태기가 있다면 죽을 때는 열다섯 먹은 상제 하나는 삿

갓가마를 타고 따르리라는 공상이다. 영감의 걱정이란 대개 이런 따위이다. 창피해서 입 밖에 내지는 않으나 작년 올에 있을 태기가 없어서 아들 낳는다는 보험만 붙은 계집이면 또 하나 얻어도 좋겠다는 속셈이다. 날마다 지주사는 아랫방 마루 안에 놓인 약장 앞에서 십오 년 더 살 약과 아들 낳을 약을 짓기에 겨울에는 발이 빠질 지경이다.(104쪽)

〈예문 6〉

조의관에게는 평생의 오입이 세 가지 있다. 하나는 을사조약 한창통에 그때 돈 이만 냥, 지금 돈으로 사백 원을 내놓고 사십여 세에 옥관자를 붙인 것이니 차함은 차함이로되 오늘날의 조의관이란 택호(宅號)가 아주 터무니없는 것이 아니요, 또 하나는 육 년 전에 상배하고 수원집을 들여 앉힌 것이니 돈은 여간 이만 냥으로 언론이 아니나 그 대신 귀순이를 낳고 또 여든다섯에 죽을 때는 열다섯 먹은 아들을 두게 될지 모르는 터인즉 그다지 비싼 오입이 아니나, 맨 나중으로 하는 오입이 이 대동보소를 맡은 것인데 이번에는 좀 단단히 걸려서 이만 냥의 열곱 이십만 냥이나 쓴 것이다. 그것도 어엿이 자기집 자기 종파의 족보를 꾸민다면야 설혹 지금 시대에 역행하는 일이라 하더라도 덮어놓고 오입이라고 하여서는 말이 아니요 인사가 아니겠지만 상훈이를 보아서는 대동보소라는 것부터 굳이 반대는 안 한다 하여도 그리 긴할 것이 없는데 게다가 XX씨의 족보에 한몫 비집고 끼려고 - 덤붙이가 되려고 사천 원 탬이나 생돈을 내놓는다는 것은 적어도 오입 시스한 일이라고 생각하는 것이었다.

'돈 주고 양반을 사!'

이것이 상훈이에게는 일종의 굴욕이었다.

그러나 조의관으로서 생각하면 이때껏 자기가 쓴 돈은 자기 부친이 물려준 천 냥에서 범용한 것이 아니라 자수로 더 늘린 속에서 쓴것이니까 그리 아깝지도 않고 선고(先考)의 혼령에 대하여도 떳떳하다고 자긍하는 것이다. 저 잘나면 부조(父組)의 추중도 하게 되는 것인데 있는 돈 좀 들여서 양반 되기로 남이 웃기는새로에 그야말로 이현부모가 아닌가 하는 요량이다. 어쨌든 사천 원 돈을 바치고 조상신주 모시듯이 ××조씨 대동보소의 문패를 모셔다가 크나큰 문전에 달고 ××조씨 문중 장손파가 자기라는 듯싶이 버티고 족보까지 박게 되고 나니 이번에는 ××조씨 중 시조인 ○○당(堂) 할아버지의 산소가 수백 년래에 말이 아니 되었으니 다시 치산(治山)을 하고 그 옆에 묘막보다는 큼직한, 옛날로 말하면 서원 같은 것을 짓자는 의논이 일어났다.(105~106쪽)

〈예문 7〉

영감도 결단코 어수룩한 사람은 아니다. 어수룩이라니, 거의 후반생을 산가지와 주판으로 늙은 사람이다.

속에서는 쪼르륵 소리가 나면서 천냥 만냥 판으로 돌아다니거나, 있는 집 사랑 구석에서 바둑으로 세월을 보내는 조가의 떨거지들이 다른 수단으로는 이 영감의 주머니끈을 풀게 할 도리가 없으니까 족보를 앞장 세우고 삶고 굽고 하는 바람에 조츰조츰 쓰기 시작한 것이 삼천여 원, 근 사천 원을 쓰게 되고 보니 속으로는 꽁꽁 앓는 판에 또 ○○당(堂) 할아버지가 앞장을 서서 오천 원 놀래가 나온 것이다. 그러나 오천 원을 부른 사람도 그만큼 불러야 삼천 원은 울궈 내려니 하는 것이요, 조의관도 오천 원의 반절은 아무래도 또 털리는 것이라고 생각하고 있는 것이다. 그것도 죽을 날이 얄팍하여 가니까 ××조씨 문중에서 자기가 둘째 종시조나 되는 셈치고 이 세상에 남겨 놓고 가는 기념사업이라는 생각도 없지 않아서 해보려는 노릇이다.

그래서 요새로 부쩍 달고 치는 바람에 그러면 우선 천 원 하나를 내놓을 터이니 오백 원은 산역에 쓰고 오백 원은 묘막을 짓되 부족되는 것은 묘하에 있는 조씨들이 금력으로 보태든지 돈 없는 사람은 부역으로 흙 한 줌, 떼 한 장씩이라도 떠다가 힘으로 보태라고 한 것이다.

그리고 나서 제위답으로 다소간 나중엣 마련해 노마고 하였다. 조의관 생각에는 그렇게 하면 천 원 내놓고 이천 원 들인 생색은 나려니 속따짐이었다. (107~108쪽)

〈예문 8〉

"너 어쩨 왔니? 오늘은 예배당에 안 가는 날이냐?"

영감은 얼굴이 발끈 취해 올라오며 윗목에 숙이고 섰는 아들을 쏘아본다.

"어서 가거라! 여기는 너 올 데가 아니야! 이 자식아! 나이 오십 줄에 든 놈이 철딱서니가 없이 무엇이 어쩨고 어쩨? 조상을 꾸어 왔어? 꾸어 온 조상은 자기네 자손만 도와? 배우지 못한 자식!"

영감은 금세로 숨이 넘어가려는 사람처럼 헐떡거리며 벌건 목에 푸른 힘줄이 벌렁거린다. 상훈이는 여전히 고개를 숙이고 한구석에 섰다.

"너두 내가 낳아 놓은 자식이면야 사람이겠구나? 부모의 혈육을 타고 났으면 조상은 알겠구나? 가사 젊은 애들이 주책없는 소리를 하더라도 꾸짖고 가르쳐야 할 것이 되레 철부지만도 못한 소리를 텅텅 하니 이제 집안이 되려고 이러는 거란 말이냐? 안 되려고 이러는 거란 말이냐?"

여기서 영감은 숨을 잠깐 돌리고 나서 다시 목청을 돋운다.

"이 집안에서 나만 눈을 감아 보아라! 집안 꼴이 무에 되나? 가거라!

썩썩 나가거라! 조상을 꾸어 왔다니 너는 네 아비도 꾸어 왔겠구나? 꾸어 온 아비면야 조금도 네게는 도울 게 엇을 게다! 다시는 눈앞에 뜨일 생각도 마라!"

오른손에 든 장죽을 격검대 모양으로 들었다 놓았다 내밀었다 들이켰다 하며 펄펄 뛴다.

사천 원 돈이나 드는 줄 모르게 들인 것을 속으로 앓고 또 앞으로 돈 쓸 걱정을 하는 판에 앨 써 해놓은 일에 대하여 자식부터라도 그 따위 소리를 하는 것이 귀에 들어오니 이래저래 화는 더 나는 것이다. 게다가 원래 못마땅한 자식이요, 또 오늘은 친기라 제사 반대꾼을 보니 가만 있어도 무슨 야단이든지 날 줄은 누구나 짐작했지만 마침거리가 좋아서 야단이 호되게 된 것이다.(109~110쪽)

〈예문 9〉

"하여간 말씀입니다. 지난 일은 어쨌든 지금 이 판에 별안간 치산이란 당한 일입니까. 치산만 한 대도 모르겠습니다마는 서원을 짓고 유생들을 몰다다 놓으시렵니까? 돈도 돈이거니와 지금 시대에 당한 일입니까?"

상훈이는 아까보다 좀 어기를 높여서 반대를 하였다.

"잔소리 마라! 그놈 나가라니까 점점 더하고 섰고나. 내가 무얼 하든 네가 무슨 상관이란 말이야. 내가 죽으면 동전 한 닢이라도 너를 남겨줄 줄 아니! 너는 이후 아무리 굶어죽는다 하여도 한푼 없다. 너는 없는 셈만 칠 것이니까…… 너희들도 다 들어 두어라."

하고 좌중을 돌려다보며 말을 잇는다.

"내 재산이라야 얼마 있는 게 아니다마는 반은 덕기에게 물려줄 것이요, 그 나머지로는 내가 쓰고 싶은 데 쓰다 남으면 공평히 나누어 주고 갈 테다. 공중인을 세우든 변호사를 불러 대든 하여 뒤를 깡그러뜨려 놓을 것이니까 너는 인제는 남 된 셈만 쳐라. 내가 죽으면 네가 머리를 풀 테냐? 거상을 입을 테냐?"

영감은 사실 땅문서도 차츰차츰 덕기의 명의로 바꾸어 놓아 가는 판이요 반은 자기가 쓰다가 남겨서 수원집과 막내딸의 명의로 물려줄 생각이다. 만일에 십오 년 더 사는 동안에 아들 하나를 더 본다면 물론 그 아들을 위하여 반은 물려줄 요량도 하고 있는 터이다.

…〈중략〉…

"애비 에미도 모르고 계집 자식도 모르는 너 같은 놈은 고생을 좀 해 봐야 한다. 내가 돈이 있으니까 네가 한 달에 한 번이라도 들여다보는 것이지 내가 아무것도 없어 보아라. 돌아다보기는커녕 고려장이라도 족히 지낼 놈이 아니냐. 어서 나가거라. 이 자식아, 조상을 꾸어 왔다는 자식은 조가가 아니다."

하고 노인은 별안간 벌떡 일어나서 아들을 떼밀며 내쫓으려는 듯이 덤벼든다. 젊은 사람들은 와 – 덤벼들어서 가로막는다. (112~113쪽)

〈예문 10〉

영감은 사지와 머리만 빼놓고는 오줌 싼 자리에 누운 듯이 뜨뜻하고 축축한 솜 속에 파묻혀 있는 셈이었다. 그것이 영감에게는 처음 해보는 일이요, 또 뼈만 남은 몸뚱어리에 퍽 좋았다. 조금 몸을 추스를 수만 있으면 안방으로 옮겨 들어가서 수원집의 간병을 받고 편안히 누워 있겠으나 허리 때문에 절대로 움직이지 말랄 뿐만 아니라 또 사실 움직일 수도 없었다. 영감은 안방에만 들어가 누우면 한약을 써도 좋겠다고 생각하는 것이다. 한약에 반대를 하는 것은 정말 양약을 믿기 때문이 아니라, 양약은 병마개를 종이로 풀칠까지 해서 꼭 봉해 오는 것을 머리맡에 두고 자기 손으로나 혹시 자기가 보는 앞에서 따라 먹는 것이요, 또 만일에 약에 무슨 병통이 생리더라도 즉시 의사만 불러 대서 남은 약을 쓰겠지만, 한약이면 달여서 사랑에 내올 때까지 일일이 감독도 할 수 없거니와 그 중간에 몇 사람의 손을 거치느니만큼 안심이 아니 되는 것이다. … 〈중략〉 … 영감의 신경질은 이러한 공상과 강박관념을 나날이 심하게 한 것이었다. 더구나 수원집이 며느리를 헐어서 속삭인 뒤로 더하여진 것이다. 죽을까 보아 생겁을 벌벌 내는 사람에게 자식들이 어서 죽기를 조인다고 하여 놓았으니 겁도 내는 것이 무리치 않다면 무리치 않을 것이나 게다가 몸을 꼼짝 못 하는 생병이다. 워낙 잠이 없는 늙은이가 긴긴 밤을 새노라니 느는 것은 그런 까닭 없고 주책없는 공상뿐이다. 게다가 자식부터 노리고 있는 재산이 있다 생각하면 믿을 사람이라고는 그래도 한 자리에서 자는 귀여운 수원집뿐이요, 그 외 놈년들은 남이요 한 푼이라도 뜯어먹지 못해서 눈이 벌게 돌아다니는 놈들뿐이다 …….(165~166쪽)

〈예문 11〉

조의관은 사랑에 누워서는 모든 것이 비편하고 안심이 아니 되고 누가 자기에게 약사발이라도 안겨서 죽일 것만 같아서 야단야단 치고 안으로 옮아 들어왔다. 아들이 있고 손자가 있고 증손자까지 두었건마는 그래도 수원집만은 모두 못하였다. 수원집 옆에 앉았기만 하면 병은 저절로 나을 것 같았다. 그러나 절대로 안정을 시키라는 늙은이를 떼메어 들여왔으니 아무리 네 각을 떠서 들여온 것은 아니지마는 늙은이의 노끈 같은 허리가 아무래도 추슬렸을 것이다. 막 나올 고비쯤 되었던 허리가 다시 물러났는지 옮아온 며칠 동안은 허리뼈가 여전히 시큰거리고 쑤시

고 부기가 더 성하여 갔다.(283~284쪽)

〈예문 12〉

　영감의 병은 차차 눈에 안 띄게 침중하여 들어갔다. 따라서 지주사, 창훈이, 최참봉 들 사랑 사람은 밤중까지 안방에 들어와 살다시피 되었다. 그러나 영감은 병이 더하여 갈수록 아들과는 점점더 대면도 하기를 싫어하였다. 상훈이는 인사를 차려서라도 아침부터 와서 밤에나 자러 가지마는, 사랑에서 빙빙 돌 뿐이다. 영감이 요새로 부쩍 더 그러는 데는 이유가 아주 없는 것은 아니다.

　돌아갈 때가 가까워서 그런지 덕기를 보고 싶다고 몇 번이나 편지를 띄우고 전보를 쳤다. 그러나 아무런 회답이 없어 영감은 가뜩이나 손자 놈을 못마땅하게 생각은 하면서도 날마다 아침 저녁 찻시간만 되면 기다리는데, 상훈이는 그런 줄은 모르고 긴치 않게 한다는 소리가,

　"아버지 병환이 그렇게 침중하신 터도 아니요, 그 애는 졸업시험이 며칠 안 남았으니 아직 그대로 내버려두시지요."

　하고 서두를 필요가 없다는 듯이 말리었다. …〈중략〉…

　영감이 덕기를 어서 불러다 보려는 것은 귀여운 생각에 애정으로 그렇지마는, 한 가지 중대한 것은 재산 처리를 손자를 앞에 앉히고 하려는 생각이기 때문이다. 물론 아들을 쏙 빼놓고 하려는 것은 아니나, 어쨌든 손자까지 앞에 앉히고 유언을 하자는 생각이다. 그것도 자기가 이번에 죽으리라는 생각은 아니나, 사람의 일을 모르겠고 어차피 언제든지 할 일이니까 나중 자기가 일어나서 또 어쩌든간에 이 기회에 대강만이라도 처리를 하여 놓으려는 생각이 있느니만치 손자를 성화같이 기다리는 것이요, 따라서 상훈이가 덕기를 못 오게 방망이를 드는 것이라고 오해하

는 것이요, 아들에게 금치산선고까지라도 시키겠다고 야단을 치는 것이다. …〈후략〉…(323~324쪽)

〈예문 13〉

"너 아범은 내가 어서 죽었으면 시원할 것이다. 너도 못 오게 하느라고 저희끼리 짜고 전보까지 새에서 못 치게 한 게 아니냐."

조부가 이런 소리를 할 제 덕기는,

"그럴 리가 있겠습니까?"

…〈중략〉…

"제아무리 그래야 밥이나 안 굶게 하여 주지, 그 외에는 막무가내하다."

조부는 이런 소리도 했다.

"왜 그런 말씀을 하셔요. 그까짓 재산이 무업니까. 그런 걱정은 모두 병환중이시니까 신경이 피로하셔서 안 하실 걱정을 하십니다. 얼마 있으면 꼭 일어나십니다."

덕기는 조부를 안위시키려고 애썼다.

"네 말대로 되었으면 작히나 좋으랴만 다시 일어난대도 나는 폐인이나 다름없을 것이다. 어쨌든 이 금고 열쇠를 맡아라. 어떤 놈이 무어라고 하든지 소용없다. 이 열쇠 하나를 네게 맡기려고 그렇게 급히 부른 것이다. 이것만 맡겨 놓으면 인제는 나도 마음놓고 눈을 감겠다. 그러나 내가 죽기까지는 네 마음대로 한만히 열어 보아서는 아니 된다. 금고 속에는 네 도장까지 있다마는 내가 눈을 감기 전에는 네 도장이라도 네 손으로 써서는 아니 된다. 이 열쇠는 맡아 두었다가 내가 천행으로 일어나면 그대로 내게 다시 다오."

조부는 수원집까지 내보내 놓고 머리맡의 조그만 손금고를 열라고 하여 열쇠 꾸러미를 꺼내 맡기고 이렇게 일러 놓았다.

"아직 제가 맡을 것이야 있습니까? 저는 할아버지 병환만 웬만하시면 곧 다시 갈 텐데요! 그리고 아범을 제쳐 놓고 제가 어떻게 맡습니까?"

덕기로서는 도리로 보아도 그렇지만 공부를 집어치우고 살림꾼으로 들어앉을 수도 없는 일이었다.

"다시 간다고? 못 간다. 내가 살아난대도 다시는 못 간다. 잔소리 말고 나 하라는 대로 할 뿐이다."

하고 조부는 절대 엄명이었다.

"하던 공부를 그만둘 수야 있습니까. 불과 한 달이면 졸업인데요."

"공부가 중하냐? 집안 일이 중하냐? 그것도 네가 없어도 상관없는 일이면 모르겠지만 나만 눈감으면 이 집 속이 어떻게 될지 너도 아무리 어린애다만 생각해 봐라. 졸업이고 무엇이고 다 단념하고 그 열쇠를 맡아야 한다. 그 열쇠 하나에 네 평생의 운명이 달렸고 이 집안 가운이 달렸다. 너는 그 열쇠를 붙들고 사당을 지켜야 한다. 네게 맡기고 가는 것은 사당과 그 열쇠 – 두 가지뿐이다. 그 외에는 유언이고 뭐고 다 쓸데없다. 이때까지 공부를 시킨 것도 그 두 가지를 잘 모시고 지키게 하자는 것이니까 그 두 가지를 버리고도 공부를 한다면 그것은 송장 내놓고 장사 지내는 것이다. 또 공부도 그만큼 했으면 지금 세상에 행세도 넉넉히 할 게 아니냐."

조부는 이만큼 이야기하기에도 기운이 폭 빠졌다. 이마에는 기름땀이 쭉 솟고 숨이 차서 가슴을 헤치려고 한다.

"살림은 아직 아범더러 맡으라고 하시지요."

덕기는 그래도 간하여 보았다.

"쓸데없는 소리 마라! 싫거든 이리 다오. 너 아니면 맡길 사람이 없겠니. 그 대신 내일부터 문전걸식을 하든 어쩌든 나는 모른다."

조부는 이렇게 화는 내면서도 그 열쇠를 다시 넣어 버리려고는 아니하였다.

덕기는 병인을 거슬려서는 아니 되겠기에 추후로 다시 어떻게 하든지 아직은 순종하리라고 가만히 고개를 떨어뜨리고 있으려니까 밖에서 부석부석 옷 스치는 소리가 나더니 수원집이 얼굴이 발개서 들어온다. 이때까지 영창 밑에서 엿듣고 앉았던 것이다.

덕기는 수원집이 들어오는 것을 보자 앞에 놓인 열쇠를 얼른 집어 들고 일어서 버렸다.(335~337쪽)

〈예문 14〉

영감은 깜박하고 스러져 들어가던 혼곤한 잠에서 깨인 듯이 몸을 틀며 눈을 번쩍 뜨더니 푹 꺼진 그 무서운 눈으로 휘휘 돌려다보고 나서,

"그저 잔소리냐? 떠들지들 마라. 어서들 자거라."

맥없는 소리를 잠꼬대같이 하고 또다시 눈을 스르르 감다가, 세 번째 눈을 번쩍 뜨며 안간힘을 쓰며 말을 잇는다.

"염려들 마라. 내가 내 생전에 이런 꼴을 볼까 보아 다 마련해 놓았다. 옷 마르듯이 다 공평히 나누어 놓았다. 누가 뭐라든지 소용없다. 우리 아버지께서 살아오셔도 할 수 없다. 칫수에 맞춰서 말라 논 옷감을 누가 늘이고 줄일 수 있겠니! 내 앞에서 다시 그맷말을 꺼내면 내 손으로 불질러 버리고 죽는다……."

영감의 입에서는 긴 한숨이 흘러나왔다.(339쪽)

〈예문 15〉

산(産)을 남겨 줌이 도리어 화를 만년에 끼치는 수도 없지 않기로, 내 생전에 이처럼 분배하여 놓은 것이니, 이는 나의 절대 의사라. 다시는 변통하지 못할지며, 지어 덕기 하여는 장래 조씨 집의 문장(門長)이라 덕기 자신에게 줌이 아니라 조씨 일문에 대대로 물려 내려갈 생활의 자료를 위탁함이니 덕기 된 자 모름지기 일푼 일리라도 임의로 하지 못할지니라……

…〈중략〉…

유서에 쓰인 날짜는 불과 십여 일 전이니, 그 침중한 가운데서도 만일을 염려하여 오밤중에 혼자 일어나 엉금엉금 금고에 매달려서 꺼내고 넣고 하였을 것을 생각하니, 덕기는 조부가 가엾고 감격한 눈물까지 날 것 같다. 조부의 성미와 고루한 사상에 대하여서나, 부자간에 그처럼 반목하는 것은 덕기로서도 불만이 없지 않으나, 자손을 위하여 그렇게 다심하게도 염려하는 것을 생각하면 고맙다. 분배해 놓은 것이야 일조일석에 한 것이 아니요, 몸이 편할 때에 시름시름하여 두었겠지마는, 늙은이가 아무도 모르게 혼자서 죽은 뒤의 마련을 하던 그 쓸쓸한 심정이나 거동을 상상하여 보면 또 눈물이 스민다. 이 유서 한 장을 쓰기에도 남 자기를 기다려서 며칠을 두고 썼을지 모를 것이다. 남들은 노래에 수원집에게 홀딱 빠졌으니 그 재산이 성할 수야 있겠느냐고, 덕기가 듣는 데서까지 내놓고 뒷공론들을 하였지만, 결국 수원집 모녀 편으로는 이백 오십 석이니, 결코 적은 것은 아니나 상훈이는 단 이백석밖에 차례에 안 간 것을 생각하면 많은 편이라고 하겠다. 그러나 원체 상훈이에게 이백 석이라는 것은 너무나 가엾다. 이것이 모두 영감의 고집불통 때문이지마는, 봉제사 안하는 예수교 동티이다. 결국 영감의 봉건사상이 마지막으로 승리의 개가를 불러 보는 것이다. 그러나 덕기가 재산은 상속하였을

망정 조부의 유지도 계승할 것인가? 그는 금고 문지기는 될 수 있을지언정 사당 문지기로서도 조부가 믿듯이 그처럼 충실할 것인가?(356~357쪽)

● **김병화(마르크스주의에 경도된 청년)** ─────────────────

성   별   남자
나이(추정포함)   스물세 살
출생지 및 거주지, 활동 공간
          ① 중학교 졸업 일년 뒤 동경에 건너감.
          ② 동경에 갈 적 올 적에 경도를 들러 덕기를 만남.
          ② ××고등보통학교 삼학년부터 덕기를 따라 ○교 예배당
          으로 옮겨와 덕기와 친하게 지냄.
          ③ 경성제국대학의 법문과에 지원을 하였다가 실패함.
          ④ 일 년 간 해주로 내려가 입학시험 준비를 하다 동경으
          로 가 와세다 전문부의 정경과에 한 학기쯤 다니다
          덕기가 있는 경도를 거쳐 서울로 돌아와 새문 밖 필
          순네 집에서 하숙함.
          ⑤ 홍경애와 함께 효자동 종점 부근에서 일본 식료품 상
          점을 개업함.
직   업   사회주의 운동가, ××동맹중앙본부 동맹위원
출신계층   넉넉하지 않은 목사의 아들
교육정도   경성제국대학의 법문과에 지원을 하였다가 실패한 후, 동
          경의 와세다 대학 전문부의 정경과에 한 학기 다님.
가족관계   목사 부친과, 교인 모친이 있음.
인물관계   ① 동지사 신학부에 들어가거나 동경에 가서 신학을 공
          부하라는 부친의 명을 어기면서부터 부친과 사상 충
          돌을 일으켜 집을 나옴.
          ② 조덕기와는 중학교 시절부터 알고 지내던 사이로 둘
          의 사상은 다르지만 서로가 친하게 지냄.

③ 홍경애와 가까워지면서 덕기의 부친과 미묘한 대립
　　　　관계에 놓임.
　　　④ 장훈과는 사상적 동무관계이나 노선이 달라 서로 견
　　　　제함.
　　　⑤ 홍경애와 연애관계로 발전하면서 사회주의 운동에서
　　　　발을 빼려고 결심함.
인물의 존재방식(사회계층)
　　　신학 공부하기를 원하는 부친의 권유를 거스르고 동경
　　　바닥에서 굶으며 먹으며 일 년간 지내면서 사회주의에
　　　경도됨.
성　　격　①　사회주의 사상에 경도됨.
　　　②　덕기를 만날 때마다 냉소적이 비판적임.
　　　③　홍경애를 만나면서부터는 신념이 흔들림.
　　　④　다소 낭만적인 성향도 있음.

성격 지표 및 인물의 제시방식

〈예문 1〉

덕기는 안마루에서 내일 가지고 갈 새 금침을 아범을 시켜서 꾸리게
하고 축대 위에 섰으려니까, 사랑에서 조부가 뒷짐을 지고 들어오며 덕
기를 보고,

"얘, 누가 찾아왔나 보다. 그 누구냐? 대가리 꼴하고…… 친구를 잘
사귀어야 하는 거야. 친구라고 찾아온다는 것이 왜 모두 그 따위뿐이냐?"

…〈후략〉…

…〈중략〉…

머리가 텁수룩하고 꼴이 말이 아니라는 조부의 말눈치로 보아서 김병
화가 온 것이 짐작되었다.

"야 - 그렇지 않아도 저녁 먹고 내가 가려 하였었네."

덕기는 이틀 만에 만나는 이 친구를 더욱이 내일이면 작별하고 말 터이니만치 반갑게 맞았다.

"자네 같은 부르주아가 내게까지! 자네가 작별하러 다닐 데는 적어도 조선은행 총재나……."

병화는 부옇게 먼지가 앉은 외투 주머니에 두 손을 찌른 채 딱 버티고 서서, 이렇게 비꼬는 수작을 하고서는 껄껄 웃어 버린다.

…〈중략〉…

"여보게, 담배부터 하나 내게. 내 턱은 그저 무어나 들어오라는 턱일세."

하며 병화는 방 안을 들여다보고 손을 내밀었다.

"나 없을 땐 소통 담배를 굶데그려."

덕기는 책상 위에 놓인 피죤값을 들어 내던지며 웃다가,

"그저 담배 한 개라도 착취를 해야 시원하겠나. 자네와 나는 착취와 피착취의 계급적 의식을 전도시키세."

하며 조선옷을 훌훌 벗는다.

"담배 하나에 치를 떠는 ─ 천생 그 할아버지의 그 손자다!"(11~13쪽)

〈예문 2〉

"언제 떠나든 상관 있나마는 상당히 탔겠네그려?"

"영감님 솜씨에 주판질 안 하시고 내놓으시겠나."

"우는 소리 말게. 누가 기대일까 봐 그러나."

"기대면 줄 것은 있구……."

"앗! 그래도 한 달 치는 해주어야 떠나 보낼 텔세. 있는 놈의 집 같으면 그대로 먹어 주겠지만, 주인 딸이 공장에를 다녀서 요새 그 흔한 쌀

값에 되되이 팔아 먹네그려. 차마 볼 수가 있어야지 ……."

"흥……."

하고 덕기는 동정하는 눈치더니,

"자네 따위를 두기가 불찰이지."

하고 웃어버린다.

공장에 다니는 주인 딸, 한 되에 이십여 전씩 한다는(덕기는 확실한 쌀금을 모른다. 남들이 하는 말을 귓결에 들었을 뿐이다) 쌀을 되되이 팔아 먹는 집, 게다가 밥값을 석 달 넉 달씩 지고 얹혀 있는 병화 ……."(13~14쪽)

〈예문 3〉

"내가 이렇게 술을 먹는다고 누구든지 타락하였다고 하겠지? 하지만 타락하였으니까 술을 먹는다는 말도, 술을 먹으니까 타락하였다는 말도 안 될 말이 아니야요. 또 여자가 술을 먹는다고 타락하였다면 술 먹는 남자는 모두 타락하고 술 안 먹는 목사님 같은 사람은 모두 천당 가신다 는 말이지? 네? 긴상(김씨) 정말 그런가요?"

하고 병화위 무릎을 탁 친다.

…〈중략〉…

그러나 경애가 목사를 끌어내는 말에 병화는 하려던 말을 멈칫하고 고개를 끄덕거리며 덕기를 쳐다보았다.

병화의 아버지가 현재 장로요, 덕기의 아버지도 목사 장로는 아니라 하여도 교회사업을 하고 있는 터이다. 물론 경애가 병화나 덕기 부친을 알 리 없으니 빗대 놓고 한 말은 아니라고 생각하였지마는, 현재 자기가 장로인 부친과 사상 충돌로 집을 뛰어나와서 떠돌아다니는 신세이니만치

평범한 그 말이 몹시 가슴에 찔리었다. …〈후략〉…(28~29쪽)

〈예문 4〉

"어서 들어오게. 에 추워!"

하며 병화는 입고 자던 양복 주머니에 손을 찌르고 어깨통을 흔든다. 입고 자던 양복이 아니라 출입벌이고 무어고 단벌이다. 덕기는 먼지가 뿌옇게 앉은 그 양복 바지를 비참하다는 눈으로 한참 바라보고 섰다.

"왜 이렇게 얼이 빠졌나? 모든 것이 너무 비참한가?"

병화는 막걸리에 거른 사람 같은 거센 목소리로 이런 소리를 하였다.

"나가세 ……."

"나가더라고 좀 들어오게. 난 게다가 감기가 들고 허기가 져서 꼼짝할 수 없네."

병화는 떼를 쓰듯이 이런 소리를 한다.

…〈중략〉…

"그럼 약이라도 어서 먹어야지!"

덕기는 이런 인사를 하며 껑충 뛰어 툇마루로 올라섰다.

"허기가 져서 죽겠다는데 약은 무슨 팔자에 ……."

병화는 일종의 분기를 품은 목소리로 이런 소리를 한다.

방바닥이 얼음장이다. 이때까지 들쓰고 누웠던 이부자리는 어디가 안이요 어디가 거죽인지 알 수가 없다. 발바닥에서부터 찬 기운이 스며 올라오건마는 퀴퀴한 기름때 냄새 같은 사내 냄새가 코를 찔러서 비위를 뒤흔들어 놓는다.

…〈중략〉…

'이런 생활도 있다.'

고 덕기는 속으로 놀라면서 병화가 가엾은 생각이 들었다. 이런 궁극에 달한 생활을 하면서도 남에게 굽히지 않고 자기 주의를 위하여 싸우는 것이 말하자면 수난자(受難者)의 굳건한 정신이 있기 때문이려니 하는 생각이 든 것이다.(49~50쪽)

〈예문 5〉

경성제국대학의 법문과에 지원을 하였다가 실패한 병화가 일 년을 부모가 있는 해주로 내려가서 다음해의 입학시험 준비를 하고 있다가 일 년을 뒤떨어져서 경도로 왔을 때 병화는 덕기더러 이런 소리를 하였다.

"아버지는 동지사(경도에 있는 대학이다) 신학부에 들어가거나 거기서도 안 되거든 동경으로 가서라도 신학을 공부하라고 하시기에 네- 그러겠습니다. 하고 떠나 오긴 했지만, 난 목사 노릇은 아니 할 텔세. 목사는 커녕 사실 내 짐 속에는 바이블(성경책)도 없네."

이말을 들을 때 덕기는 친구의 말에 놀라기보다는 내심으로 반색을 하였었다. 종교생활에 대하여 병화처럼 노골적으로 대담히 반기를 들 수 없이 머뭇머뭇하고 있던 차에 옛 동무-더구나 같은 처지에 놓인 교회 동무가 이러한 말을 할 제 동감하지 않을 수 없었다.

"하지만 그런다면 당장 학비가 오지 않을 게 아닌가? 더구나 자네 어머니께서는 어떻게 그렇게 해서 입학만 되면 교회 속에서 학비라도 끌어내실 작정일 텐데 ……?"

병화의 집이 그리 넉넉지 않은 것을 아는 덕기는 그때부터 이러한 염려까지 하였던 것이다.

"그야 내가 자네보다 더 생각했겠지! 하지만 몇 해 동안 학비 얻어 쓰자고 자기를 팔 수야 있나?-자기의 신념을 팔 수야 있나? 만일 신앙을 잃고서 그 잃은 신앙의 내용을 공부한다면 그건 대관절 무엇인가? 예수를 팔아먹는 것이 아닌가? 나더러 유다가 되란 말이 아닌가? 그보다도 송장 빼놓고 장사 지내는 걸세그려! 죽은 자식의 수의는 지을지언정 피묻은 자식의 설빔을 짓는 사람은 없겠네그려? 여보게, 사리가 그렇지 않은가?"

그때의 병화는 이렇게 떠들어 놓으며 기고만장이었다.

…〈중략〉…

그렇게 하고 동경에 간 병화는 와세다 전문부의 정경과에 이름을 걸어 놓고 한 학기쯤 다녔으나 부친이 학비를 보낼 리가 없었다. 애초에 경성제대의 법문과에 입학하려는 것을 허락하였던 부친이니 제대로 내버려두고 아무리 어려운 중에라도 뒤를 대어 주었다면 모든 일이 순편하였을지 몰랐으나 두 고집이 맞장구를 쳐서 학비는 끊어지고 말았었다.

…〈중략〉…

그러나 굶으며 먹으며 동경 바닥에서 일 년간 뒹구는 동안에는 생활이 그러니만치 사상이나 기분이 더욱 과격하여졌었다. 부친과의 거리가 천리 만리 떨어진 것은 말할 것도 없고, 할 수 없이 경도까지 노자를 만들어 가지고 덕기에게 귀국을 시켜 달라고 왔을 때 덕기도 자기와 사상으로 거리가 여간 멀어지지 않은 것을 보고 놀랐다. (54~55쪽)

〈예문 6〉

"여보게, 그러지 말고 그때 얌전히 신학교에나 들어갔다면 좋지 않았겠나!"

덕기는 혼자 생각에 팔려서 걷다가 밑도끝도없는 말을 불쑥 내놓으며 웃었다.

"무어? 무어?"

병화는 마주치는 찬바람에 눈물이 글썽하여진 눈을 안경 속에서 번득거리며 불쾌한 듯이 묻는다. 자기의 처지가 이 사람에게 가엾이 보여서 이런 소리를 듣는구나 – 하는 생각을 하니 좀 아까 오 원 받은 것까지 손에 쥐었으면 내던지고 싶을 만치 불쾌한 것을 참았다.

…〈중략〉…

덕기는 물로 그때에 병화의 말을 되풀이하여 목사가 되었다면 좋지 않았느냐는 말이었으나 병화의 귀에는 몹시 거슬렸다.

"자네의 그 오 원은 자선냄비에 훔친 것은 아닐세. 언제든지 갚음세."

병화는 이런 소리를 내던지고 휙 돌아서서 인사도 없이 가버린다. 덕기는 웃으면서 바라보다가 잠자코 따라 섰다.

"어린애처럼 왜 그러나?"

"머리가 아파서 난 들어가 누워야 하겠네."

병화는 여전히 걷는다.

"내가 공연한 소리를 해서 잘못되었네. 하지만 그까짓 돈 말은 꺼내지 말게. 내가 아무려면 그 따위 소견으로 그러겠나. 다만 자네가 좀 돌려 생각을 하고 머리를 숙이고 집으로 들어가게 했으면 좋겠다는 생각으로 그러는 걸세."

"어쨌든 자네와 언제까지 이대로 교제해 나가기는 어려울 것 같으이. 자네가 내게로 한걸음 다가오거나 내가 자네게로 한걸음 양보를 하지 않으면…… 그러나 피차에 어려운 일이요, 이대로 나간다면 무의미할 뿐 아니라 공연히 자네에게 신세만 지는 셈쯤 될 거니까."

병화는 재래의 교분으로 현상유지를 해오기는 하나, 돈 있는 친구와 사귀기가 어려운 것을 생각하고 친구의 교의도 아주 청산을 해버리겠다

는 불끈한 생각이 들었던 것이다.(56~57쪽)

〈예문 7〉

"어서 자시지요. 우리집에 한번 놀러 오세요. 내 누이하고 사귀어 노세요. 올에 열일곱, 아니 양력설을 쇠었으니까 열여덟이 되었습니다."

…〈중략〉…

"참, 어서 식기 전에 먹어요."

병화도 뜨거운 국수를 걸신스럽게 쭈룩쭈룩 먹다가 이렇게 권하고 나서,

"참, 자네 누이가 벌써 그렇게 컸나? 꼭 동갑세로군! R학교 고등과에 다니지?"

"응, 인제 사년급 되는군."

"하지만 자네 누이와 교제는 안 될걸! 나는 자네를 감화를 시킬 자신이 있어도 여자란 암만해두 마음이 약해서 그런 부르주아의 귀동 따님하고 놀면 허영심만 늘어 가고 못쓰지!"

필순이가 부잣집 딸과 사귀면 마음이 변해 갈 것을 염려해 하는 말이나 덕기는 듣기 싫었다.

"부르주아란 우리가 무슨 부르주아란 말인가? 일본 정도로만 본대도 중산계급도 못 되는 셈일세. 그는 하여간 내 누이가 그런 요새 계집애는 아닐세."

덕기는 심사 틀리는 것을 참고 조용히 이런 변명을 하였다. 필순이는 병화가 너무 사리는 것 없이 남 듣기 싫은 소리를 텅텅 하는 것이라든지 자기가 아무려면 그런 허영심 많은 사람이랴 하는 마음이 들어서 못마땅하였다.

…〈중략〉…

병화는 필순이의 몹시 수줍어하는 것이 못마땅하였다. 다른 남자에게는 아무리 초대면이라도 할 말은 또랑또랑하게 하고 과똑똑이란 별명을 들을 만치 매섭게 굴던 사람이 오늘에 한하여 덕기의 앞이라고 별안간 꼭 들어앉았던 구식 처자처럼 몸둘 곳을 몰라하는 양이 보기 싫었다.

'돈 있는 남자라니까? 조촐한 미남자이니까?'

병화는 공연히 소개를 하지나 않았나? 하는 엷은 후회도 났다. 결코 질투심은 아니다. 어린애 마음을 뒤숭숭하게 만들어 놓거나 모처럼 공들여서 길러 가는 사상의 토대가 흔들려서는 안 되니까 걱정이 된다고 병화는 자기의 심중을 홀로 살펴보고 스스로 변명을 하였다.(61~62쪽)

〈예문 8〉

"그래 무어 버는 것도 없이, 지내는 게 용하이그려. 언젠가 일전에 어르신네는 잠깐 만나 뵈었지만…… 그러지 말고 댁으로 그만 들어가는 게 어떤가?"

상훈이도 술이 몇 잔 들어가더니 아까와 같이 '허소'를 집어치우고 아들의 친구라 '하게'를 한다.

"여기서처럼 술도 먹고 밥을 먹을 때 기도도 않고 하면 들어가도 좋지요마는 집의 아버지는 아편중독에도 삼기는 넘으셨으니까요."

하고 병화는 웃었다. 그네들은 종교를 아편이라 부르는 버릇이 있다.

병화의 말에 여러 사람은 무색하였다. 상훈이도 말이 꼭 막히고 말았다. 사실 그들은 집에서 처자와 밥상 받을 때에는 기도를 하나 지금 여기서는 기도할 것을 잊어버렸다. 청국 요리와 술에 대하여는 하느님이 기도를 면제하여 준 것같이!

"실례입니다만 여러분께서도 언제나 이렇게 노시면 자유스럽고 유쾌하고 평화스럽고 사람 된 제대로 사는 맛을 보시겠지요. 시집가는 색시처럼 성적(成赤)을 하고 눈을 감고 활옷을 버티어 입고 앉았으면 괴로우시겠지요?"

병화는 이렇게 역습을 하여 보았다.

"사람이 파탈을 하는 것도 어떤 경우에 좋을지 모르겠지만 무상시로 술이나 먹고 취생몽사로 헐개가 느즈러져서야 쓰겠나. 가다가다 긴장한 정신과 생활에 안식을 주려고 이렇게 노는 것도 무방은 하지만……."

상훈이가 반대도 아니요 변명도 아닌 어름어름하는 수작을 하였다.

"하필 술을 먹고 논다 해서 말씀이 아니라 기분으로나 양심으로 말입니다. 술이나 먹고 마작이나 하고 농세상으로 지내니까 자유스럽고 유쾌하고 평화스러우리라는 그런 타락한 인생관이 어디 있겠습니까마는 지금 말씀하신 그 긴장한 정신, 긴장한 생활이란 무엇을 위한 것이었던가를 생각하실 필요가 있겠지요. 종교생활보다도 더 긴장한 생활, 더 분투의 생활이 있는 것을 생각하셔야지요……."

병화가 문학 청년같이 도도한 열변을 꺼내 놓으려니까 여러 사람은 나중 시킨 술이 왜 안 오나? 하는 생각들을 하며 눈살을 찌푸리고 앉았다.(144~145쪽)

〈예문 9〉

병화는 자기 친구가 칭찬 듣는 것이 좋지 않은 것도 아니요, 덕기가 자기에게 그렇게 고맙게 구는 것이 특별히 필순이란 계집애가 여기 있기 때문에 한층더 꾸며서 하는 일이라고는 생각지 않으나 그래도 그 뒤에는 필순이에게 자랑하는 마음이나 필순이에게 보라는 조그만 허영심이 움직인 자취가 아주 없지 않으리라는 것이 얼마쯤 불쾌도 하였고 그런 생각이 있을수록에 아무 멋도 모르고 입에 침이 없이 칭찬하는 주인댁의 말이 듣기 실쭉하기도 하였다.

병화의 고분고분치 않은 성질로는 덕기에게 고맙다는 엽서 한 장이라도 부치기가 귀찮았다. 감사한 생각이 없는 것이 아니나 감격한 듯이 허겁지겁을 해서 인사치레하는 것이 그 사람에게 굴한 것 같기도 하고 또 으레 길 떠난 사람이 잘 도착했다는 기별을 먼저 할 것이니까 그때나 자기 부친과 하룻밤 지낸 이야기를 할 겸 답장을 해주려고 생각하였다.(182~183쪽)

〈예문 10〉

"객쩍은 소리 그만두어요. 그 따위 실없는 소리를 할 때가 아니야요. 우리집에 들어가서 그런 실없는 소리를 하다가는 뺨 맞고 쫓겨날 테니 정신 바짝 차려요!"

경애는 실없는 듯이 이런 소리를 하였으나 별안간 그 말소리라든지 얼굴빛에 추상 같은 호령과 남을 압도하는 표독한 기운이 차 보인다.

병화는 무심중에 선뜩하며 여자의 얼굴이 다 쳐다보였다. 그러나 병화는 태연한 낯빛으로 여전히 싱글싱글하면서,

"그 호령이 어디서 나오는 것이오? 얻다가 준비해 두었다가 쑥 내놓는 것 같으니!"

하고 역시 농담을 붙여 보았으나 경애는 다시는 입을 벌리지 않았다. 생각할수록 경애란 이상한 계집애다. 지금 말눈치로 보아서는 노는 계집과 다름없고, 자기에게 성욕적으로 덤비는 것같이밖에는 보이지 않았다. 그뿐 아니라 어제 상훈이에게 끌고 간 것이라든지, 또 전일에 상훈이 앞

에서 키스를 한 것이라든지, 혹은 자기와 상관한 남자들을 모두 서로 대면시키려는 말눈치로 보면 일종의 변태성욕을 가진 색마나 요부(妖婦) 같다. 그러나 별안간 호령을 하고 함부로 윽박지르는 것을 보면 그것이 혹시는 히스테리증의 발작인지는 모르겠으나, 어떻게 생각하면 불량 소녀의 괴수로서 무슨 불한당아의 수두목 같기도 하다. 옛 책이나 탐정소설에서 볼 수 있는 강도단의 여자 두목이라면 알맞을 것 같다. 사실 청인의 상점이 쭉 들어섰고 아편쟁이와 매음녀 꼬이는 음침하고 우중충한 이 창골 속을 휘돌아 들어갈수록 병화는 강도들의 소굴로 붙들려 들어가는 듯한 음험함 불안과 호기심을 느끼는 것이었다.(218~219쪽)

〈예문 11〉

'대관절 피혁이란 위인의 정체는 무엇인구? 사위를 고르러 왔다는 말은 역시 경애의 입에서 함부로 나온 소리겠지만 정말 무슨 일거리를 가지고 다니는 자인가? 계통은 무슨 계통일꾸…….'

병화는 갑갑한 성미에 다시 뛰어가서 단도직입적으로 물어 보고 싶었다. 그러나 그자가 정말 무슨 계획을 가지고 국외에서 숨어 들어온 자라면 무슨 계획일꼬? 응할까? 안 응할까? 그것도 문제지만 그렇다면 단단한 결심과 각오가 있어야 할 것 같다.

어쩐지 몸이 으슬으슬한 것 같기도 하나 이러고 무위하게 지내는 판에 일거리가 생겨서 막다른 골목에 든 운동을 다시 뚫어 나갈 수 있게 된다면 활기가 생겨서 도리어 다행하기도 하다.

'그건 그렇다 하고, 요놈의 계집애는 어쩔 테구? 차차 두고 볼수록 여간내기가 아닌데 이대로 씁쓸히 하고 말 수야 있나? 상훈이하고 그렇거니와 덕기의 서모뻘이 되거나 그거야 누가 알 일인가?'

병화는 기위 내논 밭길이면야 갈 데까지 가고야 말아야 하겠다고 생각하였다. 그리고 요 김을 놓치고 미끄러져 버리면 안 되겠다고도 생각하였다. 설사 그 남자와 무슨 일을 하게 된다 하더라도 경애와의 관계가 두 사람을 맞붙여 주는 데 그치고 경애는 발을 쑥 빼버리든지 하면 아무 흥미가 없어지는 것이다. 일을 팔아서 사랑을 살 수는 없으나 일은 일이고 사랑은 사랑이다. 사랑까지 얻고야 말겠다는 욕심이다.(233~234쪽)

〈예문 12〉

병화는 말을 끊어 버리고 필순이를 내보낸 뒤에 버둥버둥 누웠다가 일전에 받은 덕기의 편지를 생각하고는 오늘은 답장을 써볼까 하여 책상 앞으로 다가앉았다.

…〈전략〉…

그러나 다만 한 가지 할 말은 나와 및 나의 동지는 시대라는 큰 수레에 타기를 꺼려하는 자네네와 자네네 이하 사람에게 어서 올라타라고 군호하고 재촉하는 임무를 우선 맡았다는 것일세. 그러나 여간해서는 타야 말이지. 화물차에 한마(사나운 말)를 몰아넣기보다도 어려우이. 그러나 홰 안에 닭 쫓아 넣듯이 때가 되면 제 곳으로 찾아들겠지. 그러나 어려운 일일세. 한집엣서 몇 해를 지내며 길러 내다시피 한 필순이만 두고 보더라도 나는 거의 실망일세. 나이 관계도 있고 성격 관계도 있겠지만 필순이 하나도 내 힘으로는 시대의 수레에 집어올리지를 못하는 것을 생각할 제 새삼스러이 자기의 무력한 데 놀라지 않을 수 없네. 내가 무력한 것인가? 그를 나 닮으라고 강요하는 것이 근본적으로 잘못인가? 그것은 자네 판단에 맡기네. 하여간 필순이의 일은 자네에게 맡기네. 나를 중간에 세우지 말고 자네 뜻대로 자네 힘대로 하게. 자네에게 맡긴단 말도 잘못일세. 필순이 자신에게 맡기는 것이 옳을 것일세.

　…〈중략〉…

　자네 부친 - 그이는 자네 조부에게는 기독교로서 이단이었지마는, 자네에게는 시대의식으로서 이단일 것일세. 그에게는 얼마 동안 술잔과 십구세기의 인형의 무릎을 맡겨 두는 것도 좋은 일이나, 아편을 정말 자시지나 않게 주의를 하게.

　그리고 홍경애? - 이 여자는 아마 자네 부친의 것이라느니보다도 내 것이 되기 쉬울 가능성은 있네마는 그는 십구세기가 아니라 이십세기의 인형일세. 그 정도로 나는 사랑할지 모르네. 그만쯤 알아 두게. 더 쓸 것도 없고 쓰기도 싫으이. 부득요령의 잔소리일세. 그러나 요령 있는 말을 하다가는 감수(減壽)가 될 것이 아닌가 ……. (318~323쪽)

● 홍경애

성　　별　　　여자
나이(추정포함)　　　스물다섯 살
출생지 및 거주지, 활동 공간
　　　① 수원에서 태어나 독립지사 아버지로 인해 가난하고
　　　　어려운 시절을 보냄.
　　　② 조덕기와 보통학교를 같이 다님.
　　　③ 부친의 유언과 남대문 학교 교원을 인연으로 조상훈
　　　　과 가까워져 아이를 낳지만, 자신의 체면만을 중시하
　　　　는 조상훈의 배신으로 모친과 다섯 살짜리 딸을 데리
　　　　고 창골에서 살며 술집 여급 생활을 함.
　　　④ 카페에서 만난 김병화와 가까워져 운동자금을 헐어
　　　　가게를 차리고 운동가로 활동함.

직 업	술집 여급, 사회주의 운동가
출신계층	수원의 교역자인 부친 홍××의 딸
교육정도	여학교 졸업(여자고등보통학교로 추정함).
가족관계	① 친가와 외가 쪽으로 교역자 부친과, 야소교인인 모친, 그리고 외삼촌과 맏조카 등이 있음.
	② 조상훈과의 사이에 다섯 살 딸 정례를 둠.
인물관계	① 조덕기와는 남대문 ×소학교를 같이 졸업하였으며, 서로 우호적으로 대함.
	② 카페 바커스의 주부와 동무 관계에 있음.
	③ 조상훈과는 구원(舊怨)으로 대립하나 조상훈은 홍경애를 다시 첩으로 들이려고 생각함.
	④ 카페 바커스에서 만난 김병화와 가까워지고, 운동도 함께 도모하는 가운데 김병화가 그녀를 사랑하게 됨.

인물의 존재방식(사회계층)

① 수원에서 알려진 교역자의 딸로서 어려운 환경에서도 여학교를 졸업하고 소학교 교원으로 출발하지만, 부친의 후배이고 그들의 후원자이면서 종교가인 조상훈의 유혹에 넘어가 그의 아이를 가지면서 버림을 받고 친구가 운영하는 술집에서 일을 봐줌.

② 사회주의 운동가 김병화를 알면서 그와 연예관계로 발전함.

성 격	① 이지적이고 타산적이며 허영심이 있음.
	② 결단력이 있고 삶의 의지가 강함.
	③ 인간에 대한 뿌리 깊은 불신을 가지고 있고, 사람을 대할 때 진지하게 대하지 않는 성격. 자신의 운명을 개척해 나가는 현대 여성.

성격 지표 및 인물의 제시방식

〈예문 1〉

"사실은 난 밤낮 먹는 그 밥도 없네마는 술도 못 얻어먹으면 냉수나 마시고 살라는 말인가? 대관절 무산자에게서 술마저 뺏으면 무에 남겠나? 자네 같은 계급인에게는 밥도 있고 옷도 있고 에로(계집이란 뜻)도 있고 고로 (엽기라는 뜻)도 있겠지만 내게 무에 있나? 하하하…… 그래도 술을 먹지 말라는 말인가?"

"암 그렇고말고요! 퍽 유쾌하신 모양입디다그려?"

별안간 이런 소리를 치면서 '아이상'이란 여자가 내달아서 주부 옆에 와 서며 덕기에게는 눈도 거들떠보지 않고,

"긴상, 저런 도령님과 무얼 그렇게 설교를 하고 앉으셨소? 자 술이나 잡수세요."

하고 주부 앞에 놓인 술통을 들고 달려든다.

"사실 아이상 말이 옳지? 자-당신부터 한 잔……."

하고 병화는 의기양양하여 빈 컵을 내어민다.

"나두 먹지요."

하고 경애는 선뜻 잔을 받고 술통을 병화에게 전한다.

병화는 선 채 내미는 경애의 잔에 술을 따랐다.

경애가 곱뿌 술을 받아서 마시는 것을 보고 덕기는 외면을 하였다. 처음에는 소리를 치며 희희낙락하여 내닫는 그 꼴에도 가슴이 내려앉듯이 놀랐지만, 그 술 마시는 데에 한층더 놀라고 밉고 가엾고 더럽고 한 복잡한 감정을 참을 수가 없었다.

…〈중략〉…

그러나 경애가 술을 이렇게 마구 먹는 것을 보고 놀란 사람은 덕기만

이 아니었다.

"어쩌자구 이래? 오늘은 무슨 일 있나?"

주부 경애가 장난으로 대객삼아 그러는 줄만 알고 웃으며 바라보다가, 정말 반 컵 턱이나 흘러들어가는 것을 보자 질겁을 하면서 경애의 입술에서 술잔을 붙들어 끌어내렸다.

…〈중략〉…

"담배 하나를 실례해요."

하고 거기 놓인 피죤 한 개를 꺼내 붙인다.

덕기는 담뱃불을 붙이는 동안에 경애의 얼굴을 잠깐 엿보았다. 그렇게 보아서 그런지 새맑은 두 눈에 성냥불이 어리어서 그런지 눈물이 글썽글썽한 것 같다.

'그래도 우는구나!'

고 덕기는 도리어 가엾은 생각이 났다.(24~25쪽)

〈예문 2〉

"참 이 양반도 약주를 좀 잡수세요. 색시처럼 ……."

주부가 인사성스럽게 다시 덕기에게 알은체를 하고 술을 권하려니까.

"아직 도련님을 술을 먹여 되나요. 내가 먹지!"

하고 덕기 앞에 놓인 술잔을 얼른 들어오면서 별안간 조선말로 덕기만 알아들을 만치,

"빨아먹을 수만 있으면 부자의 피를 다 - 빨아먹겠는데."

하고는 바로 앉는다. '부자'라는 말은 '아비 아들'이란 말인지 돈 있는 부자란 말인지 알 수 없었다.

덕기의 부자의 피라도 빨아먹겠다!는 한마디가 하고 싶어서 경애는 일

부러 덕기의 술잔을 **빼앗아** 온 것이었다. 그리고 이 말을 일부러 한 것은 내가 너를 몰라본 것이 아니라는 예기 지름을 하고 싶었던 까닭이었다. 그러면서도 경애는 그 술잔을 들어서 입에 대려고는 아니 하였다.

－이 술잔은 조상훈(趙相勳)이의 아들 조덕기(趙德基)의 술잔이거니 하는 생각을 잊어버리지는 않았기 때문이다.

상훈이는 누구요 덕기는 누구이냐……? 어쨌든 한때는 내 남편이요 따라서 아무리 연상약한 어릴 때의 학교 동무라 하여도 아들이라는 이름이 지어 있던 사람이다!

이러한 생각이 앞을 서기 때문에 경애는 덕기의 술잔을 끌어다가 놓았어도 입에 대려고는 아니 하였던 것이다.(27쪽)

〈예문 3〉

"나 좀 봐요!"

바로 뒤에서 같은 목소리가 난다. 덕기는 깜짝 놀라며 휙 돌아다보았다.

경애가 딱 섰다!

웃지도 않는 얼굴로 누구를 나무라는 사람처럼 눈을 뚱그렇게 뜨고 마주 바라본다.

덕기는 마침 이렇게 만난 것이 신기도 하고 놀랍기도 하다.

"어디 가슈?"

경애는 그제서야 조금 상글해 보인다.

"밥 먹을 데를 찾는 중인데……."

하고 덕기도 의미 없이 웃어 보인다.

…〈중략〉…

덕기는 경애의 양장한 모양을 보고 혼자 생각을 하였다. 속에다가는 무엇을 입었는지 어스름한 속에서 보이지 않으나 위에 들쓴 짙은 등황색 외투와 감숭한 모자와 허리를 기껏 후려 패인 서슬 있는 에나멜 구두로 보아서 어떤 무도장이나 무대에 내놓아도 빠지지 않을 만한 차림차리다.

…〈중략〉…

다른 데는 번화할 것 같아서 역시 일본 국숫집으로 데리고 들어갔다. 마주 앉고 보니 할 말이 많을 것 같으나 할 말이 없었다.

"다 - 들 안녕하슈?"

경애가 먼저 입을 벌렸다.

"예."

"아버지께서는 여전히 '아 - 멘' 하시고?"

경애는 모멸하는 냉소를 띤다.

…〈중략〉…

덕기는 더 캐어묻기도 어려웠다.

"그 애 몇 살 되었소? 계집애던가…….."

"인제 다섯 살이지요. 허지만 아들이었다면 더 성이 가시게."

부끄러워하는 기색도 없이 이렇게 대답을 하다가,

"그 애야말로 예수 - 계집애 예수지!"

하고 또 냉소를 한다. (68~70쪽)

〈예문 4〉

"내가 어째서 그렇게 되었든지 또는 어째서 지금 이렇게 되고 말았는지 그건 혹시 덕기 씨도 알지 모르지만 알면 알고 모르면 모르는 대로 내버려두고 내게 물을 것도 못 되며, 또 내가 말을 내놓고 시비를 따지고 싶지 않지만 어쨌든 그 애나 한번 가서 만나 보아 주슈그려. 가만히 생각하면 그 역시 무의미한 일이요, 덕기 씨로서는 성이 가신 군일이겠지만 그래도 애 쪽으로는 일 년 열두 달 한번 들여다보는 사람도 없으니까. 아무리 어린것일지라도 너무 가엾어서 ……."

경애의 말은 의외로 감상적이었다.

'이 여자도 역시 보통 여상, 가정적 여성이로구나!'

덕기는 이런 생각을 하면서 가자고 응낙을 하였다.

"내 처지는 실상 생각하면 매우 우스꽝스럽게 난처는 하지만 그 애를 생각하면 가보는 것도 옳은지 모르고 …… 또 더구나 아버지께서 그대로 내버려두신다면 - 그리고 역시 조가로 태어난 다음에는 십 년 후, 이십 년 후에 아무도 돌아볼 사람이 아주 없어진다면 나마저 시치미뗄 수도 없지 않소. 이왕이면 잘 길러 놓아야지, 어리뻥뻥하게 내버려두었다가 사람을 버려 놓는다든지 한 뒤에 거둔댔자 꼴만 안 될 것이오 ……."

덕기는 말하기가 퍽 거북한 듯이 떠듬떠듬 이런 소리를 해 들려 주었다.

경애는 찬찬히 걸으면서 귀만 기울이고 아무 대꾸도 아니 하였다. 어쨌든 그만치라도 생각해 주는 것이 나이 보아서는 숙성하고 고맙기도 하였다. 그뿐 아니라 사실 말하자면 네 아버지 대신에 너라도 맡아 가거라 하는 생각이 있어서 데리고 가서 보이려던 것이라서 이편이 꺼내기 전에 저편에서 그만큼 생각하고 있는 것은 반가웠다.

'어쨌든 한번 만나 뵈어 놓고 자주 찾아다니게 하면 그러는 동안에는 버리지 못하게 되는 게다!'

이런 생각도 경애는 하였던 것이다.(71~72쪽)

〈예문 5〉

"그야 내 잘못도 모르는 것은 아니야요. 그렇게 말씀하는 어머님두
......."

…〈중략〉…

경애가 제 잘못도 안다는 것은 자기의 허영심이 이렇게 일을 버릇어
놓은 것이라는 뜻이요, 모친도 지금은 큰소리를 하지만 잘하였을 것 없
다는 말이다. 이태 동안이나 미국 다녀온 사람, 그리고 도도한 웅변으로
설교하는 깨끗한 신사 - 그때는 덕기의 부친도 사십이 아직 차지 못한 한
창 때의 장년이요 호남자이었다. 게다가 뒤에는 재산이 있으니 교회 안
의 인기는 이 한 사람의 독차지였다. 이십 전후의 젊은 여자의 추앙이
일신에 모인 것도 사실이었을 것이다.(75~76쪽)

〈예문 6〉

"김병화는 언제 만났어?"

…〈중략〉…

두 사람의 이야기는 자연히 버스러져 버렸다.

"이태 삼 년씩 모른 척할 때는 언제요, 별안간 몸이 달아서 내 생활의
비밀을 알려고 애를 쓰실 제는 언제요? 내야 어떻게 살든지 누구하고 결
혼을 하든지 그거야 상관하실 게 무어 있나요. 전일엔 잘못하셨다 하셨
지요? 그러니까 다시는 그 아이가 어쩌니어쩌니 못 하실 테니 그 아이
민적부터 넣어 주시고 그 아이 평생 기르고 살아갈 몫을 떼어내 놓으세
요. 하지만 그 아이를 내 손에서 내놓지 않을 테야요."

…〈중략〉…

"그러면 아이는 내가 데려가기로 하지."

…〈중략〉…

"안 되어요. 자식은 아비에게 딸린 것이요, 에미에게 권리가 없으란 법이 어디 있어요?"

…〈중략〉…

"암, 자식은 아비에게 딸린 것이지! 법률이 그렇게 인정하는 것이고 도덕관습이 그런 것을 어쩌나?"

상훈이는 분연히 주장한다.

"법률이고 도덕이고 난 몰라요. 나는 그 자식은 못 내놓아요."

"결국에 그 자식을 내세우면, 자식 떠세를 하면 돈이 나올 줄 알지만 안 될 말이지."

상훈이는 물론 미운 생각이 있는 것은 아니나 분을 돋아 주려고 밉둥을 부리는 것이다.

"이것두 말이라구 해! 내가 당신의 돈을 얼마나 썼다고 그런 소리가 뻔뻔스럽게 어느 입에서 나오는 거요? 이때까지 내 자식 아니랄 때는 언제요, 무슨 정성이 뻗쳤다고 별안간 자식 찾을 생각이 이렇게 간절해졌누?"

"이때까지 먹지를 못했으니까 좀 먹어 보려고 자식을 붙들고 늘어지는 것이란 말이야. 그렇지 않으면야 결혼한다면서 - 서방 얻어 가는 사람이 남의 자식을 붙들고 늘어질 필요가 없지 않은가?"

"그만두어요! 이것도 사람의 탈을 쓴 사람의 말이람! 내가 돈을 먹으려면 아무렇게 하면 못 먹어서! 정조 유린죄로도 몰 수가 있고, 위자료를 청구하려도 어엿이 청구할 테요. 부양료도 받겠고…… 자식 내놓고 막가기로 말하면 누가 성가시겠기에! 해봐요! 마음대로 해보슈. 나도 인제는 참을 대로 참았으니까 수단껏 할 테니!"

실없이 말다툼이 되니까 경애는 바르르 떨면서 모자를 만지작거리고 일어서려 한다.

"그러면 누가 눈 하나나 깜짝할 줄 아은 게로군. 어떤 놈이 뒤에서 쑤석거리는지는 모르겠지만 공연히 주책없는 소리 말고 좋도록 의논을 하잔 말야."

상훈이는 다시 휘갑을 치려 한다. 그러나 저편이 수그러지는 것을 보자 경애는 한층더 뾰롱뾰롱하며 일어서 버렸다.

"난 몰라요. 그래도 조금은 자기 잘못을 회개하고 본정신이 든 줄 알았더니 …… 개 꼬리 삼 년 묻어야 황모 못 된다더니 ……."

마지막 한마디를 내던지고 경애는 휙 나가 버렸다.…〈후략〉…(176~180쪽)

〈예문 7〉

경애는 지금 무슨 볼 일이 있는 것은 아니나 병화를 끌고 집으로 가기는 싫었다. 인젠 그만큼 하여 주었으면 저희끼리 만나든 말든 내버려두리라는 생각이다. 그러나 주의(主義)를 떠난 병화의 몸뚱이와 마음만은 그래도 아직 한 끝이 자기 손에 붙들려 있는 것 같았다. 지금까지는 피혁이의 심부름을 하느라고 친절히도 하고 실없는 농담도 하여 왔지만 그러는 동안에 어쩐둥 자기 마음의 한끝이 병화의 마음에 말려들어 간 것 같다. 아니, 병화라는 남자가 자기 마음속에 마치 옷자락이 수레바퀴 밑에 휘말려들어 오듯이 말려들어 온 것이라고 하는 편이 옳을지 모른다. 경애는 그 옷자락을 탁 무질러 버릴까 하는 생각도 해보았으나 차마 그러기에는 용기가 부족하다.

…〈중략〉…

'나는 김병화를 사랑하나?'

경애는 혼자 생각해 보았다. 그러나 정말 사랑한다면 그런 위험한 일에 끌어넣지는 않았을 것 같다.

그러나 실상은 피혁이에게 끌어 대어 주느라고 친해진 것이니 사랑이 줏대가 아니라 일이 줏대다. 그는 고사하고 병화에게서 그런 일을 **빼놓**으면 무에 남는가? 다만 룸펜(떠돌아다니는 자)이다.(268~269쪽)

〈예문 8〉

"얼마를 거슬러 주었어?"

"칠십구 전요. 팥이 구전, 달걀이 사 전씩 십이 전이죠?"

"응!"

하고 병화는 웃었다.

경애는 두 사람의 일거일동을 빤히 노려보고 있다가 깔깔깔 웃는다.

"똑 걸맞는 야주 같구려. 아주 익숙한 품이 몇 해 해본 사람 같은데!"

경애는 둘이 젊은 내외처럼 은근하게 의논을 해가며 물건을 파는 양을 보고, 저러다가 아주 떨어지지 않게 되면 어쩌나 하는 불안과 투기가 나기도 하나 한편으로는 서투른 솜씨에 잘못 팔까 보아 바르르 떨면서 애들을 쓰는 것이 불쌍히도 보이는 것이다. 그러나 술이나 먹고 게걸거리고 다니던 병화가, 이렇게 벗어붙이고 나서서 서둘러대는 것을 보니 이번 일이야 영리사업이라느니보다도 까닭이 있어서 하는 일이지마는, 어쨌든 무얼 시키나 쓸모가 있고 평생에 굶어죽을 사람 같지 않다고 속으로 기뻐했다. 지금 세상에 이만한 활동력이 있고 게다가 돈이나 살림에만 졸아붙을 위인이 아니요, 무어나 큰일을 해보려는 뜻을 가진 청년도 드물겠다고 생각하면 한층더 믿음직하고 사랑하는 마음이 솟는 것이다. 뜻 맞는 손아래 오라비 같은 귀여운 생각도 든다. 그럴수록 필순이

게게 대한 막연간 질투심이 머리를 드는 것 같아서 거죽으로는 웃음으로 그런 잡념을 쓱쓱 지워 버리나, 속으로는 애가 쓰이기 시작하는 것이다.(379쪽)

〈예문 9〉

경애는 가슴이 덜컥 내려앉았다.

두 청년이 기밀비 오천 원 놀래를 하며 등을 쳐먹으려고 하는 것과는 달라서, 정통을 쏘며 조짐을 하는 데에 경애는 진땀이 **빠졌었다**. 달래고 어르고 하는 품이 여간 형사에 질 바가 없었을 뿐 아니라, 나중에는 서너. 번 **뺨**까지 후려갈기며,

"너 같은 년이 농락을 부려서 김병화를 유혹하고 타락시킨 것이니까, 너부터 그대로 둘 수는 없다!"

고 곧 사람을 잡을 것같이 서둘렀다. 그런 말을 들으면 확실히 병화나 피혁의 동지 같기도 하나 혹시는 동지인 척하고 속을 뽑는 것인지도 모를 일이요, 설혹 동지라도 발설을 할 것이 못 되니 경애는 맞아 죽는 한이 있어도 - 하는 비장한 결심을 하였던 것이라 한다. (400쪽)

〈예문 10〉

"가령 먹을 것은 먹고 혹 불어세는 한이 있더라도 조금은 몸조심도 하고, 저편을 달래서 이 집값이라도 치르게 하고, 차차 네 마음대로 어떻게든지 할 게 아니냐?"

"누구를 불어세란 말예요? 어떤 년은 누구 등쳐먹으러만 다니는 그런 더런 년인 줄 아셨습디까?"

경애는 발끈 터지고 말았다.

"그럼 뭐냐? 지금 하는 짓이?"

"누가 무슨 짓을 했단 말예요? 이 상점을 누가 벌였기에 말씀예요? 집 임자를 내쫓고 어떡하라시는 거야요? 이 상점에 조가의 돈이 오리 동록이나 든 줄 아슈?"

경애는 안 하려던 말까지 해버렸다.

"그럼 뉘 돈이란 말이냐? 이때까지 한 말은 모두 거짓말이었단 말야?"

"거짓말이든 정말이든 그건 그렇게 알아 무얼 하실 테에요? 계집에 미쳐서 저 아버지한테도 신용을 잃고 땅섬지기나 얻어 가지고, 그게 분해서 자식까지 의절하려 덤비는 그놈을 무얼 바라고 어쩌란 말예요?"

경애는 분김에 그대로 퍼붓는다.

"그게 무슨 소리냐?"

"모르시거든 가만 계세요. 행세하는 자식이 있고, 귓머리 맞풀고 이삼십 년을 살던 조강지처까지 내몰려고, 나이 오십이나 먹은 놈이 입에서 젖내가 나는 년을 집구석으로 끌어들이고 지랄을 버릇는, 그게 사람이라고 생각하슈?"

"무어?"

경애 모친은 모든 것이 금시초문이었다. 그러나 캐어물어야 그런 건 자세히 알아서 무엇 하느냐고 딸은 핀잔만 준다.(440~441쪽)

● 수원댁(조의관의 첩)

성 별 여자

나이(추정포함) 서른두 살

출생지 및 거주지, 활동 공간

① 수원 태생이며 조의관의 첩으로 수하동 본가 안방을 차지하여 거주함.

② 매당집에 출입하며 최참봉, 창훈 등과 함께 조의관의 독살을 음모하고 실행한 혐의를 받음.

직 업 첩살이

출신계층 매당집을 드나들다 최참봉의 소개로 조의관의 첩으로 들어온 것으로 보아 하류계층일 것으로 추정함.

교육정도 구체적인 학력은 알 수 없으나, 교육을 제대로 받지 못했을 것으로 추정함.

가족관계 조의관의 첩으로서, 딸 귀순, 본처의 아들 상훈과 며느리, 손자 덕기와 그의 아내와 아들, 손녀 덕희 등이 있음.

인물관계

① 남편인 조의관에게만 붙어 있으며 본처 아들과 며느리들과는 갈등관계에 있음.

② 조의관의 재산을 탐하여 최참봉, 창훈, 매당, 안방 간난이년 등과는 밀월관계를 유지함.

③ 원체 최참봉과 그렇지 않은 사이나 살 수가 없어서 조의관의 첩으로 들어앉은 것이라는 소문도 있음.

인물의 존재방식(사회계층)

음흉한 최참봉의 소개로 조의관의 첩살이를 하면서 그의 재산을 더 많이 차지하기 위해 조의관과 다른 식구들을 이간질시켜 그들 사이를 버스러지게 함.

성 격 ① 탐욕적이며 이기적임.

② 시기와 질투심이 많고 모함을 잘 함.

③ 음탕하고 계략을 잘 꾸밈.

④ 자신의 목적을 이루기 위해 용의주도함.

성격 지표 및 인물의 제시방식

〈예문 1〉

"어서 일어나요. 어머니 오셨어요."

아내가 건넌방 창으로 달아와서 깨우는 바람에 덕기는 그제서야 우뚝 일어나 앉았다.

"어제 늦은 게로구나? 그래 오늘 떠나니?"

모친은 들어오면서 말을 건다. 아들이 떠난다니까 보러 온 것이었다.

…〈중략〉…

안방 식구는 내다보지도 않는다. 안방 식구란 덕기의 서조모(庶祖母) 식구다. 말하자면 서시어머니가 안방에 계실 터이나 덕기의 모친은 건너가 보려고도 아니 하고, 또 나 어린 서시어머니는 조를 차려서 들어와 보려니 하고 버티고 앉았는지 내다보지도 않는다.

서시어머니가 안방 차지를 한 지가 오 년 – 따라서 덕기의 부모가 따로 나간 지도 오 년이다. 자기보다도 다섯 살이나 아래인 서시어머니하고 한솥의 밥은 먹기 싫었다. 싫기는 피차일반이다.

부자간에도 역시 그러하였다. 노영감은 손주는 귀하여 해도 아들은 못마땅하였었다. 게다가 귀한 젊은 첩을 들어앉히자니 아들 식구는 밀어냈던 것이다. 피차에 난편도 하였던 것이다.

칠십 당년에 첩의 몸에서 고명딸 겸 막내딸을 낳았다. 지금 네 살, 이름은 귀순이다.(30쪽)

〈예문 2〉

"내일 모레 제사까지 묵어 갈 테냐?"

며느리는 천만의외의 소리를 시아버지에게 들었다. 잠자코 섰을 뿐이다.

생각해 보니 모레가 바로 시할아버지 제사－이 영감에게는 친기(親忌)인 것을 깜박 잊어버렸던 것이다

"급한 일 없거든 왔다갔다하느니 아주 묵으려무나. 어린것들만 맡겨 두어두 안 될 것이고 하니……."

며느리의 입에서 '네' 소리가 좀처럼 아니 나왔다. 시아버지는 못마땅하였다.

"그럼! 좀 있엇허 차려 주어야지. 나 혼자서는 어린것을 데리고 이 짧은 해에……."

한옆에 모로 앉았던 젊은 시서모가 비로소 말참견을 했다. 어린것들에게만 내맡겨 둘 수 없다는 영감의 말이 며느리 앞에서 자기에게 모욕이나 준 것 같아 못마땅하였던 것이다. 며느리는 꿀 먹은 벙어리처럼 여전히 입을 봉하고 섰다.

첫째 그 반말이 듣기 싫었다. 마주 반말을 해도 좋으나 그래도 밑지는 수밖에 없는 것이 분하다.

'첩 노릇은 할지언정 원 바닥이 있고 얌전하다면서 소대상을 차리니 말인가. 무슨 장한 제사를 차린다고 엄두를 못 내는 것이람! 어린애 핑계를 하니 아이 기르는 사람은 제사도 못 지내던가…….'

이런 생각도 하여 보았다. (33쪽)

〈예문 3〉

"에미도 모르는 자식!"

…〈중략〉…

"대체는 영감 마님이 의는 퍽 좋으셨던 게야."

젊은 여편네들은 수원집 들어 보라고 짓궂이 이런 소리를 하면, 덕기 모친은,

"내외분의 의가 좋으셨기나 했기에 혼쭐나게 얌전하고 유-명짜한 그런 아드님을 나셨지."

하고 자기 남편을 비웃는 것이었다.

그러나 부친은 끝끝내 자기 어머님 제사 참례를 아니 하고 영감님 분별로 덕기 모자와 일가에서 모여드는 동항렬끼리만 지내는 것이었다.

게다가 이 제사에 또 한 가지 겹치는 것은 수원집이 까닭도 없이 방구석에만 쪽치고 들어앉아서 꽈리 주둥이가 되어 아이들만 들볶는 것이었다. 여편네들은 그 꼴이 미워서 잔칫집처럼 깔깔대고 법석을 하면서 영감님이 친기보다 마님 제사는 더 위하신다는 등, 나도 죽어서 영감의 손으로 이런 제사를 받아 보았으면 원이 없겠다는 등 마님 혼령이 오늘은 안방에 드셔서 편히 쉬고 가시겠다는 등 하는 소리를 수원집 턱밑에서 주거니받거니 하고 밤새도록 떠드는 것이었다.(35~36쪽)

〈예문 4〉

바지와 마고자에 흙이 묻어서 수원집은 가림것을 가지고 사랑으로 나갔다.

"어쩌면 집안이 그렇게 떠드는데 모른 척하고 들어앉았더람 …….."

수원집은 혼자말처럼 며느리 모녀를 두고 하는 말이다.

"계집애년 머리를 땋아 주느라고 그랬다지만 아무려면 상관 있나."

영감이 이런 소리를 하는 것이 수원집은 싫었다. 맞장단을 쳐주어야 좋을 것인데 며느리 역성을 들어 주는 것 같은 말눈치가 싫은 것이다.

"내일 모레면 시집갈 년의 머리를 일일이 빗겨 주어야 할까요. 공연한 소리지. 아까부터 약주상을 들여 가고 해야 모른 척하고 들어앉아서……."

수원집은 아까부터 못마땅하였던 것이다.

"그야 어제 늦게 자고 또 새애기가 없으면 모르거니와 그 애가 나와서 일을 하니까 그렇겠지."

영감의 말은 옳았다. 그러나 수원집은 점점더 뾰로통하여졌다.

영감은 허리가 아파서 옷은 이따가 갈아입는다 하여 수원집은 마지못해 잠자코 영감의 허리만 주무르고 앉았다.

며느리가 늦게 나왔다고 시비는 하면서도 허리를 주무르기는 귀찮았다. 더구나 한통이 돼서 며느리 흉하적을 하지 않는 것이 못마땅하니까 더욱이 싫증이 났다. 그건 고사하고 영감이 넘어졌다 할 제 그렇게 허겁을 하면서 뛰어나오면서 얼마나 애가 키었던가? 지금 이 당장에는 제 생각이 어떠한가? 이보다 좀더 몹시 다쳤다면 생각이 어떠하였을꼬…… 모를 일이다.

의사가 오니까 수원집은 안으로 들어와 버렸다. 의사나 누구나 내외를 하는 것이 아니니 진찰하는 것을 보고 들어가도 좋으련만 – 하는 생각이 영감에게도 없지 않았다. (116~117쪽)

〈예문 5〉

"그래도 퍽 정정하신 셈야. 십 년은 넉넉히 더 사실걸."

"당숙모 마님이 주의를 해드려야지."

침모가 또 짓궂이 이런 소리를 하였다. 수원집은 점점더 듣기 싫었다.

"강기로 버티시기는 하지만 이제는 아주 그전만 못하세요. 살 만큼도 사셨지만……."

덕기 모친은 무심코 이런 소리 하였지만 수원집은 귀에 예사로이 들리지 않았다.

"그래두 더 사셔야지. 천량 많것다. 저런 귀한 마님과 따님이 있것다……."

어제 제사 받은 마님의 생전 친구라는 노인은 이런 소리를 한다. 그러나 '저런 귀한 마님'이라는 말이 또 수원집의 귀를 거슬렸다. 아까부터 모두들 자기만을 놀리는 것 같아 점점더 심사가 좋지 못한 것이다.

"더 사시기로 무얼 보시겠에요. 그저 돌아가실 때 되면 편안히 돌아가시는 게 좋지요."

덕기 모친은 또 이런 소리를 하였다. 물론 무슨 생각이 있어 한 소리는 아닐 것이요, 자기가 세상이 신산하니까 무심코 한 말일 것이나 수원집은 매섭게 눈을 뜨고 쳐다본다.

"말을 해두 왜 그렇게 해!"

수원집은 손위 며느리의 밥술이 들어가는 입을 노려보다가 한마디 톡 쏘았다.

"무엇을 말인가?"

덕기 모친에게는 당숙모요, 수원집에게는 사촌 동서뻘인 노마님이 영문을 모르는 듯이 탄한다.

"아니 글쎄 말예요. 어서 돌아가셨으면 좋을 것같이 말을 하니 말씀이죠."

"그게 무슨 소리야? 내가 언제 어서 돌아가시라고 했단 말야?"

하고 덕기 모친도 눈을 뚱그렇게 뜨고 쳐다보다가,

"사람 잡겠네!"

하고 코웃음을 치고 먹던 것을 먹는다. …〈중략〉…

"그래 내 말이 틀린단 말이야? 그야말로 참 사람 잡을 소리 하네. 나만 들었으면 모르겠지마는 다른 사람은 고만두고 쟤(손주며느리를 가리키며)더러 물어 봐도 알 일이 아닌가. 죽을 때가 되건 어서 죽어야 한다고 당장 한 소리를 잊어버리지는 않았겠지?"

수원집은 밥술도 짓고 아주 시비판을 차리는 모양이다.

"그래 내가 아버지께 돌아가시라고 그랬어? 아버지께서 더 사신대야 시원한 꼴을 못 보실 테니까 그게 가엾으시다는 말이지."

…〈중략〉…

"왜 시원한 꼴을 못 보신단 말이야? 누구 때문이기에?"

"누구 때문이기에라니? 나 때문이란 말이야?"

덕기 모친도 발끈했다.

"자기 입으로도 그러데. 아드님을 잘 두셨다구."

"아드님을 잘 두셨든 못 두셨든 자기가 낳아 놓았으니 걱정인가! 누구나 내 똥 구린 줄은 모르겠다!"

"무어 어째? 내가 구린 게 뭐야? 구린 게 있건 대! 대요! 무에 구리단 말아?"

수원집은 얼굴이 파래지며 달겨든다. 아닌게아니라 덕기의 모친은 감잡힐 소리를 또 무심코 하여 놓고 보니 말문이 꼭 막히고 말았다.

"왜 안방 차지가 하고 싶어서 사람을 잡는 거야? 안방에 들고 싶거든 순순히 내놓으라지, 왜 사람을 잡아흔들어서 내쫓지를 못해서 야단이야!"

"누가 안방 내놓으랬어?"

"그럼 무어야? 무에 구리다는 거야?"

수원집은 점점 악을 쓰고 덤비나 덕기 모친은 잠자코 앉았을 뿐이다.
…〈중략〉…

수원집은 바르르 떨다가 그만 울음이 확 쏟아지고 말았다.

"팔자가 사나워서 이렇게 와 있기로 나중에는 들을 소리 못 들을 소리
다 듣고…….."

울음 섞인 푸념을 하려니까 밖에서 인기척이 난다. 새며느리가 내다보
니 시아버지다. 여편네들은 우 – 나와서 인사를 하였으나 싸우는 두 사람
만은 앉은 채 앉았다.(118~120쪽)

〈예문 6〉

수원집은 어쨌든 살이 더럭더럭 내렸다. 이목은 번다한데 조금치라도
아이 보는 년에게까지 내색을 보이지 않으려니만큼 속은 더 썩는 것이
다.

꼴 보니 병은 오래 끌 모양인데 앓는 어린애처럼 잠시 한때 곁을 떠
나지 못하게는 하고 밤이나 낮이나 똥 오줌은 받아 내야 하니 낮에는 남
의 손을 빌지만 밤에는 제 손으로 치워야 한다. 그럴 때마다 단잠을 깨
우는 것도 죽겠지마는, 마음대로 문도 못 열어 놓으니 방 안에 냄새가
탕진을 하여 몰래 향수 뿌린 비단 수건으로 코를 막고야 자는 버릇이 생
겼다. …〈중략〉…

그래도 수원집은 영감 앞에서는 입의 혀같이 살랑거렸다. 이번 판에
공을 들여 놓아야 백 석이 이백 석이 될 것이 아닌가? 그것도 그렇지마
는 이번에는 손주며느리도 먹어 내야 할 필요가 있었다. 아들 내외와 그

만큼 버스러졌으니까 죽을 때라도 손자 내외에게 많이 몫을 지어 줄지 모를 일이니 손주 식구마저 떼어 놓으면 한 떼기라도 그리 붙을 것을 이리로 더 붙이게 될 것은 인저의 어쩌는 수 없는 약점이겠기에 말이다.

"젊은것이 게을러 빠져서 못 쓰겠어요."

조금만 영감의 눈살이 아드득 찌푸러지는 것을 보면 모든 것을 손주 며느리에게 밀어 붙이는 것이다.

"아직 어린것이 자식이 딸렸으니까 그럴 수밖에! 또 무에 들지는 않았나?"

영감은 그래도 손주며느리는 물 오른 가지에 달리 봉오리처럼 귀엽게 보는 것이었다.

"게다가 또 있으면 어째요. 하나를 가지고도 해나지를 못하는 채신에 ……."

수원집의 입은 샐룩하였다. (284~285쪽)

〈예문 7〉

"매당집은 언제부터 알았습니까?"

상훈이는 지나쳐 들어가려는 수원집에게 순탄한 낯빛으로 물어 봤다 어제 보았다는 표시를 해서 발등을 디디려는 생각으로이었으나 마당에 섰는 사람들에게나 방 안에 들릴까 보아 사폐 보아 주어서 말소리만은 나직이 하였다.

"매당집요? 요전에 사귀었어요. 어제 종로까지 잠깐 무얼 사러 나갔다가 길에서 만나서 어찌 끄는지 잠깐 들렀었죠마는 나으리께서도 아셔요?"

상훈이는 유산태평으로 목소리를 크게 지르는 데 우선 놀랐다. 남은 일껏 사정 보아 주어서 은근히 묻는데, 저편은 한층 뛰어서 모두 들으라는 듯이 떠들어 놓는다. 더구나 어제 마주친 것은 시치미 딱 떼어 버리고 나으리께서도 아느냐고 묻는 그 담찬 소리에는 입이 벌어질 노릇이다.

…〈중략〉…

안방에서는 영감이 들어와 앉는 수원집더러 무슨 이야기냐고 묻는다.

"어제 갔던 집 이야기예요. 나리도 그 집 영감하고 친하다나요. 어쩌면 벌써 아셨어!"

수원집은 어제 다녀 들어와서 지금 상훈이에게 한 말대로 영감에게 벌써 이야기를 해두었던 것이다.

…〈중략〉…

"상훈이 친구면야 모두 그 따위들이겠지마는 아무튼지 친구를 잘 사귀어야 하는 거야. 여편네가 요새 세상에 까딱하면 타락하는 것은 모두 못된 년의 꾐에 넘어가는 것이니까…… 저만 봉변을 당하는 게 아니라 남편의 얼굴에 똥칠을 하게 되고 가문을 더럽히고……."

영감이 또 잔소리를 꺼내니까, 수원집은,

"염려 마세요. 한두 살 먹은 어린애니 걱정이십니까? 누구고 누구고 안 사귀면 그만 아닙니까?"

하고 말을 막아 버린다.(291~296쪽)

〈예문 8〉

수원집의 태도도 퍽 이상하여졌다. 온종일을 두고 보아야 모친과는 으레 그러려니 하더라도 건넌방 식구와는 잇살도 어우르지를 않고 영감 앞에 꼭 붙어 앉았다. 그래도 예전에는 덕기에게만은 거죽으로라도 좋게 대하더니 이번에는 덕기가 무슨 말을 걸어도 귀먹은 사람처럼 모른 척하다가 두 번 세 번 채쳐야만 마지못해 대꾸를 한다. 더구나 못된 지시은 덕기가 안방에 들어가는 것을 몹시 싫어하는 눈치인 것이다. 낮이고 저녁결에 사람이 좀 비었을 때 혼자 누운 조부가 심심할까도 싶고 이야기할 것도 있어서 안방에를 들어서면 더욱 그런 내색을 보이나, 그렇게 못마땅하고 보기 싫으면야 앉았다가도 저만 획 일어서 나가 버리면 그만일 터인데 나가지도 않고 턱살을 치받치고 앉았다. 나가기는커녕 마루에나 뜰에 있다가도 덕기가 안방으로 들어가는 것만 보면 쪼르르 쫓아 들어오는 것이다.

타고 남은 검부재같이 눈자위가 가라앉은 무서운 두 눈만 껌벅거리고 누웠는 조부와 무슨 비밀한 이야기나 할 줄 알고 그 안달을 하는 것인가? 덕기는 눈살이 한층더 찌푸려지건마는 내가 인제는 이 집의 줏대다! 하는 생각을 하면 얼굴빛 하나 말 한마디라도 한만히 할 수는 없었다. 어쨌든 모든 사람의 입을 틀어막고 쉬쉬하여 가며 건드리면 터질 듯한 큰소리가 나오지 않게 주의를 해야 할 것이라고 생각하였다.(331~332쪽)

〈예문 9〉

덕기는 수원집이 들어오는 것을 보자 앞에 놓인 열쇠를 얼른 집어들고 일어서 버렸다.

"애 아범, 잠깐 거기 앉게."

수원집의 얼굴에는 살기가 돌면서 나가려는 덕기를 붙든다.

수원집은 열쇠가 놓였으면 우선 그것부터 집어 놓고서 따지려는 것이라서 덕기가 성큼 넣어 버리는 것을 보니 인제는 절망이다. 영감이 좀더 혼돈천지로 앓거나 덕기가 이 집에서 초혼 부르는 소리가 난 뒤에 오거나 하였더라면 머리맡 철궤 안의 열쇠를 한 번은 만져 볼 수가 있었을 것이다. 그러나 그 틈을 탈 새가 없이 이 집에 사자가 다녀나가기 전에 덕기가 먼저 온 것이다. 덕기의 옴이 빨랐던지 '사자'의 옴이 늦었던지? 저희들의 일 꾸밈이 어설프고 굼든 탓이었던지? 어쨌든 인제는 만사휴의(萬事休矣)다!

"이 댁 살림을 누가 맡든지 그거야 내 아랑곳 있나요. 하지만 지금 말씀 눈치로 보면 살림을 아주 내맡기시는 모양이니 이왕이면 나더러는 어떻게 하라실지 이 자리에서 아주 분명히 말씀을 해주시죠."

수원집은 암상이 발끈 난 것을 참느라고 발갛던 얼굴이 파랗게 죽는다.

"무엇을 어떻게 해달라는 말인가?"

영감은 가슴이 벌렁벌렁하며 입을 딱 벌리고 누웠다가 간신히 대꾸를 한다.

"지금이라도 이 댁에서 나가라면 그야 하는 수 없이 나가지요. 그렇지만 영감께선 안 할 말씀으로 내일이 어쩔지 모르는데 영감만 먼저 가시는 날이면 이 집에 한시를 머물 수 없을 게 아닙니까. 저년만 없으면야 영감이 가시면 나도 뒤쫓아 가기로 원통할 게 무에 있겠습니까마는 요 알뜰한 세상에 무얼 바라고 누구를 바라고 더 살려하겠습니까마는 이럴 수도 없고 저럴 수도 없는 제 사정도 생각해 봐주셔야 아니 합니까!"

수원집의 목소리는 벌써 울음에 젖었다.

"그 왜 무슨 말을 그렇게 하슈?"

덕기가 탄하였다.

"내 말이 그른가? 자네도 생각을 해보게. 할아버지만 돌아가시면 이 집안에서 나를 누가 끔찍이 알아줄 사람이 있겠나?"

수원집은 코멘 소리를 하며 눈물을 씻는다. 덕기도 아닌게아니라 그렇기도 하다는 생각은 하였으나 어쩌면 눈물이 마침 대령하고 있었던 것처럼 저렇게도 나올까 싶었다.

…〈중략〉…

"……할아버지께선들 어련하실 게 아니오. 내나 아버지라도 무엇으로 생각하든지 조금치라도 부족하게야 할 리가 없지 않소. 사람을 지내 보았으면 아실 게 아니겠소?"

덕기는 조용조용히 일렀다.

"내가 무슨 욕기가 나서 이런 소리를 하면 이 자리에서 벼락이라도 맞고, 우리 어머니 뱃속에서 아니 나왔네. 다만 하나 이것 하나(발치께서 자는 딸년을 눈으로 또 가리킨다) 때문에 앞일을 생각하면 캄캄하니까 그러는 게 아닌가."(337~339쪽)

〈예문 10〉

이튿날 영감은 대학병원에 입원을 하였다. …〈중략〉…

병원에 쫓아갔다가 온 수원집은 손주며느리에게 상냥스런 웃음을 띄워 가며 병원 이야기를 들려 주었다. 삼동을 두고 양미간에 누벼 놓았던 내천자도 오늘은 스러졌다.

"너두 내일 아침결에 한번 가뵈어야지."

"예—"

"그 길에 아주 친정댁에도 묵은 세배 겸 좀 다녀와야 하지 않겠니?"

"예—"

손주며느리는 어쩌면 저렇게도 금시로 변할 수가 있을꼬? 하고 얄밉기도 하였으나, 친정에 묵은 세배까지 하고 오라는 말은 반갑지 않은 것도 아니었다.

안방이 금시로 환하여진 것이 수원집을 또 웃겼다. 얼굴이 피었을 뿐 아니라 몸도 가벼워졌다. 평생에 들어 보지 못하던 빗자루도 들고 나고, 걸레도 들고 났다.

"이런 구살머리적은 속에 누우신 것보다 얼마나 좋은지 모르겠더라. 모두 정하고 조용하고 수증기 난로를 훈훈히 피워서 방 안은 후끈거리구, 예쁜 색시들이 오락가락하구…….."

늙은 병인에게 예쁜 색시가 무슨 소용이냐고 어멈은 깔깔 웃었다. 어멈도 안방마마에 못지않게 낄낄대고 좋아한다. 그러나 손주며느리만은 너무나 속이 빤히 보이는 데 눈살을 찌푸리지 않을 수 없었다.

"병이 안 나으려야 안 나을 수 없겠더라. 설두 못 차려 먹고 하였으니, 정월 보름 안으로 나으셔서 잔치를 한번 하면 오죽 좋겠니."

수원집은 이런 소리도 하였다. 저녁도 안방에서 모여서 먹었다. …〈중략〉… 그러나 수원집처럼 요렇게 앓던 이 빠진 것처럼 시원해할 수야 있나. 대보름 안으로 나아서 이 집에 들어고기는커녕 그 안에 이 집 문전에 발등거리를 내어 달고 곡성이 났으면 춤을 출 것이다.

그래도 수원집은 저녁 후에 병원 간다고 어멈을 데리고 나갔다. 덕기가 병원에서 묵으려다가 자리도 만만하지 않고 하여 창훈이와 상노놈을 남겨 두고 자정에사 서조모를 데리고 돌아왔다. 덕기의 말을 들으면, 집에서는 저녁 일곱시에 나간 서조모가 병원에는 열시 가까이나 나왔더라 한다.(347~348쪽)

〈예문 11〉

그러나 때는 돌아왔다. 조의관이 덜컥 돌아가니 좋아할 사람도 하고많은 중에 매당집은 더구나 한숨 휘 돌렸다. 파리 한 마리가 죽어자빠지면 어느것 벌써 개미 거둥이 일어나서 이놈의 송장을 끌어가기에 '영치기 영차' 하고 까맣게 덤벼서 뒤법석을 하는 것이다. 매당은 개미의 여왕이다. 매당집은 개미굴이다.

"아우님 차례는 얼맙디까?"

"난 몰라요! 단 이백 석이라우! 귀순이 몫으로 오십 석!"

"흥, 그거라두 우선 받아 두는 게지."

매당과 수원집이 초상 뒤에 만나서 조상으로 주고받은 첫인사가 이것이었다.

…〈중략〉…

장래 사위 – 상훈이가 단 이백 석이라는 데 놀라자빠졌다.

"하지만, 그렇게 꼼꼼하게 바자위게 하고 간 영감이 정미소 하나만은 뉘게로 준다는 말이 없이 유서에도 안 써놓았으니 인제 좀 말썽일걸! 우리도 그까짓 정미소에는 쌀 섬이나 있으려니 했더니, 웬걸 영감이 꼭 가지고 쓰던 장부에 보면 줄잡아도 현금 이삼만 원 넘고 집이며 가게며 할 만하더라는데!"

수원집보다도 매당집의 입에 침이 괴었다.

…〈중략〉…

어쨌든 매당집은 새판으로 팔을 걸고 나설 차비를 차렸다. 그래서 우선 의경이부터 단단히 굳히려고 급기야에는 화개동 집으로 끌고 가서 여기서 살림을 시키라고 복장을 안긴 것이었다.

"이왕이면 화개동 집으로 들어가서 살자지. 어차피 나는 쫓겨나고 화개동 마누라가 큰집으로 들어갈 것이니까. 얼른 서둘러야지 그렇지 않으면 홍경애에게 자리를 뺏길걸 ……."

수원집이 충동이지 않아도 매당도 그런 짐작이 없지는 않았다. 수원집으로서는 어서 떼어 가질 것을 떼어 가지고 태평통 집으로 옮아 가자는 것이다.(445~446쪽)

● 이필순 ─────────────────────────

성　　별　　여자
나이(추정포함)　　열여덟 살
출생지 및 거주지, 활동 공간
　　　　　　① 출생지는 정확하게 알 수 없으며, 운동자로서 경제력이 없는 부친을 대신하여 고무공장에 다니며 부친과 모친을 부양함.
　　　　　　② 이들 집에서 김병화가 하숙하고 있음.
　　　　　　③ 홍경애와 김병화가 운영하는 가게에서 일을 도움.
직　　업　　고무 공장의 직공, 김병화·홍경애의 식품점 점원
출신계층　　서울의 하류계층
교육정도
　　　　　　가난한 가정환경 때문에 고등과 이년에서 학업을 중단함.
가족관계　　하숙집을 하는 부친과 모친이 있음.
인물관계　　① 김병화는 모스크바로 유학을 보내 사회주의 운동가로 키우려고 함.
　　　　　　② 조덕기는 필순을 마음에 두고 공부를 시키려고 함.
　　　　　　③ 필순이 덕기를 마음에 두고 있음.
　　　　　　④ 김병화와 홍경애의 일을 돕고 있음.
인물의 존재방식(사회계층)
　　　　　　운동가였던 아버지가 나이가 들어 경제력이 없자 자신이 고무공장에 다니며 부친과 모친을 부양하며 덕기가 공부를 권유하여 공부를 하고 싶지만 자신의 책임감 때문에 선뜻 결정을 하지 못함.

성　　격	① 책임감과 효심이 있음.
	② 부끄러움을 많이 타지만, 사리 분별력이 있으며 자존심이 강함.
	③ 소극적인 듯하지만, 자신의 분수에 맞추어 생활함.

성격 지표 및 인물의 제시방식

〈예문 1〉

…… 한 간통 앞에서는 흰 저고리에 검정 치마를 입은 색시 하나가 목도리를 오그려 두 볼을 가리고 종종걸음을 걸어온다. 병화는 이 여자를 기다리고 섰는 모양이다.

머리는 틀어 올렸으나 열일고여덟쯤 되어 보이는 어린 아가씨다. 덕기는 병화의 하숙집 딸임을 즉각하였다.

"선생님, 여기 웬일예요?"

하며 덕기를 바라보는 필순이도 그 학생이 누구린 것을 대번에 짐작하자 부끄러운 듯이 외면을 하고 잠깐 멈칫하다가 그대로 지나치려 한다.

…〈중략〉…

"춥지? 그 먼 데를 걸어오느라 다리도 아플 테니 나하고 잠깐 쉬어서 같이 가."

"싫어요."

하고 한 간통이나 떨어져 섰는 덕기를 바라본다.

"상관없어. 그때 왜 내가 말하던 친구인데 잠깐 이야기하고 갈 게니 같이 들어가서 불이나 쬐고 가요."

하고 병화는 덮어놓고 끈다.

필순이는 좀 망단하였다. 병화의 친구들이 오면 같이 앉아 놀기도 하고 또 병화의 친구는 대개 자기 부친의 친구이어서 모두 통내외하고 무관히 지내니까 다른 때 같으면 조금도 꺼릴 것 없으나 저 사람이 부잣집 아들 조덕기거니 하는 생각이 앞을 서서 어쩐지 제 꼴사나운 게 부끄럽고 더구나 음식집에 끌려가는 것이 구칙칙한 듯하여 창피스러웠다. 뱃속이 비었을수록에 더 그런 생각이 들어서 용기가 아니 났다.

…〈중략〉…

"자, 이 친구는 조덕기라는 모던 보이, 이 아가씨는 고무공장에 다니시는 이필순 양ー조군이 불량소년 같으면 이렇게 소개를 할 리가 없지만 그래도 불량은 아니니까 이런 영광을 베푸는 걸세."

병화는 아까 불뚝 심사를 부리던 것은 잊어버린 듯이 너털웃음을 내놓았다.

두 남녀는 웃으면서 고개를 숙여 보였으나 필순이는 얼굴이 발개지며 난로 연통 뒤로 얼굴을 감추어 버렸다.(57쪽~59쪽)

〈예문 2〉

덕기의 눈에는 필순이가 미인으로 보였다. 아직 자세히 뜯어볼 수 없으나 밝은 데서 보니 나이는 들어 보이면서도 상글상글한 앳된 티가 귀여운 인상을 주었다.

옷 입은 것도 얄팍한 옥양목 저고리 하나만 입은 것이 추워 보이기는 하나 깨끗하고, 깜장 세루치마 밑에 내다보이는 버선 등도 더럽지는 않다. 공장에 다니는 계집애들이 구두 모양을 내고 인조견으로 울긋불긋하게 차린 것에 비하면 얼마나 조촐하고도 수수한지 몰랐다.

테이블로 와서들 앉으니까 필순이는 손에 들었던 조그만 보따리를 무릎 위에 가만히 숨기는 듯이 내려놓았다. 벤또갑이 떼그렁 소리를 낼까 보아서 조심하는 것이다. 병화는 또 그 벤또 그릇을 보고 아침은 못 지어쓴데 어제 저녁밥을 싸두었다가 가지고 갔는가 하는 생각을 하니 가엾은 증이 났다.

덕기가 음식을 시키려니까 병화가 필순이 몫은 닭고기 얹은 밥을 시키라고 하였다. 그러나 필순이는 자기만 밥을 먹으려는 것은 굶은 줄 알고 그러는 것 같아 얼굴이 발개지며 싫다고 굳이 사양하였다.

위선 국수가 나오고 술이 벌어졌다. 구수한 국수 냄새에 비위가 당기기도 하나 지금쯤 집에서는 밥이나 지었나? 그대로들 앉으셨나? 하는 조바심에 필순이는 젓가락을 들기가 어려웠다. 그뿐 아니라 걸신들린 사람처럼 허겁지겁을 해 먹는 것같으나 보일까 보아서 머뭇거리기만 하고 앉았다.

"집엔 걱정 없어! 내가 어떻게 해놓았으니까 염려 말고 어서 먹어요."

병화가 이런 소리를 한다. 필순이는 이 말에 안심은 되었으나 병화가 떠드는 게 또 창피스러웠다.

…〈중략〉…

'잔칫집에 데리고 다녔으면 좋을 사람이다!'

필순이는 이런 생각을 하면서 점점더 자리가 불편하여 그대로 가버리는 것을 공연히 들어왔다고 후회를 하였다.

…〈중략〉…

"어서 자시지요. 우리집에 한번 놀러 오세요. 내 누이하고 사귀어 노세요. 올에 열일곱, 아니 양력설을 쇠었으니까 열여덟이 되었습니다."

덕기가 비로소 이런 말을 하였다.

필순이는 덕기의 말이 귀에 들어오는 둥 마는 둥 하였으나 고개만 꼬박해 보였다. 속으로는 여전히 딴생각 – 필시 돈이 덕기에게서 나온 것이리라, 덕기가 오늘 찾아왔다가 밥 못 진 것을 보고 돈을 내놓고 종일 굶어 누운 김선생님을 끌고 나온 것이리라 - 하는 생각에 팔려서 앉았었다.(60~61쪽)

〈예문 3〉

"필순아, 군불도 그만두고 방이나 좀 치워라. 오늘은 또 어디서 한 잔 걸린 게다 보다."

저녁 밥상을 내다놓고 필순이가 설거지를 하려고 부엌으로 들어오는 것을 모친이 한사코 올라가서 쉬라고 쫓아내다가 이번에는 동나뭇단을 들고 나서는 것을 보고 그것도 말리는 것이었다. 모친은 추운데 온종일 뻗치고 온 딸을 위하여 애쓰고 딸은 찬물에 하는 설거지를 모친에게 쓸어 맡기기가 딱한 것이었다.

"오늘은 전차 타고 와서 괜찮아요."

하고 건넌방 군불을 때기 시작한다.(235쪽)

〈예문 4〉

도둑질이나 한 듯이 임자가 들어올까 보아 밖으로 귀를 기울이며 서랍을 열어 보던 필순의 눈은 번쩍 띄는 듯하였다. 편지 봉투라고는 별로 없고 종이 북데기 위에 넣어 논, 허리가 두 동강이 난 편지 봉투가 역시 아까 아궁이 앞에서 보던 그런 양봉투다.

"이것이 왜 안 찢어 버렸을까?"

하는 생각을 하면서 무어나 훔쳐 내듯이 가만히 놓인 모양을 눈여겨 본 뒤에 꺼냈다.

이렇게 훔쳐 보는 것이 옳고 그른 것을 생각할 여유도 없이 다만 '양을 만나고'란 말과 '공부를 할 의향'이란 말이 누구를 두고 한 말인지 그게 알고 싶어서 조바심을 하는 것이었다.

자네는 왜 그렇게 밤낮으로 으르렁대나? 비꼬지 않으면 노기를 품지 않고는 말이 아니 나오나? 필순 양에 대한 이야기로만 하여도 그렇게까지 심하게 말할 것은 없지 않겠나?

여기에서 필순이는 눈이 화끈하며 목덜미까지 발갛게 피어 올라오고 목이 메는 것 같아서 마른침을 삼키었다. (237~238쪽)

〈예문 5〉

결국 말하면 공부를 시켜 주마는 말이나 반갑다느니보다도 부끄러운 생각이 앞을 섰다. 고마운 것은 말할 것도 없지만 과분한 생각이 앞을 섰다. 내까짓 것을 무얼 보고, 더구나 얼마 사귄 것도 아닌데 그렇게까지 굴까? …〈중략〉… 혼자 어이없는 웃음을 해죽 웃다가 자기 손이 눈에 띄자 얼굴이 혼자 붉어졌다. 몇천만의 낯모를 사람이 이 손으로 만든 고무신을 신고 다니는지, 피가 마르니 뼈가 굵어졌는지, 뼈마디가 불퉁겨지니 피가 속으로 스몄는지 전차 속에서도 깍지에 매달리면 손이 창피하여 한구석에 기대어 섰는 요새의 필순이다. 여쨌든 이 손이 유공하다. 네다섯 식구가 이 손으로 일 년 동안이나 입에 풀칠을 하여 왔다.

'그러나 내가 공부를 한다면 누가 벌어먹을꾸?'

필순이는 손 부끄러운 생각을 하다가 이런 실제 문제가 머리에 떠올라 오자 가슴이 답답하였다. (244~245쪽)

〈예문 6〉

필순이는 내일 신고 갈 버선을 감치면서 잠자코 앉았다. 머리에는 어리둥절하게 편지 사연의 구절구절이 떠올라 왔다. 그러나 어떻게 할까 하는 분명한 생각이라고는 하나도 나지를 않는다. 그러면서도 어쨌든 이 때까지 비었던 마음의 한구석이 듬뿍이 차진 것같이 든든하였다. 실상은 지금까지 자기 마음의 한구석이 비었던지 찼던지도 몰랐다가 그 무엇인지 자리를 잡고 들어앉으니까 비로소 한구석이 비었던 거구나! 하는 생각이 드는 것이다. 어쨌든 이 세상에 자기의 행복을 축수하는 사람이 의외의 곳에 살아 있구나 하는 생각을 하면 희한하기도 하고 부끄러우면서도 기쁘다.

'행복스러운 청춘의 꿈을 꾸게 하게……'

필순이의 머리에는 또 이런 편지 구절이 떠올라 왔다. 그러나 어떤 게 행복스런 청춘의 꿈일꾸? 필순이는 무엇이 그 꿈인지 알 수 없다. 지금 당장 자기가 청춘의 꿈을 행복스러이 꾸는 줄은 깨닫지 못한다.(246쪽)

〈예문 7〉

"어디서 오셨소?"

경애는 머리를 쓰다듬으면서 묻다가,

"새문 밖에서…… 저 김병화 씨께서……"

하고 필순이가 어름어름하는 것을 듣고는 반색을 하면서,

"예, 예, 어서 들어오셔요."

하고 부리나케 자리 속에서 나온다.

필순이는 병화의 부탁도 부탁이려니와 덕기의 편지를 본 후로 경애를 한번 보았으면 하는 호기심이 잔뜩 있던 판에 이렇게 속히 만나게 될 줄은 의외이었다. 필순이는 첫눈에 예쁜 얼굴이라고 생각한 외에 별로 깊

은 인상은 받지 못하였으나, 누구나 자고 난 얼굴이란 볼 수가 없겠건마는 이 여자는 갖추지 않은 얼굴이 그대로도 남의 눈을 끄는 데에 필순이는, 약간 친숙한 마음까지 일어났다. 방에 들어선 필순이는 방치장이 으리으리하고 경애가 남자의 고의적삼 같기도 하고 청인의 옷 같기도 한 서양 자리옷을 입은 양이, 눈 서투르면서도 더 예뻐 보이는 데에 잠깐 얼없이 섰었다. 자기 집 방 속을 머리에 그려 보고는 너무나 동떨어진 데에 불쾌와 반심이 생기는 것이었다.

'하지만 카페 같은 데 가서 벌어서 이렇게 잘살면 무얼 하는 건구! 기생이나 다를 게 없지!'

이런 생각을 하니 필순이는 도리어 더러운 것 같고 경멸하는 마음이 생겼다. 경멸하는 마음이 생긴다느니보다도 애를 써 경멸하는 마음을 먹어서 자기를 위로하고 부러운 생각을 누르려 하였다.(297쪽)

〈예문 8〉

"그래 공부를 해보고 싶어?"

하고 묻는다. 머릿속에는 여전히 덕기의 생각을 하는 것이나 별안간 공부하겠느냐는 말을 꺼낸 것은 덕기의 말을 전하려는 것은 아니었다.

"왜요? 무슨 도리가 있어요?"

필순이는 덕기의 말이 나오고 마는 게다 하며 반색을 아니 할 수 없었다.

"어쨌든 할 수 있다면 해보겠어?"

"글쎄, 어떻게 해요? 제일 집안 때문에!"

"집안 일은 어떻게 되었든 간에."

"집안 일만 되면 열아홉 아니라 스물아홉 되기로 못 할 게 있어요?"

필순이는 덕기가 자기 집 생활까지 돌보아주마고 하지나 않았나 하는 공상을 해보고는 고마운 생각과 그 사람이 왜 그처럼 열심일까 하는 의혹과 겁이 뒤섞여 났다.

…〈중략〉…

"그러면 말야. 좀 멀리 떨어져 가야 공부할 길이 생긴다면 어떻게 할 꾸?"

병화는 한참 주저하는 눈치더니 딱 결단했다는 표정으로 묻고서는 필순이의 얼굴을 바라본다.

"멀리 어디요? 일본요?"

필순이는 경도를 생각하였다.

"아니, 그런 데는 아니고, 좀 가기 어려운 데……."

병화의 말에 필순이는 자기의 공상이 깨어진 듯이 얼굴빛이 차차 변하여 간다.

붉은 나라 서울 모스크바로 공부하러 가지 않겠느냐는 말에 필순이는 놀라움과 실망을 느끼지 않을 수 없었다. 자기 집 사정을 번연히 알면서 왜 그런 소리를 하는가 진의를 알 수가 없었다.(313~314쪽)

〈예문 9〉

병화는 길에서 만나서 역시 가게를 쉬자고 하였으나, 필순이는 들어오는 길로 가게를 부랴부랴 내었다. 경애도 벗고 나서서 한몫 거들었다.

"선생님은 나 혼자만 맡겨 두는 게 미안하다고 그러시지만, 안 열면 되나요. 단골도 있고 한데…… 이런 때일수록에 할 건 해야지요."

필순이가 이런 소리를 할 제 경애는 필순이가 다시 한번 쳐다보였다. 고맙고 기특하다.

"한 시간만 견습을 하면 나 혼자도 볼 수 있으니 물건값부터 가르쳐 주고 병원에 어서 가보우."

"천만에! 난 무얼 아나요."

두 여자는 다른 걱정 다 잊어버린 듯이 깔깔대어 가며 의취 좋게 가게를 보았다.

…〈중략〉…

아침결에 경애가 집과 바커스에 다녀오자 필순이는 병원으로 가서 모친과 교대를 하였다. 그때까지 병화는 경찰서에서 나오지 않았다.

필순이는 병상 앞에 지키고 앉았다가 부친이 잠이 혼곤히 드는 것을 보고, 가만히 나와서 유리창 밖으로 길거리를 내다보고 섰다. 마주 보이는 것은 개천을 새에 두고 부연 벌판에 우뚝 선 광화문이다. 날이 종일 흐릿하여 고단하고 까부라지는 필순이의 마음은 한층더 무거웠다.

무슨 연(鳶)들을 개천 속에서 날리는지 두패 세패가 조무래기들에게 휩쓸려서 법석들이다.

'오늘이 명절이로군. 연이고 널이고 내일까지뿐이다.'

이런 생각을 하니, 언제아고 남의 집 처녀들처럼 새 옷을 입고 널을 뛰러 다니고 하며 설을 쇠어 본 일도 없지만, 올해는 널뛰는 소리도 들어 봤던가 싶다. 어쩐지 자기만은 어려서부터 세상 처녀들과 뚝 떨어진 딴세상에서 자라난 것 같다.

…〈중략〉…

필순이의 머리에는 어느덧 덕기가 안 오나? 하는 생각이 떠올라 와서 병원 앞으로 향하여 오는 사람이면 유심히 바라본다. 아침에 상점으로 전화를 걸고 병원으로 오마고 하였던 것이다.

'그러나 지금 그이가 오나 보다 하고 기다리고 섰는 것은 아니다. 되

레 와도 성가시고 부끄러워…….'

…〈중략〉…

웃음 한 번이라도 절제를 하는 것은 자기 부친이 병석에 있음으로 만이 아니다. 신분이 틀리고 교육이 다르고 빈부가 갈리고 그리고 계급이 나누인 그 사람에게, 함부로 웃어 보이고 따르는 눈치를 보이는 것은 아양이나 부리는 노는 계집 같을까 하여, 필순이의 자존심이 허락지를 않는다. 그러나 저편이 고맙게 구는 것이 고맙지 않은 게 아니요, 그의 지체와 재산과 교양을 벗어 놓은 덕기란 사람만은 어디인지 모르게 아담하고 탐탁하고 언제 보나 반가운 것을 또 어찌하랴. 필순이는 언제든지 반갑고 기꺼운 웃음이 눈매와 입가에서 피어나오다가는 무슨 바늘 끝이 옆구리를 꼭 찌르는 것처럼 살짝 감추는 것이었다. 두 번 감추면 두 번만큼, 열 번 감추면 열 번만큼 마음에 서려서 남아 있으리라. 그것은 마치 압착(壓搾)된 산소나 질소 같은 것이다. 고화(固化)하면 살에서 나오는 '무'처럼 일생의 고질이 되어, 비지같이 웅크러 터져 나와서 큰 흠이 질 것이요, 그대로 서려 있다면 언제든지 한 번은 폭발이 되고 말 것이다.(420~424쪽)

〈예문 10〉

덕기가 몸져 누운 지 벌써 사흘이다. 가보고 싶은 마음이야 소식을 듣던 그 시각부터 있었으나 모친과 교대로 병원에 가랴, 사람을 다리는데 상점일 보랴, 빠져나올 겨를도 없거니와 병화가 앞질러서 인사는 자기가 잘 해주마고 하는 말에 가보겠다고 냅뜰 용기가 나지를 않았던 것이다. 모친도 너는 주제 꼴하고 안 되었으니 내가 한번 가보고 와야 하겠다 하고 어제 오늘 지내 온 터이다. 그러나 어젯밤에 병화가 다녀오더니,

"아마 독감인 게야. 게다가 몸살도 겹친 모양이오. 어쨌든 길을 떠났다가 앓아누운 것보다는 잘 되었지."

하면 필순이더러 내일은 잠깐 가보고 오라고 하는 바람에 새 기운이 나서 오늘 가려는 것이다.

…〈중략〉…

주인 아씨의 눈에 비친 필순이는 상냥하고 얌전한 처녀이었다. 활짝 피이지는 못하였으나 조촐한 미인이었다. 어깨통이 꼭 집은 듯이 이뻐 보이는 것도 마음에 들었다. 그러나 남편이 밖에 나가면 이런 여자들하고 교제를 하거나 하는 생각을 하면 역시 덜 좋았다.

밖에서 어멈에게 들어서 누구인지는 짐작하겠으나 그런 가게에 나서서 일하는 여자 같지도 않아 보인다. 그러나 반찬가게에서 물건 파는 계집애 같든 안 같든 병화라던가 하는 주인이 날마다 다녀가는데 이 계집애가 왜 특별히 왔을꾸? 조금 의심이 든다. 김병화란 사람의 아내거나 그렇지 않더라도 그렇고 그런 여자인가 보다고도 생각해 보았다.

…〈중략〉…

아내가 고개를 갸웃하며 나오려니까 필순이는 일어섰다. 이런 대가에 와본 일도 처음이라 내심으로 쭈뼛거려지는데 음식대접을 받는다는 것은 대접이 아니라 죽을 고역을 치르느니나 다름없는 일인데 더구나 병 위문 와서 대접받고 앉았을 수는 없다. 어서 풀어 내보내 주었으면 시원할 것만 같다. 올 때는 그립고 다정한 마음으로 왔으나, 와서 맞대하고 보니 이 집 밖에서 보던 덕기와 이 집 안에서 보는 덕기가 딴사람같이 멀어진 것을 깨달았다. 덕기가 반겨하고 다정히 구는 것은 조금도 변함이 없건마는 어째 그런지 사이에 무엇이 탁 가린 것 같고 전에 무관히 대하던 감정이 솟아 나오지를 않아서 혼자 실망하는 것이었다. (460~463쪽)

〈예문 11〉

덕기는 또 대꾸도 안 하는 말을 꺼낸다.

"어차피에 그 두 사람은 그런 장사꾼은 못 되니까 얼마 안 가서 집어 던지고 제각기 떨어져 갈 모양이니 그렇게 되면 댁에선들 살림이 또다시 말이 아니 될 게 아닌가요? 그러니 아주 내 말대로 하고 필순 양은 가게에 전력을 써서 생활안정이나 얻게 하고 김군은 김군대로 자기 일을 하여 가게 하면 좋지 않아요? 그러노라면 나 역시 어디로 보든지 가만 있지는 않을 것이니까 설혹 가게에 재미를 못 보더라도 또 어떻게든지 도리를 차려 드릴 수도 있겠지요."

말은 그럴 듯하다. 그러나 그 호의는 무엇을 의미하는가? 결국 자기의 이복누이동생이 막역친구인 병화더러 아버지라고 부르는 꼴만 안 보게 해주었으면 그 값으로 생활이 보조라도 해주마는 말이 아닌가?

필순이는 더 듣기도 싫었다. 이 남자에게 이때까지 속았던 것 같은 분한 생각이 들었다. …〈중략〉…

필순이는 종시 아무 말이 없었다. 이야기가 이야기이니만치 마음에 있기로 선뜻 대답하랴 싶기는 하나 그래도 무슨 말이든지 한마디 들어 보고 싶었다.

"김군 생각이 어떨지 몰라서 그러세요? 하지만 필순 양만 결심하시면 ……."

"고만두세요. 다시는 그런 말씀 마세요. 저는……."

저는…… 하고 말이 막힐 만치 필순이의 말은 급하고 노기를 띠었다. 얼굴이 발개지고 눈물까지 글썽글썽해진 것 같았다.

덕기는 깜짝 놀랐다. 자기는 아무쪼록 호의를 가지고 한 말인데 이렇

게까지 격노를 시킬 줄은 천만의외다.(473~474쪽)

〈예문 12〉

"서방님, 기침하셨에요?"

하는 소리가 마루 앞에서 난다.

"왜 그러니?"

덕기는 소스라쳐 일어났다.

"병원에서 전화가 왔습니다. 돌아가셨답니다."

덕기는 부리나케 소세를 하고 모친 모르게 도망꾼처럼 빠져나왔다. 인력거를 잡아타고 달렸건만 병원에 가보니 벌써 시체는 고간으로 옮겨다 놓았다. 필순이 모녀는 덕기에게 좌우로 매달리듯이 하며 울었다.

장사는 비용 관계도 있고 시체는 집으로 안 들여간다고 하여 거기서 우물쭈물 내가려는 것을 그래도 그렇지 않다고 덕기가 우겨서 집으로 옮겨가게 하였다. 이삼백 원 장비는 자기가 내놓을 작정이다. 그러면서도 덕기는 자기 부친이 경애 부친의 장사를 지내 주던 생각을 하며 자기네들도 그와 같은 운명에 지배되는가 하는 이상한 생각이 들지 않을 수 없었다.

필순이만은 잠가 둔 집을 열고 쓸고 하러 한걸음 먼저 효자동으로 갔다. 십여 일을 비워 놓았던 집이라 쑥 들어서니 찬바람이 훅 끼치고 가게에 놓인 채소며 과실들은 꽁꽁 얼어비틀어져서 먼지가 케케 앉았다. 파출소로 불려가던 때가 벌써 몇몇 해나 된 듯싶건만 무엇을 보나 그때 그대로 놓인 것이 신기하고도 눈물을 자아내었다.

부엌에 들어가서 먼지가 뽀얗게 앉은 솥뚜껑을 열어 보니 그날 저녁 때 지어 놓고 나간 밥이 그대로 얼어붙어 있다. 필순이는 혼자 목을 놓

고 울었다.(539쪽)

● 덕기 모친(화개동 마님, 조상훈의 아내) ─────────────

성   별   여자
나이(추정포함)   마흔두 살
출생지 및 거주지, 활동 공간
　　　　① 출생지는 알 수 없으며, 조상훈과 결혼하여 덕기와 덕
　　　　희 남매를 두고 수하동 본가에 살다가 시아버지 조의
　　　　관이 수원댁을 첩으로 들인 후 오 년 전 화개동 집으
　　　　로 옮김.
직   업   주부
출신계층   알 수 없음.
교육정도   알 수 없음.
가족관계   시아버지 조의관, 서시모 수원댁 남편 조상훈, 아들 덕기,
　　　　딸 덕희, 며느리 손자 등이 있음.
인물관계   ① 남편의 위선적이고 이중적인 생활 때문에 둘의 관계
　　　　가 냉담함.
　　　　② 서시모 수원댁의 이간질로 시아버지인 조의관과 관계
　　　　가 소원함.
　　　　③ 시기와 질투가 많고 탐욕적인 서시모 수원댁과 불화
　　　　가 잦음.
인물의 존재방식(사회계층)
　　　　종교가임에도 위선적이고 방탕한 생활에 젖어 있는 남편
　　　　인 조상훈을 미워하고 원망하며, 자신보다 다섯 살이나
　　　　아래인 서시모와 불화하면서도 가정을 지키는, 유교적 관
　　　　습에 익숙한 중년이 부인임.
성   격   ① 유교적 관습에 익숙함.
　　　　② 아들과 며느리에게 다정함.
　　　　③ 남편과의 불화 등을 내색하지 않음.

④ 사리분별이 명확하지 않음.
⑤ 시아버지가 죽은 뒤에는 히스테리 증세를 보임.

성격 지표 및 인물의 제시방식

〈예문 1〉

"어서 일어나요. 어머니 오셨어요."

아내가 건넌방 창으로 달아와서 깨우는 바람에 덕기는 그제서야 우뚝 일어나 앉았다.

"어제 늦은 게로구나? 그래 오늘 떠나니?"

모친은 들어오면서 말을 건다. 아들이 떠난다니까 보러 온 것이었다.

"봐서 내일 떠나지요……."

덕기는 일어서며 하품 섞인 소리로 대답을 한다.

아내도 뒤따라 들어와서 부리나케 자리를 개 얹는다.

안방 식구는 내다보지도 않는다. 안방 식구란 덕기의 서조모(庶祖母) 식구다. 말하자면 서시어머니가 안방에 계실 터이나 덕기의 모친은 건너가 보려고도 아니 하고, 또 나 어린 서시어머니는 조를 차려서 들어와 보려니 하고 버티고 앉았는지 내다보지도 않는다.

서시어머니가 안방 차지를 한 지가 오 년 - 따라서 덕기의 부모가 따로 나간 지도 오 년이다. 자기보다도 다섯 살이나 아래인 서시어머니하고 한솥의 밥은 먹기 싫었다. 싫기는 피차일반이다.(30쪽)

〈예문 2〉

"아버지 계셔요?"

덕기는 마루로 나와서 또 한번 커다랗게 하품을 하고 방에다 대고 물었다. 부친에게 길 떠나는 문안을 갈 생각이다.

"몰라! 사랑에 계신지 나가셨는지."

모친이 대답은 냉담하였다. 원체 이 중늙은이 내외는 이름만 걸린 내외였다.

식사도 사랑, 잠도 사랑, 세수까지도 사랑에서 내다가 하는 것이었다. 남편의 코빼기도 못 보는 날이 많다. 그래도 남 보기에는 그리 의가 좋지 않은 것 같지도 않다. 검다 희다 말이 도대체 없기 때문이다. 그가 특별히 하느님의 아들 노릇을 하기 때문에 세속 일에 대범하고 초연해서 그런지? 도를 닦아서 여인에게는 근접을 안 하느라고 그런지? 어쨌든 사십에 한둘 넘은 이 중년 부인은 얼굴을 잊어버리게 된 남편을 미워하고 원망하는 것이었다.

"이 애는 어디 갔니?"

모친은 손주새끼의 얼굴이 보고 싶은 것이다.

"업고 나갔어요. 사랑 마당에서 노는지요."

하고 어린 며느리는 안방 애 보는 년을 불러내어서 나가 보라고 이른다.

···〈중략〉···

노영감이 곧 들어왔다. 며느리가 그리 급히 보고 싶은 것이 아니라 온종일 할 일이 없어서 하루에도 몇십 번씩 들락날락하는 것이 유일한 소일인데, 성미가 급하여 듣기가 무섭게 들어온 것이다.

사랑문에서부터 기침을 칵 하는 소리에 건넌방에서 며느리가 나왔다.

"음······."

며느리를 쳐다보고 이렇게 한마디 하고 ···〈중략〉···

덕기는 물 묻은 얼굴로 가만히 비켜 섰을 수밖에 없었다. 영감이 안방으로 들어가니까 며느리도 따라 들어가서 절을 하였다. 비로소 시서모와 대면을 하였다.

"응, 별고 없지?"

영감이 출입이 별로 없고 며느리도 이 집에를 여간한 일이 아니면 오기를 싫어하니까 시아버지 문안이 한 달에 한 번도 될까말까.

"내일 모레 제사까지 묵어 갈 테냐?"

며느리는 천만의외의 소리를 시아버지에게 들었다. 잠자코 섰을 뿐이다. 생각해 보니 모레가 바로 시할아버지 제사─이 영감에게는 친기(親忌)인 것을 깜박 잊어버렸던 것이다

"급한 일 없거든 왔다갔다하느니 아주 묵으려무나. 어린것들만 맡겨 두어두 안 될 것이고 하니…….."

며느리의 입에서 '네' 소리가 좀처럼 아니 나왔다. 시아버지는 못마땅하였다.

"그럼! 좀 있어서 차려 주어야지. 나 혼자서는 어린것을 데리고 이 짧은 해에…….."

한옆에 모로 앉았던 젊은 시서모가 비로소 말참견을 했다. 어린것들에게만 내맡겨 둘 수 없다는 영감의 말이 며느리 앞에서 자기에게 모욕이나 준 것 같아 못마땅하였던 것이다. 며느리는 꿀 먹은 벙어리처럼 여전히 입을 봉하고 섰다.

첫째 그 반말이 듣기 싫었다. 마주 반말을 해도 좋으나 그래도 밀지는 수밖에 없는 것이 분하다.

'첩 노릇은 할지언정 원 바닥이 있고 얌전하다면서 소대상을 차리니 말인가. 무슨 장한 제사를 차린다고 엄두를 못 내는 것이람! 어린애 핑계를 하니 아이 기르는 사람은 제사도 못 지내던가…….'

덕기 모친(화개동 마님, 조상훈의 아내)

이런 생각도 하여 보았다.

"너희는 예수교인지 난장인지 한다고 조상 봉제사(奉祭祀)도 개떡같이 알더라마는 내가 살아 있는 동안에는 막무가내하다!"

며느리가 끝끝내 잠자코 섰는 것이 못마땅하니까 연년이 제사 지낼 때마다 부자간에 충돌이 생기던 것을 생학고 주름살 많은 얼굴이 발끈 상기가 되며 치는 화를 참는다. 며느리는 좀 선뜻하였으나 무어라고 입을 벌릴 수는 없었다.

"그래 너두 이제는 천주학쟁이가 되었니? 내가 죽은 뒤에는 어떤 연놈이 물 한 방울 떠놓겠니?"

시아버지의 언성은 점점더 높아 갔다.

수원집(시서모는 수원 태생이다)은 영감 며느리 꾸짖는 것을 보고 까닭 없이 시원하였다.

며느리가 무어라고 말대답이나 한마디 하였으면 좋겠다고 생각하였다.

"아녜요. 재 떠나는 것도 보고 아주 제사까지 치르고 가겠에요. 그렇지 않아두 그럴 생각으로 왔에요."

며느리의 말이 의외로 온순하여지니까 영감은 도리어 김이 빠지는 것을 깨달으면서도 마음이 적이 풀리었다. 그러나 수원집은 마치 불 구경 나갔다가 연기만 모락모락 나고 그만두는 것을 보고 돌아올 때와 같은 섭섭하고 싱거운 생각이 들었다.(31~34쪽)

〈예문 3〉

"저녁두 안 먹고 지금 어디를 가니?"

모친은 나무라듯이 물었다.

"잠깐 바람 쏘이고 들어와요."

"아버지 뵈러 가지 않니?"

"아버진 지금 다녀가셨는데요."

"응……?"

모친은 놀라는 소리를 하다가 입을 꼭 다물고 말았다. 자기가 와 있어서 안에는 안 들러 갔구나-고 생각한 것이었다.

"그럼, 안에 어쩌면 좀 안 들어오시고 그대로 가셨어요?"

아내도 섭섭한 듯이 시어머니 대신에 묻는다.

"바쁘시니까 그런 게지!"

하고 덕기는 핀잔을 주었다.

덕기는 잔소리를 길게 늘어놓기가 싫어서 그런 것이지만 모친은 속으로 아들을 못마땅하였다.

'너두 네 아비 편만 드는구나!'

하는 야속한 생각으로.

"어머니, 그런데 오늘 묵어 가세요?"

덕기는 다시 온유한 낯빛으로 물었다.

"그럼 어쩌니! 나는 사십을 먹어도 호된 시집살이다!"

모친은 이렇게 자탄을 하다가 나간 길에 화개동 집에 가서 자기가 묵는 말을 하고 누이동생을 데리고 오라고 했다. (46~47쪽)

〈예문 4〉

"더 사시기로 무얼 보시겠에요. 그저 돌아가실 때 되면 편안히 돌아가시는 게 좋지요."

덕기 모친은 또 이런 소리를 하였다. 물론 무슨 생각이 있어 한 소리는 아닐 것이요, 자기가 세상이 신산하니까 무심코 한 말일 것이나 수원집은 매섭게 눈을 뜨고 쳐다본다.

"말을 해두 왜 그렇게 해!"

수원집은 손위 며느리의 밥술이 들어가는 입을 노려보다가 한마디 톡 쏘았다.

"무엇을 말인가?"

덕기 모친에게는 당숙모요, 수원집에게는 사촌 동서뻘인 노마님이 영문을 모르는 듯이 탄한다.

"아니, 글쎄 말예요, 어서 돌아가셨으면 좋을 것같이 말을 하니 말씀이죠."

"그게 무슨 소리야? 내가 언제 어서 돌아가시라고 했단 말야?"

하고 덕기 모친도 눈을 똥그랗게 뜨고 쳐다보다가,

"사람 잡겠네!"

하고 코웃음을 치고 먹던 것을 먹는다. 두 암상이 마주쳤으니까 그대로 우물쭈물하고 싱겁게 떨어지지 않을 것이다. 하여간 좋은 구경거리가 생겼다고 다른 여편네들은 말리려고도 아니 하고 물계만 보고 있으나 손주며느리는 애가 부덩부덩 쓰였다.

"그래 내 말이 틀린단 말이야? 그야말로 참 사람 잡을 소리 하네. 나만 들었으면 모르겠지마는 다른 사람은 고만두고 쟤(손주며느리를 가리키며)더러 물어 봐도 알 일이 아닌가. 죽을 때가 되건 어서 죽어야 한다고 당장 한 소리를 잊어버리지는 않았겠지?"

수원집은 밥술도 짓고 아주 시비판을 차리는 모양이다.

"그래 내가 아버지께 돌아가시라고 그랬어? 아버지께서 더 사신대야 시원한 꼴을 못 보실 테니까 그게 가엾으시다는 말이지."

덕기 모친은 말끝 흠 잡힌 것이 분하기도 하거니와 해혹을 하기가 좀처럼 어렵게 된 것이 분하였다.

　"왜 시원한 꼴을 못 보신단 말이야? 누구 때문이기에?"

　"누구 때문이기에라니? 나 때문이란 말이야?"

　덕기 모친도 발끈하였다.

　"자기 입으로도 그러데. 아드님을 잘 두셨다구."

　"아드님을 잘 두셨든 못 두셨든 자기가 낳아 놓았으니 걱정인가! 누구나 내 똥 구린 줄은 모르겠다!"

　"무어 어째? 내가 구린 게 뭐야? 구린 게 있건 대! 대요! 무에 구리단 말야?"

　수원집은 얼굴이 파래지며 달겨든다. 아닌게아니라 덕기의 모친은 감잡힐 소리를 또 무심코 하여 놓고 보니 말문이 꼭 막히고 말았다.

　"왜 안방 차지가 하고 싶어서 사람을 잡는 거야? 안방에 들고 싶거든 순순히 내놓으라지, 왜 사람을 잡아흔들어서 내쫓지를 못해서 야단이야!"

　"누가 안방 내놓으랬어?"

　"그럼 무어야? 무에 구리다는 거야?"

　수원집은 점점 악을 쓰고 덤비나 덕기 모친은 잠자코 앉았을 뿐이다.(118~120쪽)

〈예문 5〉

　부친은 아직 일어나지 않아서 안으로 들어갔다. 모친이 조부의 증세를 물은 뒤에 서조모가 무어라 하더냐고 물었으나 모른다고만 하였다. …
〈중략〉…

　"또 네 처를 들볶겠구나? 할아버지께 또 있는 말 없는 말 쏘삭이는 것은 어쨌든지 간 그 어린 것을……."

모친은 새삼스럽게 분해한다.

"그런 줄을 뻔히 아시면서 덧들여 놓으시는 어머니께서 딱하시지 않아요. 무어라 어쩌든 가만 내버려두시면 그만 아녜요."

"사람을 까닭 없이 들큰거리는 것을 어떻게 가만 있니? 어제 아침만 해도 좀 늦게 나갔다고 시비요, 네 처를 보고 시아버지가 숨을 몰아도 눈 하나 깜짝 안 할 사람이니 어서 돌아가셔서 모두 제 차지가 되었으면 너희들은 춤을 추겠구나- 하고 생트집을 잡더라니 그게 말이냐? 제가 그 따위 악심을 먹고 어서 돌아가셔서 볏백이고 꾸려 가지고 더 늙기 전에 조씨 집에서 빠져나가려는 생각이니까 그러는 게 아니냐."

모친은 이에서 신물이 나는 듯이 펄펄 뛴다.

…〈중략〉…

팔이 안으로 굽는 것이라고 덕기는 자지 모친에게 더 동정이 가기는 하지만 그래도 자기 모친이 매사에 좀더 점잖게 해서 수원집을 꽉 누르고 채를 잡지 못하는 것이 마음에 부족하였다.

"아무려면 내가 공연한 소리를 했겠니? 제삿날만 하더라도 그 법석통에 어멈과 틈틈이 수군거리다가 남들은 바빠서 쩔쩔매는데 친정에서 누군가 올라와서 무슨 여관에선가 앓아누웠는데 곧 가보아야 할 일이 있다고 영감님이 안 계신 틈을 타서 휙 나가 버리니 저 어멈이 숨을 몬대도 그럴 수 없는데 그게 말이냐? 그건 고사하고 간난이년이 보니까 최참봉하고 문간서 또 수근거리다가 최참봉 사랑으로 들어가 버리고 수원집은 허둥지둥 나가더라니 저희끼리 무슨 꿍꿍이속이 있는지 암만해도 수상하지 않느냐? 아무리 정성이 없고 할 줄 모르는 일이라 하기로 대낮까지 경대를 버티고 앉았던 사람이 겨우 나물거리를 뒤적거리는 체하다가 쓸어 맡겨 놓고 휙 나가는 그런 버릇은 어디 있고, 원체 그 어멈이 최참봉의 천으로 들어온 가른데 들어온 지 며칠이 못 되어서 부동이 되어 숙덕거리고 또 게다가 나갈 제 대문 안에서 최참봉과 수근거린다는 것은 무엇이냐. 어쨌든 저희들끼리 무슨 내통들이 있는 것이 뻔한 게 아니냐마는 할아버지께서야 그런 걸 아시기나 하시니!"

…⟨중략⟩…

"친정에선 누가 왔대요?"

덕기가 물으니까,

"오라비라고 하더라마는 오라비면야 왜 사랑에 와서 판을 차리고 누웠지 않고 여관에 가서 자빠졌겠니? 어쨌든 오라비기로 그렇게 불이시각하고 뛰어갈 건 무어냐?"

하는 모친의 말눈치는 어디까지든지 의심을 내는 것이었다. (124~127쪽)

⟨예문 6⟩

모친은 가뜩이나 한 판에 며느리에게 '어제 애 아범이 홍경애인가를 일본 술집에서 만났대요' 하는 소리를 들을 제 한동안 잊었던 일이 다시 머리를 쥐어뜯었고 영감이 그저 끼고 돌면서 밑천을 대어 주어서 그런 하이칼라 술집까지 경영시키는 것이라고만 믿어 버렸다.

모친은 아들을 보고 너까지 그년과 한편이 되어서 술을 얻어먹으러 다니느냐고 듣기 싫은 소리를 하고 싶었으나 그 동안 큰집에서는 이런 말을 꺼낼 틈이 없었고 아까 안방에서는 수원집 놀래를 하기에 깜빡 잊어 버렸던 것이다.

하여간 영감이 어젯밤에 모처럼 안방에 들어와서 왜 수원집과 싸우고 다니느냐고 야단을 칠 때 마누라의 입에서 홍경애 놀래가 나오고 말았다.

마누라의 말은 네 살이나 다섯 살 먹은 자식까지 달렸는데 좀처럼 헤어질 리가 있겠느냐고 상성이요, 영감의 말을 헤어지든 말든 아랑곳이 무어냐? 지금이라도 이혼해 달라면 이혼해 주마고 맞장구를 친 것이었다.(131~132쪽)

〈예문 7〉

덕기 모친은 부부끼리 옥신각신하기 전에 수원집이 가르쳐 주는 대로 단통 북미창정으로 뛰어가서 경애 모녀를 붙들과 머리채만 내두르지 않았을 뿐이지 갖은 욕설 갖은 위협을 다 하였던 것이다. 위협이라는 것은 너희가 떨어지지 않으면 교회 속에 소문을 퍼뜨리고 우리 서시어머니를 시켜서 너의 고향인 수원에까지도 바라을 들여놓지 못하게 만들겠다는 것이었다.

이때부터 상훈이의 부부는 아주 등을 맞다고 살게 된 것이다.(136쪽)

〈예문 8〉

덕기는 사흘 후에 떠났다. …〈후략〉…

모친은 오늘도 오지 않았다. 그끄저께 덕기가 기별을 하여 문안 겸 왔을 때 시아버지께 어찌나 혼이 났던지 좁은 생각에 암상도 났고 분하고 무서워서 그전 같으면 날마다 앓는 시아버지 문을 왔을 텐데 그제 어제 이틀은 덕희만 보내고 자기는 오지를 않았었다. 그러기 때문에 오늘은 와보고 싶건마는 그러면 시아버지가 너는 앓는 아비는 보러 오지 않고 자식이 길 떠난다니까 온 거로구나 하고 또 야단을 만날까 보아 안 오고만 것이다.

저번에 왔을 제 시아버지는 수원집보다 한길 더 뛰며 야단을 쳤었다.

…〈중략〉…

"너희 연놈들이 짜고서 나를 어서 죽으라고 기도를 하는고나? 그놈은 하느님한테 기도를 한다더니 너는 산천 기도를 올리니? 너 같은 년이 내 앞에 있다가는 약에 무엇을 타서 먹을지 모르겠다."

고 어린애처럼 뛰었다. 덕기 모친은 무엇보다도 이 말에 가슴이 선뜩하고 정이 떨어졌다. 아무리 젊은 첩에게 빠져서 그 말을 곧이듣고 그렇다 하더라도 그 이튿날만 되면 역시 웃어른이니 병문안을 갈 것이로되 참 정말 무슨 탓이나 무슨 모해를 만날까 보아 가기가 무섭기도 하였다. 안할말로 잠깐 다녀온 뒤에 누가 무슨 짓을 해놓고 자기에게 들씌울지 수원집을 못 믿느니만치 무서웠다.(138~139쪽)

〈예문 9〉

"그럼 잘 가거라."

"오빠, 난 이따 정거장에 나갈게요."

이렇게들 인사를 하는 통에 모친만은 주저주저하고 섰다가 따라 나오며,

"본정통 삼정목이란 무엇 말이냐?"

하고 곧게 묻는다. 덕기는 무심코 찌푸리며,

"아녜요, 무슨 책사 말예요."

하고 얼른 둘러대었다.

모친은 사랑문 밑에 서서 아들이 다녀오기를 기다리다가 귓결에 들은 것이었다. 부친은 목소리를 적게 하였으니까 못 알아들었지만 덕기는 무심코 좀 크게 말하였던 것이다.

"경애가 그 근처의 어느 술집에 있다지?"

모친은 중문 밖까지 쫓아나오며 이제야 생각난 일을 채쳐 물었으나 덕기는 창황중에 무어라 대답할 수가 없어서,

"모르겠에요."

하고 딱 잘라 버렸다.

모친의 얼굴빛은 변하였다. 떠나는 아들이 섭섭한 것보다도 너까지 한 통이 되어서 나만 돌려세우는구나 하는 야속한 생각이 앞을 섰던 것이다. (140~141쪽)

〈예문 10〉

경애는 다짜고짜 안으로 들어갔다. 주인 마님은 안방에서 유리 구멍으로 내다보다가 고개를 오므라뜨리고 원삼이 처만 부엌에서 밥상을 보다가 그래도 어제 한 번 보아서 낯이 익다고 반색을 한다.

"에구 어떻게 오세요?"

하고 멋모르는 어멈은 안방에다 대고 마님을 부른다.

마님은 시키지 않은 짓도 한다는 듯이,

"왜 그래?"

소리를 몰풍스럽게 지르고 내다보며 인사도 하는 둥 마는 둥이다. 사오 년 전 감정이 그대로 남아 있는 모양이지만, 사랑에 하나 자빠져 있는데 또 하나가 기어드는 것도 보기 싫고, 도대체 이 따위들을 딸자식에게 보이기가 싫은 것이다. (447~448쪽)

〈예문 11〉

이날 낮에 덕기 모친은 침모더러 자기 금침과 옷장을 실려 보내라고 이르고 아들의 집으로 가버렸다.

영감은 암만해야 쇠귀에 경 읽기로 점점더 빗나갈 뿐이요, 늙은 년 젊은 년들이 신새벽부터 패패이 꼬여들어서 저자를 벌이는 그 꼴이야 이제는 더 볼 수 없다는 것이다.(452쪽)

〈예문 12〉

그러자 방문을 열며 모친이 들여다본다. 필순이는 일어나서 고개를 숙여 보였다.

덕기는 모친이 들어오면 필순이를 소개하려 하였으나 그럴 새도 없이 모친은 역정스럽게,

"약을 먹었으면 푹 뒤집어쓰고 땀을 내야 하지 않니?"

하고 나무란다.

덕기는 무엇보다도 필순이의 얼굴이 쳐다보였다. 누가 듣든지 손님 때문에 병조섭 못 하겠다는 들떼놓고 하는 소리밖에 아니 들렸다. 필순이도 무안스럽거니와 덕기도 무안스러웠다.

…〈중략〉…

"그럼 미안하지만 오늘은 가주우. 몸이나 성해지거든 또 놀러 오우."

하고 앓던 이 빠진 듯이 이런 소리를 하고 몸을 비켜서 길을 터주었다.

덕기는 화가 났다. 부친과 불화한 뒤로 요 몇 해 동안 모친의 성격이 일변하였고 또 그것을 한편으로는 이해도 하고 동정도 하지만 필순이를 가겟집애라고 넘보아서 그렇게까지 무안을 주어 보낸 것이라느니보다도 점잖은 집 실내 마님의 체모가 아니요, 아들의 낯 깎이게 한 것밖에 소

득이 무엇인가 - 하는 생각을 하면 분해 못 견디겠다.

"그건 시집간 년이냐? 아무리 반찬가게연이기루 여기를 무엇 하자고 남자를 찾아서 날마다 오는 거냐? 너두 체통이 있어야지 아무리 너 아버지 내력이기루 세상에 계집년이 없어서 그 따위 가게쟁이 딸년을 안방구석으로 끌어들여서 씩둑씩둑하고 들어엎덴단 말이냐? 그러구서 집안 꼴이 되겠니? 네가 집안 어른야! 어른 된 체통이 있어야지."

모친은 방문을 닫고 추운 마루에 담배를 피워 물고 앉아서 판을 차리고 나무란다. 덕기는 잠자코 누웠다.

한편이 수그러지니 한편은 더 기가 나는 것이다. 모친은 점점더 히스테리가 도져 나온다

…〈중략〉…

덕기는 모친의 잔소리에 머리가 아프고 속이 상하나 이를 악물고 참느라니 곧 뛰어나가고만 싶다. 아무 사정 모르고 머리 튼 여자면 모두 노는 년 같고 첩감으로만 보는 것이 딱하다. 하도 몹시 데이면 회도 불어 먹는다지만 신식 여자에게 데어 본 구식 여자의 눈에는 마치 서양 사람의 얼굴은 모두 똑같이 보인다는 셈으로 '여학생'이라면 그게 그거 같고 그게 그거 같은 모양이다.

그것은 고사하고 자기도 부친 같은 난봉으로 몰아붙이는 것은 인격적 모욕을 받은 것같이 불쾌하였다. 그러나 변명무로이다. 필순이는 그런 여자가 아니요, 자기는 부친과 다르다고 하여야 서양 사람의 코는 다 석판에[박아 낸 것같이만 보이는 모친의 눈에 필순이의 어디가 어떻게 다른지 짐작이 나설 리 없다.

…〈중략〉…

"인제는 고만 하세요. 아무렇기로 저희들 앞에서 그런 말씀을 하십니

까."

덕기는 참다참다 못해서 한마디 하였다.

"흥, 그래두 자식은 애비 따르는 것이다. 너부터 듣기 싫겠지만 두구 봐라. 내 말이 하나나 그른가! 종로 바닥에 침을 질질 흘리면서 거적을 들쓰고 걸으면서도 꾸벅꾸벅 조는 것들은 처자식이 없고 먹을 것이 없고 배운 것이 없어서 그렇게 되었다던?"(474~477쪽)

〈예문 13〉

"애, 할아버지 쓰시던 조그만 금고 어디 갔니?"

"여기 있에요."

하고 며느리는 다락문을 열고 금고를 내다가 앞에 놓았다.

"열쇠 가져오너라."

시아버지는 반색을 하며 비로소 의기양양하여진다.

"집에 두고 다니지 않아요."

영감은 다시 낙심이 되었다. 어린애가 장난감 만적거리듯이 대그럭거리며 마진쇠질을 하려 한다. 체통이 아깝다.

며느리는 획 나오려다가,

"경찰서에서 가져오라 하시니 그러면 누구를 보내서 열쇠를 내달라고 해오랄까요?"

하고 물었다.

…〈중략〉…

며느리가 건넌방에 와서 그런 이야기를 시어머니한테 하니, 펄쩍 놀라며,

"애, 쓸데없는 소리 마라. 공연한 말씀이다. 큰 금고 열쇠가 함께 꿰어

있을 줄 알고 그걸 훔쳐 가려고 얼렁얼렁하시는 소리다."

하고 벌떡 일어나서 후닥닥 문을 밀치고 나간다. …〈중략〉…

"왜 우리마저 쪽박을 차고 타서는 꼴을 보려우? 낮도둑놈 모양으로 무슨 까닭에 여기까지 좋아와서 작은 열쇠 하고 법석요? 그놈의 금고째 떼메가든지! 이 짓 하려고 자식을 그 몹쓸 데로 잡아 넣었구려? 이 죄를 다 어디 가서 받을 테요?"

소리를 바락바락 지르려니까, 영감은 검다 쓰다 말없이 모자를 들고 나와서 내려가다가 며느리 보고,

"난 모르겠다. 형사들더러 와서 가져가라지."

하고 훌쩍 가버렸다.(504~505쪽)

〈예문 14〉

고년 – 첩년이야 한 십 년 가두어 두었다가 내놓았으면 좋겠지만, 영감까지 들어가서 유치장에서 묵을 생각을 하니 아들만은 못하여도 가엾은 생각이 든다. 세상이 마음대로 되었으면 덕기 부자는 오늘 저녁으로 놓여 나오고, 고년과 경애만은 하다못해 일 년만이라도 경을 뽀얗게 치고 나왔으면 시원하기도 하려니와, 그러노라면 영감도 마음을 잡고 여러 해 버스러졌던 의취도 돌아서게 되련만…… 덕기 모친은 갖은 공상에 잠이 안 왔다. 하여간 그렇게 생각하니 영감의 뒷배를 보아주는 사람이라고는 없다. 무엇을 먹고 그 추운 속에서 덮개도 없이 벌써 이틀이ㄴ 어떻게 지내는지 날이 새거든 우선 금침이나 가지고 몸소 가보아야 하겠다고 생각하였다. 이렇게 생각하니 천리 만리 떨어졌던 영감이 급작스레 가까워지고 남편의 옥바라지에 공을 들인다는 것이 그다지 장한 일은 아니로되, 그래 놓아야 남편의 마음도 돌아서게 할 수단이 되겠고, 한편으로는

젊었을 때의 정분이 새로 난 듯이 아까까지 욕을 하던 남편이 그지없이 정답게 생각된다.

날이 막 밝으며부터, 마님은 안방 다락 속에 배송을 내두었던 영감의 자리보퉁이를 끄러내고 장 속을 뒤져서 평복 일습을 내놓고 수건을 사오너라, 비누니 치마분이니 하고 한참 법석을 하더니 자기도 곱게 분세수를 한 후, 온종일 한데서 떨고 있어도 좋을 만치 든든히 입고 나섰다. 바깥애가 없으니까 지주사를 데리고 자동차로 나갔다. 그래야 집안에서는 누구나 밤새로 돌변한 마님을 비웃는 사람은 없었다. 도리어 마님의 하는 일 중에 제일 잘하는 일이라고 생각들 하였다.(513~514쪽)

〈예문 15〉

덕기는 자동차에 올라앉아서 아내를 가까이 오라 하여 정미소에 기별해서 용돈을 들여다가 그 중에서 필순의 부친의 입원료를 치러 주라고 형사들만 듣게 간신히 일렀다.

…〈중략〉…

"무어라던?"

시어머니가 위층으로 올라가며 당장 묻는다.

"용돈 들여다 쓰래요."

여기까지만 대답을 하고 말려다가 만일 시치미를 떼버린다면 더구나 자기 임의로만은 못 할 것 같기도 해서,

"지금 그이 남편 입원료를 보내 주래요."

하고 일러바치고 말았다.

"별소리를…… 이 법석통에 내 코가 석자다."

으레 그럴 줄 알았다.

"하지만 나와서는 안 보내나요. 야단만 만나지요."

"야단이 무서우냐. 그놈들 때문에 남의 자식 생병이 들어 죽게 되어는데 가외 약값까지…… 게다가 이게 모두 고년이 쏙삭이고 다닌 동티인데…… 너무 어수룩두 하다!"

하루는 수원집 동티라고 하고 이튿날은 영감의 동티라 하고 또 그 다음날은 경애 동티라고 야단이더니 오늘은 필순이 동티가 되었다. 내일은 또 누구 차례일꾸?

범절이 분명한 시어머니면야 며느리가 남편을 어려워 안 하면 꾸짖을 터인데 도리어 야단이 무서우냐고 핀잔을 준다.(526쪽)

● 김의경 ─────────────────────────

성   별   여자
나이(추정포함)   이십대 초중반으로 추정함.
출생지 및 거주지, 활동 공간
          ① 몰락한 양반의 딸로 간동 ××번지에 거주함.
          ② 매당집 수양딸이 되면서 매당의 소개로 조상훈의 첩
             이 된 후 조상훈의 화개동 집에서 거주함.
직   업   유치원 교사, 조상훈의 첩
출신계층   몰락한 양반계층
교육정도   여자고보와 보모학교를 마침.
가족관계   경제력이 없는 부친과 조상훈의 첩으로 복중 태아가 있
             음.
인물관계   ① 매당집 수양딸이 되면서 매다의 소개로 조상훈의 첩
             이 됨.
          ② 매당은 이를 이용하여 조상훈의 재산을 탐함.
인물의 존재방식(사회계층)

양반계층의 딸로서 엄격한 부친에게 교육을 받았으나 매당집을 출입하면서 매당의 소개로 조상훈과 가깝게 지내면서부터 집에서도 나오고 유치원도 그만두고 그의 첩으로 들어앉으려는, 허영심이 많고 윤리적으로 타락해 가는 여자.

성 격   ① 일본으로 유학하여 동경여자대학 영문과나 음악학교에서 더 공부하고자 하는 욕망을 지님.
② 유치원 보모로 있으면서 매당집을 출입하여 자신의 욕망을 실현시키려고 함.
③ 당차면서도 허영심이 많고 윤리의식을 결여함.

성격 지표 및 인물의 제시방식

〈예문 1〉

오늘 아침에 병화는 김의경인가 하는 여자를 ××유치원으로 찾아갔다.

…〈중략〉…

"김의경 선생 댁이 어디요?"

하고 물어 보았다.

"왜 그러슈?"

하고 영감쟁이는 병화의 위아래를 훑어보더니,

"만나실 일이 있건 나하고 예배당으로 갑시다."

한다.

"예배당엔 갈 새가 없고 그 댁에 볼일이 있는데…….."

하고 집을 가르쳐 달라니까 그자는 집을 정말 몰라서 그런지 하여간 예배당이 바로 요기니 같이 가서 만나 보고 물어 보라고 한다.

…〈전략〉… 밖에 섰으려니까 앞서 들어간 영감쟁이가 조그마한 금테 안경 쓴 여자를 앞세우고 나온다. 모든 구조가 작고 가냘프지만 허리통

은 한줌만 하고 수족은 여남은 살 먹은 아이 같다. 눈 하나만은 서양 인형 같으나 얼굴관은 동양화를 생각하게 하는 미인이다. 살갗은 건드리면 미어질 것같이 두 볼이 하늘하늘 얇다. 병화의 눈에는 열 대여섯 살쯤 된 계집애같이 보였다. 그러나 말을 붙이는 것을 보니 역시 나이 차 보였다.

알지 못한 남자가 협수룩히 우뚝 섰는 것을 보고 김의경이는 축대 위에 멈칫하며 말똥히 바라보다가 두어 발자국 내려서며 아무에게나 하는 버릇으로 생글하고 인사를 해보였다.

"물론 모르실 것이올시다. 댁을 알아다 달라는 사람이 있어서 학교로 갔다가 이리로 왔습니다.

병화는 모자를 벗고 천연히 말을 붙였다.

"누구신데요?"

"나요?"

"아뇨, 저 …… 집을 찾아오신다는 이가요."

여자는 무엇을 경계하는 눈치다.

"댁 어르신네께 가뵐 양반이 있어서요 ……."

"간동 ××번지예요."

"네, 고맙습니다."(255~256쪽)

〈예문 2〉

"지금도 그 문제의 계집애의 집에를 무슨 일이 있어서 찾아가 보았지만……."

병화가 다시 말을 꺼내려니까, 원삼이는,

"그전부터 아십니다그려?"

하고 놀란다.

"어쨌든 말야. 의외에도 훌륭한 집에서 살 뿐 아니라 상당한 집 딸이
오 공부까지 하였네마는 그렇게 돌아다니는 것은 무슨 때문인 줄 알우?
그 훌륭한 집이 채채이 세를 들이고, 심지어 주인 영감이 쓰던 큰사랑
작은사랑까지 사람을 들였다는 것을 들으면 그전에 잘살다가 갑자기 어
려워지고 버는 사람은 없으니까 다만 하나 남은 집 한 채를 가지고 세를
놓아 먹는 모양이나, 그 집인들 웬걸 자기 손에 지니고 있겠소. 몇 달이
고 몇 해 안에 잡은 사람에게 쳐나가면 인제는 자기네가 셋방으로 밀려
나갈 것이로구려 ……."

"헤, 그런 대가댁 따님예요."

하고 원삼이가 감탄한다.(259~260쪽)

〈예문 3〉

…〈전략〉… 의경이를 그리로 맞은 것은 단순히 이성에 대한 궁금증도
있었지만 당자를 만나보고 좋도록 달래서 떼어 버릴 이야기도 하고 싶었
던 것이었다. 원체 무슨 깊은 뜻이 있던 것도 아니요, 매당이 불러 대주
니까 만나 본 것인데 의외로 달라붙는 수에 상훈이는 두통을 앓는 터이
다. 물론 알 만한 사람의 집 딸인 줄도 짐작하는 터이요, 당자도 여자고
보를 마치고 보모학교까지 마쳐서 유치원에 다니는 것을 보면 지금 여자
로는 상당한 자격이 없다고는 할 수 없으나 그건 그거요, 이건 이것이
다. 제 말을 들어 보거나 하고 다니는 꼴을 보면 무척 귀엽게 자랐기도
하였고 재주도 있어서 장래에는 동경 가서 여자대학 영문과나 음악학교
를 다닐 작정이었는데 집안이 급작스레 어려워져 보모가 된 모양이다.
지금도 당자의 소원은 우선 동경으로 보내서 공부나 시켜 주었으면 좋을

말눈치나 상훈이는 그럴 흥미까지는 없다. 애를 써 공부를 시켜 놓으면 그때는 무슨 핑계를 대고서든지 빠져 달아날 것이니 말하자면 당자나 자기를 위한다느니보다도 장래 남편 될 어떤 놈의 좋은 일을 해주는 셈이니까 싫은 것이다. 그렇다고 데려다가 살림을 하기도 싫다. 정식 결혼을 하자는 것도 머릿살 아픈 노릇이지만 매둥집 같은 데서 만나 본 계집을 제법 살림꾼으로 들여앉힌다는 것은 가당치도 않은 노릇이라고 생각하는 것이다. …〈후략〉…(289쪽)

〈예문 4〉

"영감 계시지?"

따라 들어서며 묻는다.

"지금 막 나가셨에요."

"무얼! 주무시니까 어려워서 그러겠지만 급한 말씀이 있으니 좀 여쭙게!"

…〈중략〉…

경애 모친은 사랑문으로 향한다.

"들어가 보시나마나 아무도 없어요. 색시는 그저께인가 그끄저께 왔다가 도루 갔에요."

…〈중략〉…

원삼이는 이 마님이 왜 이렇게 몸이 달았는지 영문을 알 수가 없다.

"정녕 없지?"

"그렇게 못 믿으시겠거든 들어가 보세요. .하지만 이따라도 또 데리고 오실지 모르지요. 첫날 와서 주무시고 한바탕 야단이 난 뒤에는 밤이면 이슥해서야 들어와 주무시니까요."

…〈중략〉…

"흥, 그 색시가 이 집 차지를 하겠다는 거로군?"

"그렇습죠. 그 색시가 무어 애가 들었다나요. 그건 고사하고 저기 안동 사는 매당집이라든지 하는 그 댁 마님의 수양딸이라나요. 그래서 그 염병떼 마님이 앞장을 서서 서둘러 대기 때문에 아마 영감님께서도 울며 겨자먹기로 쩔쩔매시구 어쩔 줄 모르시는가 봐요……."

경애 모친은 들을 것을 다 듣고 나서,

"그럼 내일 올게 영감께는 암말 말게."

이렇게 부탁을 하여 놓고 나와 버렸다.(442~443쪽)

〈예문 5〉

의경이는 싫은 것도 아니요, 좋은 것도 아니다. 경애만 분명히 말을 하면 언제든지 떼어 버릴 수 있다고 생각하는 것이다. 그러고 병화와 갈라서기만 한다면 설혹 무슨 관계가 있다 하여도 그까짓것쯤은 눈감아 버리고 집도 무슨 짓을 해서든지 사줄 생각이다.

그러나 의경이 편에서야 그렇게 하라고 내버려둘 리가 있는가. 요새로 부쩍 죄어치는 것이다. 의경이는 집에서도 나오고 유치원도 벌써부터 흐지부지 그만두어 버렸다. 게다가 몸 안 한 지가 넉 달이라 한다. 언제인가 상훈이가 청목당으로 붙들려 간 것을 매당집과 함께 가서 경애를 만나 보고 오던 날 매당집에서 그대로 자버린 뒤로는 영영 집에서 뛰어나온 것이다. 그 이튿날 유치원도 그만두라고 부친이 가두어 버렸으나 언제까지 갇히어 있을 사람도 없지만 밖에서도 갇혀 있게 내버려두지도 않았다. 또 사실 배는 불러 가는데 집 속에 있을 형편도 못 되었다. 매당집이 제가 낳은 딸같이 어-하고 잔뜩 끼고 있는 바람에 그 날개 밑에

폭 싸여 있던 것이다.(444~445쪽)

〈예문 6〉

마루 위로 잡담 제하고 올라서며 문을 똑똑 두드리니 두런두런 이야
기하던 소리가 뚝 그치고 상훈이가 마주 나오다가 몹시 놀라며 당황해한
다. 의경이는 세수를 하고 체경 앞에 돌아앉아서 머리를 가리고 앉았고,
영감은 지금 막 일어난 모양이다.

체경 속에 비친 의경이는 잠깐 놀라는 기색이더니 시치미떼고 생긋
웃으며 그대로 앉아서 빗질을 하고 있다.

"신혼 초에 신혼여행을 한다든지 하지 않고 이게 뭐예요. 남의 집 귀
한 따님을 데려다 놓고 곁방살이를 시키다니?"

경애가 첫대바기에 농조로 붙이는 바람에 상훈이는 허허 하고 웃어버
렸다. 의경이도 거가에 끌려 생글 웃고 돌아다보며 인사를 한다.(448쪽)

〈예문 7〉

부장은 또다시 부하더러 첩을 불러들이라고 명하였다. 의경이가 소리
부터 휘뚝휘뚝하는 구둣소리를 내며 들어온다. …〈중략〉… 형사는 덕기
를 사이에 두고 상훈이와 격리시켜서 의경이를 앉히었으나 덕기는 거들
떠보지도 않았다.

"이 속에 얼마 들었어?"

…〈중략〉…

"이천삼백 원이지요."

의경이는 조금도 겁내는 기색 없이 서슴지 않고 대답한다. 덕기는 액
수가 적은 것을 듣고 잡혔구나 생각하였다.

…〈중략〉…

덕기가 영수증을 쓰는 동안에 부장은 의경이를 놀리는 어조로 사담처럼 문초를 한다.

"본마누라의 땅을 잡혀서 큰 돈을 쥐어 주니까, 한층더 정이 들고 영감이 귀여웠겠지?"

"하하하…… 좋지 않을 것도 없지요만 잠깐 맡은 것이지, 어디 나더러 쓰라는 것이던가요."

조금도 걱정이라는 빛이 없이 생글생글 웃어 가며 대거리를 한다.

…〈중략〉…

부장은 슬쩍 다시 농치면서,

"이왕이면 느긋한, 그 속에서 큼직한 것 하나를 떼어 가질 일이지? 저렇게 환귀본처(還歸本處)하는 걸 보면 분하고 아깝지?"

하고 또 껄껄 웃는다.

"징역하게요?"

"아무려면 징역 안 하나! 허허!"

"내가 왜 해요! 무슨 죄가 있다구? 여필종부니까 가자면 가고 오자면 올 뿐으로 달려다닌 것까지 죄인가요?"

"옳은 말이야. 여필종부이기에 남편이 감옥에 들어가면 아내도 따라 들어가야지, 허허허……."(531~532쪽)

● 조덕기의 아내

성 별   여자

나이(추정포함)   이십대 초반으로 추정함.

출생지 및 거주지, 활동 공간

　　　　　① 평범한 구식 가정에서 출생하여 중학생이었던 조덕기

　　　　　에게 시집와 덕기의 부모가 따로 살림을 날 때 부모

　　　　　를 따라 나갔다가 조부의 엄명으로 수하동 본가에 거

　　　　　주함.

직 업   조덕기의 아내

출신계층   구식 가정에서 출생함.

교육정도   소학교 졸업

가족관계   남편 조덕기, 시조부 조의관, 서시조모, 네 살 난 시조부

　　　　　의 딸, 시부 조상훈, 시모 화개동 마님. 시누이 덕희, 아

　　　　　들 등이 있음.

　　　　　① 남편인 덕기의 유학생활로 둘의 관계가 소원함.

　　　　　② 서시조모의 이간질로 시조부에게 미움을 삼.

인물관계   ③ 재산을 탐내는 자신에게 방해가 될까 서시조모가 경

　　　　　계하여 미워함.

　　　　　④ 시부, 시모와는 친밀하게 지냄.

　　　　　⑤ 남편이 관심을 두는 필순에게 질투를 느끼지만, 남편

　　　　　의 뜻에 맞추어 주려고 함.

인물의 존재방식(사회계층)

　　　　　구식 가정에서 자란 서울 중류계층의 며느리로서 집안의

　　　　　온갖 풍파와 설움을 겪으면서도 인내하고 희생하며 잘

　　　　　헤쳐나가는, 여필종부의 가치관을 지닌 여자

성 격   ① 남편에게 순종적이고 집안 웃어른을 잘 공경함.

　　　　　② 인내하고 희생하는 유교적 가치관을 지님.

　　　　　③ 때로는 상황에 따라 지혜롭게 처신함.

성격 지표 및 인물의 제시방식

〈예문 1〉

"어서 일어나요. 어머니 오셨어요."

아내가 건넌방 창으로 달아와서 깨우는 바람에 덕기는 그제서야 우뚝 일어나 앉았다.

"어제 늦은 게로구나? 그래 오늘 떠나니?"

모친은 들어오면서 말을 건다. 아들이 떠난다니까 보러 온 것이었다.

"봐서 내일 떠나지요……."

덕기는 일어서며 하품 섞인 소리로 대답을 한다.

아내도 뒤따라 들어와서 부리나케 자리를 개 얹는다.

…〈중략〉…

덕기의 부모가 따로 날 때 중학교에 다니던 덕기도 물론 부모를 따라 나갔었다. 그러나 중학교 사년 때에 장가를 들자 반년쯤 부모 앞에서 지내다가 이 할아버지의 집으로 옮아왔다. 어머니는 내놓으려고 아니 하였다. 색시의 친정에서도 젊은 서시조모 밑에 두기를 싫어했다. 그러나 조부님의 엄명을 거역하는 수는 없었다. 조부의 엄명은 서조모의 엄명이다. 서조모가 만만한 어린 내외를 데려다 두고 휘두르며 부려먹기에도 알맞고 또 한 가지는 나 먹은 며느리ー눈 안 맞는 며느리를 고독하게 만들자는 것이었다. 손주 내외를 떼어 놓자는 것이었다.

그래도 노영감으로서는 손주 내외가 귀여워서 데려온 것일지 모른다. 또 덕기도 저 아버지보다는 조부에게 따랐던 것이다. 게다가 재산이 아직도 조부의 수중에 있고 단돈 한푼이라도 조부가 차하를 하는 터이라 조부의 뜻을 맞추어야 하겠다는 따짐도 있었다.

혼인한 이듬해에는 건넌방에서도 아이 우는 소리가 나게 되었다. 첫아

들이었다. 집안이 경사났다고 떠들었다. 그러나 입으로만이었다. 서조모
는 소견이 좁았다. 보고 배운 것이 없었다. 공연히 건넌방 아이 - 증손자
를 시기하는 것이었다. 네 살짜리의 할머니와 세 살 먹은 손주가 자라
갈수록 손이 맞아서 일을 일리고 어른 싸움을 버르집게 하는 것이
다.(30~31쪽)

〈예문 2〉

"어머니! 요새두 아버니께서 약주 잡수세요?"

덕기는 숭늉을 천천히 마시다 말고 옆으로 앉은 모친을 쳐다보았다.

"누가 아니! 약주를 잡숫든 기생방에를 가든!"

하고 모친은 핀잔을 주다가 자기 말이 너무 몰풍스러운 것을 뉘우친
듯이,

"술상 보아 내오라는 말씀이 없으니 안 잡숫는 게지."

하고 다시 웃는 낯을 지어 보였다.

그러나 모친의 나중 말도 덕기에게는 부친을 비웃는 말로밖에 아니
들렸다.

"아버님께서 잡숫는 걱정은 말고 당신이나 주의를 해요!"

시어머니와 화롯불 곁에서 윗목에 쪼그리고 앉았던 아내가 오금을 박
는다.

"잔소리 말어!"

하고 핀잔을 주고 덕기는 담배를 들고 가만히 화롯불에 꼭꼭 눌러 붙
인다.

"너두 술 먹니?"

하고 모친은 얼마쯤 놀란 듯이 아들을 돌려다본다.

“어제두 곤드레만드레가 되어서 오밤중에나 들어왔답니다.”

며느리는 남편이 행여 무어랄까 보아 얼른 이렇게 고자질을 하고는 상을 번쩍 들고 나가 버렸다.(37~38쪽)

〈예문 3〉

며느리가 얼른 가서 우는 아이를 받아 안고 들어왔다.

할머니가 손을 내밀어 보았으나 아이는 어머니 겨드랑이만 파고 울음을 그치지 않는다.

…〈중략〉…

“어서 젖을 물리렴!”

하고 시어머니는 그래도 손주새끼를 넘겨다본다.

어린애는 젖을 물자 눈을 감아 버린다.

“잠이 와서 그러는구나.”

…〈중략〉…

이 방(건넌방)의 아이 보는 계집애년은 세 식구가 잠잠히 앉았는 것을 보고 심심해서 스르르 마루로 나가 버렸다. 그 바람에 시어머니는 말을 꺼냈다.

“이 추위에 얼마나 고생이냐? 손등에 얼음이 들었구나!”

하며 시어머니는 아이를 안고 앉은 며느리의 새빨간 두 손을 바라보고 눈을 찌푸렸다.

“무어 그저 그렇지요.”

며느리는 예사롭게 대답을 하며 상긋 웃었다.

“안방에서는 여전히 쓸어 맡기고 모른 척하니?”

“그럼요!”

하고 어린 며느리는 시어머니의 다정한 말에 눈물이 글썽글썽하여진다.

…〈중략〉…

"행랑것은 새로 들어왔다더니 어떠냐?"

"밥이나 짓죠마는 온 지 며칠 안 된 것이 능글능글하게 얼레발을 치고 안방에만 들락날락거리고 가관이지요."

"지시는 누가 했는데?"

"모르겠어요. 할아버지께서 사랑에 데리고 들어오셔서 오늘부터 두게 된 것이라고 하셨으니까, 아마 사랑 손님이 지시한 것이지요."

"어쨌든 그래서 안됐구나."

"무어요?"

"아니, 글쎄 말이다. 안방에만 긴한 듯이 달라붙어 버리면 어지중간에 너만 괴롭지 않겠니?"

"……"

며느리는 시어머니의 동정에 감격해서인지 제 고생이 서러워서인지 고개를 숙이고 콧물을 홀쩍거린다.(39~41쪽)

〈예문 4〉

덕기는 제 방으로 들어가 누우면서 지금 안에서 듣던 말을 생각해 보았다.

지체 보아서 한다고 할아버지가 야단야단치고 얻어 맡긴 아내요 또 그것도 처음에는 좋다가 일본 갈 때쯤은 싫증도 났던 아내이건마는, 시서모 앞에서 남편도 없는 동안에 고생하는 생각을 하면 가엾기도 하였다.

사실 소학교밖에 졸업 못 하고 구식 가정에서 자라났기에 이 속에서

배겨 있지, 요새의 신여성 같았으면야 풍파가 나도 몇 번 났을지 모르겠다고 생각하면, 신지식 없다고 싫어하던 것이 이제는 도리어 잘 되었다고도 생각하였다.(41~42쪽)

〈예문 5〉

영감은 손주며느리를 불러들였다.

"얘, 아비에게 편지가 왔니?"

"예."

"그럼 날 좀 보여야지."

…〈중략〉…

젊은 색시가 남편에게서 온 편지를 시조부 앞에 내놓기가 부끄러웠다.

"어쨌든 이리 가져와!"

영감의 목소리는 좀 역정스러웠다.

손주며느리는 웬 영문인지? - 모른다니느니보다는 또 수원집의 농간이려니 하는 생각을 하면서도 하는 수 없이 제 방으로 가서 편지를 가져다 바치었다.

…〈중략〉…

"그래 부쳐 달라는 것은 부쳤니?"

하고 물었다.

무슨 난데없는 호령이 내리지나 않는가 하고 조심하여 시조부의 낯빛만 내려다보고 섰던 손주며느리는 마음이 죄이면서,

"아직 못 부쳤어요."

하고 대답을 한다.

"난 편지를 쓸 새가 없고 하니 자세한 답장을 해주어라. 내 병 이야기

도 하고 나는 이번엔 아마 다시 일어날 수 없으리라고 하여라."

조부는 이렇게 이르고서 소포 부칠 것을 어서 싸서 사랑으로 내보내
어 지주사에게 부치라고 할 것과, 집안 일에 네가 잘 주장을 해서 잘 거
두라는 것을 한참 잔소리한 뒤에는,

"약 달은 것도 그렇지 않으냐? 네가 전력을 해서 달이지 않고 부엌데
기나 어린 계집애년들에게만 내맡겨 두면 어쩌잔 말이냐? 약은 어쨌든지
간에 네 도리로라도 그러는 게 옳지 않으냐."

영감은 좀더 단단히 말이 하고 싶으나 어린것을 그럴 수도 없어서 참
는 것이었다.

그러나 손주며느리로서는 억울하였다. 다른 것은 몰라도 약 달이는 데
에 자기같이 정성을 쓰는 사람이 이 집안 속에서 누구일까? 그렇게 말하
면 수원집이야말로 공연히 떠들고만 다녔지 이때껏 약 한 첩 자기 손으
로 달이는 것을 본 일이 없지 않은가! 그러나 분하여도 하는 수 없다.
친정 부모밖에는 이 집 속에서 하소연 한마디 할 데조차 없다.

"하느라고는 합니다마는……."

겨우 이렇게 한마디밖에는 말대답이 될까 보아 입에서 나오지를 않았
다.(287~288쪽)

〈예문 6〉

창훈이는 전보를 영감 앞에서 써서 제 손으로 부치러 나갔다. 그러나
그 이튿날도 역시 답장이 없다.

"어머니, 그 웬일인지 알 수가 없습니다그려. 병이 났는지? 떠나서 오
는 중인지? 그러기루 온다 못 온다 무슨 말이 있을 게 아닙니까? 제가
한번 다시 놓아 볼까요?"

손주며느리는 하도 답답하여 시어머니에게 이런 의논을 하였다. 시어머니도 요새는 날마다 오는 것이다. 자는 날도 있다. …〈중략〉…

"글쎄 말이다. 설마 전보를 중간에서 챌 놈이야 있겠나마는."

시어머니도 의아해하였다.

"누가 압니까, 무슨 요변들을 부리는지 겁이 더럭 납니다그려."

고식은 이런 의논을 하다가 시누이가 학교에서 오기를 기다려 직접 나가서 전보를 놓고 들어오게 하였다.

경도에서 떠난다는 전보가 밤 열한시에 배달되었다.

덕희 이름으로 띄웠으니까 답전도 덕희에게 왔다.

노영감은 말은 몰라도 가나 글자를 볼 줄은 알았다. 손주며느리가 가지고 온 전보를 받아 들고,

"온 자식두……."

하며 안심한 듯이 반가운 빛이 돌다가 주소 씨명을 한참 들여다보더니,

"이게 뉘게로 온 것이냐?"

하고 묻는다.

"아가씨한테로 왔에요."

"응? 아가씨? 덕희에게로?"

영감은 좀 의외이었다. …〈중략〉…

"아가씨가 아까 전보를 띄웠에요."

손주며느리의 말에, 병인은,

"그 웬일일꼬?"

하고 뒤로 가라앉은 눈이 더 커진다.(324~325쪽)

〈예문 7〉

　주인 아씨의 눈에 비친 필순이는 상냥하고 얌전한 처녀이었다. 활짝 피이지는 못하였으나 조촐한 미인이었다. 어깨통이 꼭 집은 듯이 이뻐 보이는 것도 마음에 들었다. 그러나 남편이 밖에 나가면 이런 여자들하고 교제를 하거나 하는 생각을 하면 역시 덜 좋았다.

　밖에서 어멈에게 들어서 누구인지는 짐작하겠으나 그런 가게에 나서서 일하는 여자 같지도 않아 보인다. 그러나 반찬가게에서 물건 파는 계집애 같든 안 같든 병화라던가 하는 주인이 날마다 다녀가는데 이 계집애가 왜 특별히 왔을꾸? 조금 의심이 든다. 김병화란 사람의 아내거나 그렇지 않더라도 그렇고 그런 여자인가 보다고도 생각해 보았다.

　아내는 이런 공상을 하면서 병인 앞에 놓인 과실예반에 광주리의 귤을 덜어 놓고 앉았으려니까 남편은 선뜻 그 귤을 들어서 까며 손님에게도 권하다가,

　"무얼 좀……?"

　하고 눈짓을 한다. 무얼 손님대접을 하라는 말이다. 아내가 알아차리고 일어서려니까,

　"추우니 뜨뜻한 것을 잘 해오구려."

　하고 또 이른다. 과자나 차 같은 것을 가져올까 보아 이르는 것이다.(462쪽)

〈예문 8〉

　며느리가 방문 앞에서 머뭇거리다가 인기척을 내고 문을 방긋이 여니까, 발치께로 놓인 아들의 책상 앞에 돌아앉아 무엇을 꿈적꿈적하다가 깜짝 놀라며 돌아다본다.

"응, 애, 잠깐 들어오너라."

"무얼 찾으세요?"

책상 서랍이 열려 있다.

"사랑, 문갑 열쇠 어디 있는지 아니?"

"모르겠에요. 거기 어디 있겠지요."

열쇠 꾸러미는 조그만 손금고에 넣어서 다락 앞턱에 넣어 둔 것을 아나, 모른다고 하여 버렸다. 손금고의 열쇠는 물론 덕기가 돈지갑 속에 넣고 다니는 것이다.

"다른 게 아니라 내 물건 하나를 초상 중에 문갑 속에 넣어 둔 것이 있는데, 경찰서에 곧 갖다 뵈어야 이 애가 놓여 나올 테구나……."

하고 망단한 듯이 먼산을 쳐다보고 앉았다가,

"넌 정말 모르니?"

하며 며느리에게 애원하듯 하며 얼굴을 쳐다본다. 알고도 속이는 며느리는 면구스러웠다. 마치 난봉자식이 휘 들어와서는 남의 눈을 기어 가며 집안을 들들 뒤지는 것 같아서 보기에 딱하고 흉하다.

"애, 할아버지 쓰시던 조그만 금고 어디 갔니?"

"여기 있에요."

하고 며느리는 다락문을 열고 금고를 내다가 앞에 놓았다.

"열쇠 가져오너라."

시아버지는 반색을 하며 비로소 의기양양하여진다.

"집에 두고 다니지 않아요."

영감은 다시 낙심이 되었다. 어린애가 장난감 만적거리듯이 대그럭거리며 마진쇠질을 하려 한다. 체통이 아깝다.

며느리는 획 나오려다가,

"경찰서에서 가져오라 하시니 그러면 누구를 보내서 열쇠를 내달라고 해오랄까요?"

하고 물었다.

문갑에 무에 들었는지도 모르겠으나 그것만 가져가면 제 남편이 나온다는 말에 그래도 마음이 솔깃하여 열쇠가 있으면 시원스럽게 열고 싶었다.

"그만 두어라. 어떻게 열리겠지."

며느리가 건넌방에 와서 그런 이야기를 시어머니한테 하니, 펄쩍 놀라며,

"얘, 쓸데없는 소리 마라. 공연한 말씀이다. 큰 금고 열쇠가 함께 꿰어있을 줄 알고 그걸 훔쳐 가려고 얼렁얼렁하시는 소리다."

하고 벌떡 일어나서 후닥닥 문을 밀치고 나간다. …〈중략〉…

"왜 우리마저 쪽박을 차고 타서는 꼴을 보려우? 낮도둑놈 모양으로 무슨 까닭에 여기까지 좇아와서 작은 열쇠 하고 법석요? 그놈의 금고째 떼메가든지! 이 짓 하려고 자식을 그 몹쓸 데로 잡아 넣었구려? 이 죄를 다 어디 가서 받을 테요?"

소리를 바락바락 지르려니까, 영감은 검다 쓰다 말없이 모자를 들고 나와서 내려가다가 며느리 보고,

"난 모르겠다. 형사들더러 와서 가져가라지."

하고 훌쩍 가버렸다.(503~505쪽)

〈예문 9〉

아내는 이렇다 저렇다 말이 없이 벌써 사흘 동안을 앉은 자리에 형사와 비스듬히 꼭 붙어 앉아서 시중을 들고 간호를 하는 것이다. 매무시

하나 고쳐 매는 일이 없고 세수 하나 똑똑히 하지 못하였다. 시어머니가 바꾸어 가며 자라고 하여야 꼬박꼬박 졸기는 하여도 팔베개를 한번 하고 누워 본 일이 없다. 아이는 이제는 젖 떨어졌으니까 암죽이고 무어고 먹여서 보아 달라고 맡겨 놓고 와서, 사흘 동안 그림자도 못 보았어야 보고 싶지도 않다. 다만 병인 하나 외에는 하늘이 무너져도 눈 하나 깜짝할 일이라고는 없다고 일심 정력을 병인의 숨소리와 검온기(檢溫器)에 모으고 있는 것이다. 오늘은 시어머니는 쉬러 가고 친정 모친이 와서 같이 밤을 새워 줄 모양이다.

그러나 이런 중에도 야속하고 겁이 나는 것은 헛소리 속에 필순이 놀래가 자꾸 나오는 것이다. 어떻게 정이 들었으면 혼돈천지인 이런 중에도 헛소리로 그런 말을 할까? 그야말로 오매불망이다. 생시에 먹은 마음이 취중에 나온다고, 뼈에 맺히지 않았으면야 그렇게도 가절한 말이 나올까? 아니, 경찰부에서 형사에게 애걸하던 말을 그대로 주워 섬기는 것이 아닌가? 생각할수록 정이 떨어지고 앞일이 캄캄하여지는 것 같았다. 재산 없어지고 시앗 보고! 구차살이나 시앗쯤이면 외려두 웃고 넘길 일이지만, 이혼 문제까지 난다면 이를 어쩌나? 하는 공상을 곰곰 할 때는 피로한 머릿속에 정신이 홱 들며 눈이 반짝 뜨이는 것이었다. 그러나 이것이야말로 꿈속 같은 일이요, 설사 그런 일이 닥쳐온다기로 지금 당장 생사가 왔다갔다하는 병인 앞에서 이게 무슨 주책 없는 객쩍은 망상이랴 싶어 자기 마음을 나무라 보았다.

'아니다. 우리 남편만은 양반의 집 점잖은 장손으로 설마……..'

이렇게 위안하려 하였다.(524쪽)

〈예문 10〉

내가 그렇게도 몹시 앓았는가 하는 생각을 하였지만 원삼이가 나오는 길로 앓아누웠다니 되우 혼이 난 게로구나 싶었다.

"그런데 병원에는 보내 주었소?"

아내는 못 들었는지 잠자코 있다가 또 한번 채치니까 가만히,

"아뇨."

한다.

"그 왜 이때껏 안 보냈단 말야? 진작 그렇단 말이나 하지."

역정을 내었다. 하기는 자기도 열에 떠서 무심했던 것이다.

아내가 잠자코 있으려니까 마루에서 오락가락하며 무얼 하던 모친이 들어오며 대신 말을 가로맡는다.

"그건 내가 보내지 말라 하였다. 여기서도 이 법석통에 무슨 돈이 있다고 보내겠니. 아까 제 딸이 나왔다니까 이제는 서방질을 하든 남방질을 하든 해서 약값 못 갚겠니."

…〈중략〉…

필순이가 안 오는 것은 역시 일전에 모욕을 당한 것이 분해서 그렇겠지만 그렇기로 이런 때에 묵은 감정을 그대로 품고 있는 것은 섭섭하였다. 그는 하여간 필순이 부친이 그렇게 위중한가 하고 놀랐다. 또 돈을 보내 주고도 자기에게 속이는 아내의 마음도 알 수가 없었다.

"왜 내게 속여? 돈을 보내 주었다는데?"

편지를 보고 나서 방걸레를 치는 아내를 가벼이 나무라면서도 마음에는 좋았다.

아내는 건넌방 쪽으로 눈짓을 하며 떠들지 말라는 표시를 한다. 생각해 보니 그렇지 않아서 몰래 보내 주었는데 아까는 시어머니가 마루에서

들을까 보아 속인 것이라 한다.(535~537쪽)

● 바커스 주부 ──────────────────────────

성　　별	여자
나이(추정포함)	삼십 전후로 추정함.
출생지 및 거주지, 활동 공간	
	홍경애와 서울에서 술집 바커스를 운영함.
직　　업	바커스(술집) 주부
출신계층	일본 여성으로서 중류계층 이하일 것으로 추정함.
교육정도	××시에서 도(道) 자혜병원 간호부장 노릇을 하고, 신지식에도 밝아 간호전문학교 이상의 학력일 것으로 추정함.
가족관계	알 수 없음.
인물관계	홍경애의 친구로서 그녀 때문에 알게 된 김병화, 조덕기 등과 친밀하게 지냄.
인물의 존재방식(사회계층)	
	술집 주부지만 ××시 도(道) 자혜병원 간호부장을 지냈고, 사회비평, 정치비평 등도 들어줄 줄 알고 신지식에 어둡지 않음.
성　　격	이지적면서도 쾌활하며 인정이 많음.

성격 지표 및 인물의 제시방식

〈예문 1〉

　부엌 쪽에서 휘장을 밀치고 일녀(日女)가 나오면서 병화를 보고 반색을 한다. 서로 안면이 있는 눈치다. 서까래 같은 것으로 가장 운치 있게 하느라고 만든 일깃일깃하는 교의에 걸어앉으면서 덕기는 그 여자를 유심히 바라보았다. 어둠침침한 속에서 얼굴만 하얗게 보이나 상스럽지 않은 얌전스런 삼십 전후의 아낙네였다.

…〈중략〉…

주부가 술상을 차려 왔다. 술상이래야 유리곱뿌에 담은 노란 술과 김이 무럭무럭 나는 오뎅 접시뿐이다.

술을 좋아하지 않는 덕기는 더구나 그 유착한 곱뿌 찜을 보고 눈이 저절로 찌푸려졌다. 모든 것이 그의 그 소위 고상한 취미에 맞지 않았다. 그러나 주부의 얼굴을 가까이 보게 되는 것만은 결코 불유쾌하지 않았다.

꼭 째인 얼굴판이 좀 검은 편이었으나 어디인지 교육 있는 여자 같고, 맑은 눈 속이라든지 인사성이 있는 미소를 띤 입술을 빼뚜름히 꼭 다문 표정이 몹시 이지적인 것을 알 수 있다.(16~17쪽)

〈예문 2〉

주부의 눈에 비친 덕기는 해끄무레하고 예쁘장스러운 똑똑한 청년이었다. 이 여자에게는 조선이라는 경멸하는 마음은 그리 없으나 그 해끄무레하고 예쁘장스러운데다가 학생복이나마 값진 것을 조촐하게 입은 양으로 보아서 어느 부잣집 아기거니 하는 생각이 들어서 약간 얕잡아보는 마음이 들었다. 그러나 한편 손님(병화)이 그동안 두어번 보았어도 허술한 위인은 아니 모양인데 그런 사람하고 추축이 되면 저 청년(덕기)도 그런 부잣집 귀동아기로만 자란 모던 보이 같지 않다는 생각도 들었다. 이 여자는 올 가을에 처음으로 이 장사를 벌인 터이라, 드나드는 손님이 하도 많지만, 이런 장사에 찌들어서 여간 것은 눈에 띄지 않을 만큼 신경이 굳어지지 못한 탓이라 할까, 여하간 여염집 여편네의 호기심으로 처음 보는 남자마다 유난히 호기심을 가지고 인금 나름을 하는 것이다.

그러면서도 어쩐 일인지 별안간 머릿속에 정자 생각이 떠올랐다. 정자란 조선에 와 있는 ××지방 재판소 오 판사의 맏딸이다. 성은 오가라도 일본말로 '구레'라고 하는 일본 사람이다. 이 주인 여편네가 ××시에서 도(道) 자혜병원에서 간호부장 노릇을 할 때에 오정자가 무슨 병으로든 가 입원한 후로 자연히 가까워졌던 것이다.

그러나 왜 지금 그 정자의 생각이 났는가? 어쩐지 덕기에게서 받은 인상이 그 정자와 남매 같다고 생각하는 것이었다. 남매-가당치도 않은 생각이다. 민족이 다른 사람이다.

그러나 그보다도 정자가 퍽 새로운 생각을 가지고 사회비평이나 정치비평을 도도히 할 때마다 이 집 주인은 늘 웃으면서 다만 귀엽게 들어주기도 하고 장단을 맞추어주기도 한 일이 있었더니만큼 자기 역시 비교적 신지식에 어둡지 않다고 생각하는 터이라, 머리 텁수룩한 청년(병화)이 친구들과 와서 일본말로 저희끼리 떠드는 소리를 귓결에 들을 때도 소위 '마르크스 보이'로구나 하고 반은 비웃음 섞인 친근한 감정을 느꼈었기 때문에 지금 보는 덕기도 한 종류려니 하는 생각도 부지중에 나서 '마르크스 걸'인 정자가 불시에 연상된 듯도 싶다. (18쪽~19쪽)

● 필순 모친

성 별   여자
나이(추정포함)   삼십대 중반쯤으로 추정함.
출생지 및 거주지, 활동 공간
          ① 출생지는 알 수 없으며, 김병화가 하숙하고 있는 집 주인의 아내임.
          ② 김병화가 식품가게를 차리자 그곳으로 거주지를 옮김.
직 업   하숙을 침.

출신계층	알 수 없음.
교육정도	변변한 학력이 없을 것으로 추정함.
가족관계	앓고 있는 남편과 고무공장 직공인 딸 필순이 있음.
인물관계	자신들을 도와주는 덕기에게 호감을 느끼며, 김병화와 홍경애가 운영하는 가게에서 딸 필순과 함께 가게 일을 도움.
인물의 존재방식(사회계층)	경제적으로 무능한 사회 운동가인 남편을 원망하면서 고무공장에 다니는 딸에게 항상 미안하게 생각하며 힘겹게 살아가는 인물임.
성　격	① 모녀간의 정이 두터우며 사리분별이 밝음. ② 생활력이 강하고 염치를 앎.

성격 지표 및 인물의 제시방식

〈예문 1〉

세 번 네 번 불러도 대답이 없다. 기웃이 들여다보니 고양이 이마만한 마당인데 안이 무에 멀다고 안 들릴 리는 없다.

얼마 만에 발자취도 없이,

"어디서 오셨어요?"

하는 소리가 들린다. 문틈으로 보니 머리는 부엌 방석 같고 해끄무레한 얼굴만 없었더면 굴뚝에서 빼놓은 족제비다. 아니, 그보다도 깜장 토시짝 같다. 이 아낙네는 그렇게 갸날프고 키가 작았다. 목소리도 그렇지만 얼른 보기에도 삼십은 넘어 보인다.

…〈중략〉…

주부는 안방문을 열면서도 손님을 또 한번 돌아다보았다. 덕기도 무심코 마주 쳐다보며 얌전한 아낙네라고 생각하면서 가엾은 생각이 들었다.

'딸은 없나? 어머니가 저럴 제야 딸도 예쁘장하고 얌전하겠다!'

하는 생각을 하면서 병화를 쳐다보고,

"웬일인가? 주호가 술병이 났나?"

하고 웃고만 섰다. 마루 꼴하고 움 속 같은 방 안에 들어갈 생각은 아니 났다.(48~49쪽)

〈예문 2〉

덕기는 무엇보다도 주인집이 가엾었다.

"딸은 공장에도 아니 갔나?"

"간 모양이지만 가면 당장 무어나 들고 돌아오나."

"주인 사내는 무얼 하게?"

"놀지! 집안 보탬이라고는 유치장 밥이나 콩밥을 나가 먹어서 한 식구 덜어 주는 것 외에는 별수 있나!"

하며 병화도 코웃음을 치고 덕기가 내놓은 담뱃갑에서 담배를 꺼내 붙인다.

"왜? 부랑잔가? 주의잔가?"

덕기는 놀라는 눈치로 묻는다.

"글쎄, 그렇지!"

…〈중략〉…

"글쎄, 아직 노비를 못 타서 많이는 없어두 위선 한 오 원 내놓고 가려던 차일세."

"그럼 됐네. 이리 주게."

병화는 급한 듯이 손을 내민다. 병화는 오 원을 받아 들고 마루로 나가면서 아주머니를 부른다. 안방에서도 마주 나오며 수군수군하다가,

"에구, 손님께 미안해서 어떡허나!"

하는 주부의 얕은 목소리가 두세 번 난다. 덕기는 좋은 일 하였다는 기쁜 생각과 주인에게 대한 자랑도 느꼈지만 처음 목도하는 이 광경이 너무나 참담하여 도리어 송구스러웠다.(51~52쪽)

〈예문 3〉

그러나 그 돈 십 원은 당장 생광스러웠다. 누구보다도 필순이 모친이 기뻐하고 칭찬이 늘어졌다. 그렇게 잘생기고 얌전한 사람도 없지만 아무리 친한 사이기로 길 떠나는 사람이 그 눈 속에 애를 써 찾아와서 돈을 두고 간다는 사람은 이 세상에 둘도 없으리라고 자기 일같이 기뻐하였다.(182쪽)

〈예문 4〉

"필순아, 군불도 그만두고 방이나 좀 치워라. 오늘은 또 어디서 한 잔 걸린 게다 보다."

저녁 밥상을 내다놓고 필순이가 설거지를 하려고 부엌으로 들어오는 것을 모친이 한사코 올라가서 쉬라고 쫓아내다가 이번에는 동나뭇단을 들고 나서는 것을 보고 그것도 말리는 것이었다. 모친은 추운데 온종일 뻗치고 온 딸을 위하여 애쓰고 딸은 찬물에 하는 설거지를 모친에게 쓸어 맡기기가 딱한 것이었다.

"오늘은 전차 타고 와서 괜찮아요."

하고 건넌방 군불을 때기 시작한다.(235쪽)

〈예문 5〉

"방은 내가 치울게 안방에 들어가 앉아라."

그래도 딸을 어서 뜨뜻한 데 쉬게 하고도 싶지만 그보다도 홀아비 방을 커다란 딸에게 치우라고 싶지 않았던 것이다. 한집안 식구 같다 해도 나이 찬 딸을 가진 어머니의 생각은 늘 조심스러웠다.

"괜찮아요. 내가 칠 테야요."

필순이는 얼른 비를 들고 앞장서 들어갔다. 퀴퀴한 사내 냄새인지 기름때 냄새인지 훅 끼친다.(237쪽)

〈예문 6〉

"아버지께선 왜 이렇게 늦으시누?"

필순이는 모친과 마주 반짇고리를 끌어다 놓고 앉으며 혼자말을 하였다.

"또 김선생님과 술 타적이나 하고 다니시는 게지."

모친은 못마땅한 듯이 이런 소리를 한다. 모친으로 생각하면 시집 갈 대가리 큰 딸년을 내놓아서 벌어먹는다는 것이 그나마 죽술도 제 때에 흘려 넣지 못하는 터에 남편이라고 한다는 일이 개쩍게 형사들이나 뒤밟는 짓이요, 죽치고 들어엎덴 때는 열 손길을 늘어뜨리고 앉았지 않으면 술이나 얻어걸려서 늦게 들어와 주정을 해대니 오십 줄에 든 사람이 이 판에 벌이 구멍이 입에 맞는 떡으로 있을 리는 없지만 그래도 무슨 변통성이 좀 있어야 삼백육십오 일에 하루라도 사는 듯한 날이 있겠건만 앞일을 생각하면 캄캄하다.(245쪽)

〈예문 7〉

"어머니, 암만해도 제가 갔다 와야 하겠어요."

필순이는 또 모친을 졸랐다. 벌써부터 필순이가 나서겠다는 것을 모친은 날이 저물었는데 달은 있다 하여도, 어린 딸을 내놓아서 삼청동을 헤매게 할 수가 없어서 조촘조촘하고 붙들어 둔 것이다. 필순이 역시 가게를 모친만 맡겨 두어서는 손님이 와도 담배 한 갑 변변히 팔 수가 없을 것도 걱정이 되어 멈칫거렸으나, 부친도 이렇게 늦는 것을 보니, 어디서 함께 붙들려서 곤경을 치르지나 않는가 싶은 겁이 펄쩍 들게 되자 이제는 모친도 잡지를 않았다.

이런 때 경애나 와주었으면 하는 생각이 간절하나 오늘 온종일 경애는 얼씬도 안 하고 하루 해가 졌던 것이다.

필순이를 내보내 놓고 모친은 안절부절을 못 하며 문을 열고 내다보고 섰으려니, 전화가 또 때르르 운다. 이번도 덕기에게서 온 것이다. 덕기는 필순이가 갔다는 말을 듣고 자기도 삼청동으로 다녀서 오마고 한다. 그만만 해도 적이 마음이 놓였다.

그런 후에도 얼마 만에 우비 씌운 인력거 한 채가 쭈르르 오더니 상점 앞에 뚝 선다. 쓰러질 듯이 내리는 사람은 홍경애다.

이 여자가 언젠가 처럼 또 취했나 보다 하는 얄미운 생각이 나면서도 반가웠다.

"어디루 오슈?"

"병화 씨, 병화 씨 없에요?"

두 사람은 동시에 마주쳤다.

"병화 씨는 벌써 아까 해 있어서 …….."

하고 필순이 모친은 대답을 하다가 깜짝 놀라며,

"이거 웬일이오?"

하고 경애의 왼편 뺨을 가까이 들여다본다. 한쪽 볼이 부풀어 오른데다 퍼렇게 멍이 들었다. 불빛에 자세히 보니 그편 눈도 충혈이 되고 작아졌다.

필순이 모친은 가슴이 서늘해지며 우선 머리에 떠오르는 것은 자기 딸의 얼굴이었다.(392~393쪽)

〈예문 8〉

"어머니! 어떻게 오세요?"

필순이는 내달으며 눈물이 났다.

"응, 어서 가봐라. 원삼이만 맡겨 두고 왔다. 둘이 다 전화를 걸 줄 알 아야지. 그래 기별두 못 하구 뛰어왔다."

"형사는 갔에요?"

"응, 지금 막 갔다. 그런데 조선생님은?"

"불려가셨에요. 형사가 와서."

"엉, 그거 안됐구나! 가엾어라. 저걸 어떡하나? 어제 잠두 잘 못 잤을 텐데!"

모친도 아들이나 그렇게 된 듯이 놀랐다.(428~429쪽)

〈예문 9〉

병화는 그렇게 하는 수밖에 없다고 병원에 전화를 걸었다. 필순이 모친과 경찰부 문 앞에서 만나기로 약속을 하여 놓고 그래도 아무쪼록 천천히 돈을 헤어 낸 뒤에 경애에게 편지를 써놓고 옷을 든든히 갈아입고 하였다. 그래도 그때까지 덕기는 오지 않았다. 할 수 없이 그대로 나섰다.

종점으로 올라가서 전차를 타고 내려가면서 불이 환히 켜진 상점 유리창 안을 바라보고 처량한 생각과 섭섭한 마음을 이기지 못하였다. 웬일인지 영영 하직을 하고 멀리 귀양살이나 가는 것같이 생각이 든다. 이번 검거의 수단이 다른 때와 다른 것이 이상하여 안심이 안 되는 것이다.

…〈중략〉…

"필순이는 어디 갔어요?"

목소리가 떨리었다.

"먼저 들어갔에요. 곧 나오겠지요."

필순이 모친은 금시로 목이 말라서 말이 아니 나왔다. 얼굴이 파랗게
죽은 것이 컴컴한 속에서도 보인다.(493~494쪽)

● **필순의 부친(주인사내)** ────────────────────

성　　별　　남자
나이(추정포함)　　사십대 후반이거나 쉰 살로 추정함.
출생지 및 거주지, 활동 공간
　　　　　　출생지는 알 수 없으나 현저동 아래턱 오막살이 집 주인
　　　　　　이며 이 집에서 김병화가 하숙함.
직　　업　　무직
출신계층　　하류계층으로 추정함.
교육정도　　사회주의 운동자로 활동한 점으로 미루어 보통학교 이상
　　　　　　의 학력이 있을 것으로 추정함.
가족관계　　아내와 딸 필순이 있음.
인물관계　　사회주의 운동자 선배로서 후배인 김병화와 친밀함.
인물의 존재방식(사회계층)
　　　　　　① 젊은 시절 사회주의 운동자로서 제1기생 격으로 감옥
　　　　　　　에도 다녀옴.
　　　　　　② 오십 줄에 들어서는 가난에 찌들어 딸이 벌어오는 것
　　　　　　　으로 생계를 유지하다 김병화 관련 사건으로 장훈 일
　　　　　　　파에게 폭력을 당해 수술까지 했으나 병원에서 죽음.
성　　격　　① 젊은 시절에는 이상을 실현하고자 하는 신념이 있었음.
　　　　　　② 생활이 너무 찌든 데도 딸에게만 의지함.

③ 현실을 지나치게 낭만적으로 인식하며 의타적임.

성격 지표 및 인물의 제시방식

〈예문 1〉

덕기는 무엇보다도 주인집이 가엾었다.

"딸은 공장에도 아니 갔나?"

"간 모양이지만 가면 당장 무어나 들고 돌아오나."

"주인 사내는 무얼 하게?"

"놀지! 집안 보탬이라고는 유치장 밥이나 콩밥을 나가 먹어서 한식구 덜어 주는 것 외에는 별수 있나!"

하며 병화도 코웃음을 치고 덕기가 내놓은 담뱃갑에서 담배를 꺼내 붙인다.

"왜? 부랑잔가? 주의잔가?"

덕기는 놀라는 눈치로 묻는다.

"글쎄, 그렇지!" (51쪽)

〈예문 2〉

병화는 주인과 겸상을 해 밥을 먹는 것이었다. 마누라는 안방을 아니 치웠다고 사내들의 밥상은 건넌방으로 들어가게 하였다.

밥을 먹으며 필순이 부친도 덕기의 말을 꺼냈다. 별 의미가 있는 것이 아니라 아까 딸과 이야기하는 것을 안방에서 들었기 때문이다.

"이 밥이 말하자면 그 사람의 밥이라 해서 말이 아니라, 위인 딴은 퍽 얌전하고 상냥한 모양이야. 사상은 어떤지 모르지만 장래 잘 이용해두 상관없지. 별수 있나. 무슨 일을 하든지 한푼이라도 있는 놈의 것을 끌어내는 수밖에."

필순이 부친은 이런 소리를 하였으나 병화는 잠자코 먹기만 한다.

"요전에 일본서는 무산 병원에 어느 재산가가 기부를 한다는 것에 대해서 문제가 많다가 한편에서는 안 받기로 결의를 하고, 한편에서는 받는다고 하였는데, 결국에는 기부자가 취소를 하였다더군마는, 내 생각 같아서는 얼마든지 받아도 좋을 것 같더군. 내는 놈이야 회유수단이거나 말거나 거기에 이용되고 넘어가지만 않으면 고만 아닌가. 결국에 그 회유수단이란 것도 생각하기에 따라서는 섶을 지고 불로 들어가는 것이 아닌가. 적이 주는 군량을 먹고는 못 싸우란 법이 있나. 그 따위 조그만 결벽도 역시 소시민성이지."

병화가 잠자코 있는 것은 불찬성의 뜻인 줄 알고 주인은 이런 주장을 한 것이다.

"그렇지만 문제가 표면에 나타나면 일반 민중의 유치한 의식이 흐려질 것이요, 또 돈 내놓은 사람은 그 점을 노리고 하는 일이니까 정책상 받지 않는 것도 옳은 일이지요."

병화는 한마디 대구를 하였다.

"그야 물론이지만, 조선같이 조직적 기반이 없고 부득이 비합법적으로 나가는 경우에는 그런 결벽성은 불필요하단 말이야."

"하지만 덕기 따위 아직 어린애야 이용하고 무어고 있나요. 그 집 영감이 미구 불원간 죽으면 덕기 부친이 상속을 하니까 얼러 본다면 덕기보다 한 대 올라가서 얼러 봐야죠."

…〈중략〉…

"실없는 말이지만 조군이 필순이를 보더니 공장에 보내서 썩히는 것이 아까우니 공부를 시켰으면 좋겠다고 하던데……."

"공부?"

하고 필순이 부친이 고개를 들다가 잠자코 만다.

"왜 어떠세요?"

"글쎄, 조금만 셈이 피면 공부를 시켜서 제 손으로 벌어라도 먹게 만들어 주고 싶지만, 그런 젊은 애를 믿을 수가 있나?"

"아까 이용한다는 말씀과는 다릅니다그려?"

하고 병화는 웃었으나 믿을 수 없다는 의미가 아까 말과는 딴 의사인 것을 짐작 못 하는 것도 아니었다.

…〈중략〉…

주인이란 사람은 지금은 표면에 나선 운동자는 아니나 병화의 선배 격이요 한때는 칠팔 년 전에 제1기생 격으로 감옥에도 다녀 나온 사람이다. 나이 사십이 훨씬 넘었으니 인제는 한풀 빠졌다고도 보겠으나, 그렇다고 아주 무기력한 사람도 아니다. 다만 어린 처자와 생활에 너무 찌들고 또 지금 형편에 직업을 붙든다는 수도 없으니, 이렇게 들어앉아서 썩으면서 딸이 벌어 오는 것을 얻어먹는 판이다. 그러니만치 딸자식만은 자기의 밟은 길을 밟히지 않고 그대로 평범히 길러서 시집가기 전까지는 아들 겸 앞에 두고 벌어먹다가 몇 해 후에 시집이나 잘 보내자는 작정이다. 그러나 그것도 제 소원대로 남과 같이 공부나 시켜서 하다못해 소학교 교원 노릇이나 유치원 보모 노릇이라도 시켰으면 좋겠건만 가운이 이렇게 기울어지고 보니 고등과 이년에서 그만두게 하고 만 것이다. 그래도 당자는 지금이라도 공부라면 상성이다. (193~195쪽)

〈예문 3〉

"아버지께선 왜 이렇게 늦으시누?"

필순이는 모친과 마주 반짇고리를 끌어다 놓고 앉으며 혼자말을 하였다.

"또 김선생님과 술 타적이나 하고 다니시는 게지."

모친은 못마땅한 듯이 이런 소리를 한다. 모친으로 생각하면 시집 갈 대가리 큰 딸년을 내놓아서 벌어먹는다는 것이 그나마 죽술도 제 때에 흘려 넣지 못하는 터에 남편이라고 한다는 일이 개쩍게 형사들이나 뒤밟는 짓이요, 죽치고 들어엎덴 때는 열 손길을 늘어뜨리고 앉았지 않으면 술이나 얻어걸려서 늦게 들어와 주정을 해대니 오십 줄에 든 사람이 이 판에 벌이 구멍이 입에 맞는 떡으로 있을 리는 없지만 그래도 무슨 변통성이 좀 있어야 삼백육십오 일에 하루라도 사는 듯한 날이 있겠건만 앞 일을 생각하면 캄캄하다.(245쪽)

● **지주사** ─────────────────────────────

성 별	남자
나이(추정포함)	예순 살 정도임.
출생지 및 거주지, 활동 공간	출생지는 알 수 없으며, 조의관 집에서 이십 년 동안 집안 일을 돌보면서 거주함.
직 업	조의관네 집안 일꾼
출신계층	하류계층일 것으로 추정함.
교육정도	무학일 것으로 추정함.
가족관계	가족이 없으며 홀아비로 늙음.
인물관계	① 유산을 남길 정도로 조의관의 신뢰를 받음. ② 덕기에게 신뢰를 얻어 자신의 노후를 도모하고자 함. ③ 수원집에 붙어 있으며 최참봉과 창훈 등을 욕심불한 당으로 여기고 대립함.

인물의 존재방식(사회계층)

이십 년 동안 조의관네 집안일을 돌보아 주는 일꾼으로서 자신을 거두어 주는 조의관집에 언제나 고마워하고 자신의 분수를 지키며 다른 물욕을 전혀 내지 않음.

성   격

① 조의관네 일꾼으로서 책임감이 있으며, 의리를 지키려 함.

② 자신의 분수에 맞추어 살고자 하고 물욕을 내지 않음.

성격 지표 및 인물의 제시방식

〈예문 1〉

도대체 영감의 소원은 앞으로 십오 년만 더 살아서(십오 년이면 여든 두셋이나 된다) 안방 차지인 수원집의 몸에서 아들 하나만 더 낳겠다는 것이다. 이제라도 태기가 있다면 죽을 때는 열다섯 먹은 상제 하나는 삿갓가마를 타고 따르리라는 공상이다. 영감의 걱정이란 대개 이런 따위이다. 창피해서 입 밖에 내지는 않으나 작년 올에 있을 태기가 없어서 아들 낳는다는 보험만 붙은 계집이면 또 하나 얻어도 좋겠다는 속셈이다. 날마다 지주사는 아랫방 마루 안에 놓인 약장 앞에서 15년 더 살 약과 아들 낳을 약을 짓기에 겨울에는 발이 빠질 지경이다.(103~104쪽)

〈예문 2〉

상훈은 그래도 한약을 쓰는 것이 좋겠다고 생각하였으나 자기가 발론을 하면 부친이 안 들을 것 같아서 지주사를 시켜서 말씀을 해보았더니 영감은 싫다고 한다. 별안간 개화를 해서 그런지 감기는 내치라도 양약이 한약만 하고 더구나 폐에 관한 것은 양약이 좋다고 고집을 부렸다.

그러나 상훈의 생각에는 그날에 부친이 안에서 취침하고 나오던 판에 넘어졌었고 감기 기운도 그때부터 있었던 터이고 하니 한약 몇 첩으로 다스려버렸으면 그만일 것 같았다.

어쨌든 하는 수 없이 지주사는 종일 영감 옆에 앉아서 허리와 가슴에 찜질을 갈아대고 있었다. 가슴에는 폐렴이 될 염려가 있다고 하여 오늘부터 시작한 것이다. (165쪽)

〈예문 3〉

사랑 안방에서 지주사와 돈셈을 하고 나서 지주사는 나가다가,

"이건 뉘 목도리야?"

하고 장지 구석에 매화분을 받쳐 놓은 사방탁자 밑에 내던져 둔 누런 목도리를 집는다. 덕기도 눈이 둥그래서 바라보았다.

"창훈이 것인가 본데."

지주사는 신지무의하고 그대로 못에 걸고 나가 버렸다.

…〈중략〉…

"눈에 뜨이건 집어다 두었다가 줄 일이지 왜 알알이 뒤집어 발려 떠들어서 말썽을 만드나? 내남없이 늙으면 어서들 죽어야 해."

하며 혀를 찬다.

"죽겠거든 자네나 죽게그려. 길동무가 없어 못 죽나?"

십 년이나 떨어진 창훈이는 언제나 만만한 지주사를 휘두르지만 까닭없이 핀잔을 맞는 것이 지주사는 불쾌하였다.

"나는 아직 좀 있다가 죽겠네만 자네 따위를 길동무를 해서는 무얼하나, 공연히 짐만 되게!"

창훈이는 화풀이를 지주사에게 하고 나니까 조금은 마음이 풀렸다.

"피차일반일세. 자네 따위 날탕패하고 저승까지 같이 가면 지옥문도 안 열어 줄 테니 공중에 걸린 원귀가 되라구! 사람이 맘보가 고와야 하

는 거야.”

지주사는 저편이 마음을 돌린 눈치를 보고 슬금슬금 핀잔 맞은 대거리를 하려는 것이다. 찐 병아리 같은 지주사는 언제나 저편이 휘두를 때는 가만 내버려두었다가 누그러지기를 기다려 갉죽갉죽 비위를 긁어서 앙갚음을 하는 것이다.

“내 맘보가 어쨌단 말이야?”

창훈이는 눈을 부르대며 다시 쉰다.

“억울한가? 제 똥 구린 줄은 누구나 모른다지만…….”

지주사는 초근초근히 골을 올리고 앉았다.

“무어 어째? 이놈아, 내가 승야월장(乘夜越牆)하는 걸 봤니? 무슨 까닭으로 맘보가 어쩌니 제 똥이 구리히 하는 거냐?”

저 한 일이 있는지라 지주사는 단순히 골을 올리려고 한 말이나 창훈이에게는 제 발등이 저려서 예사로이 들리지 않는 것이다.

“이거 왜 핏대를 올리고 덤비나. 종로서 뺨 맞고 행랑 뒤에서 눈 흘기는 것도 분수가 있지 왜 내게 와서 화풀이인가?”

“무어 어째고 어째? 늙은 놈이 밥이나 치우고 한구석에 가만히 끼어 앉았는 게 아니라 제 목숨에 뒈지지를 못하려고 왜 요러는 거야? 그러면 무에 생길 줄 아니? 이것두 밥값 하느라고 하는 소리냐?”

“이 자식아, 너두 늙은 부형을 모셔 봤겠구나? 나〔年齡〕를 대접하기로 의법이 그런 소리가 나오니?”

지주사는 배쭉배쭉 웃으며 농담을 또 걸었으나 창훈이는 그래도 날뛰며 내가 무슨 못된 짓 하던 것을 보았느냐고 종주먹을 대었다.(359~363쪽)

〈예문 4〉

"저이들이 어떻게 하겠다는 건가요? 아까 낮에도 여기 모여 쑥덕거린 모양이니?"

덕기는 지주사의 입에서 말을 낚아 내려는 것이다.

"아무려면 저희들이 별수 있나. 그 망한 놈들. 날더러 정신차리라데마는 참 자네야말로 정신차리게."

"왜요?"

"왜라니? 지금 저희는 무슨 큰 수나 나는 듯이 지랄들인데."

지주사는 어차피에 자기는 그 축에 끼이지 못할 것이요, 당장 창훈이에게 욕먹은 것이 분하기도 하지만 아무래도 이 노인는 이십 년 동안 이 집 밥으로 늙었고 죽으면 이 집에서 묻어 주려니 하는 터이라, 공덕을 생각기로 아직 어린 이 주인을 똥길 것은 똥겨 주고 하여 뒤를 보살펴 주어야 하겠다고 생각하는 것이다. 워낙이 난 대로 늙었고 주변성 없이 자라난 사람이요, 계집이 있나 자식이 있나 이십 년 홀아비로 지낸 사람이 별안간 육십이 넘어서 계집을 얻을 것도 아니요, 계집 안 보려면 가벼운 옷이 소용없고 게다가 술조차 육십 평생에 모두 모아야 한 잔쯤 먹었을까? 기껏 오입이 담뱃대나 먹는 것인데 옷은 철철이 더우면 서늘하게 추우면 덥게 부숭부숭히 주겄다 세 끼 밥 두둑이 먹여 주겄다 담배용에 옹색하지 않으면야 다른 욕심이 날 까닭이 없다. 지주사는 그저 그만 한 대로 자지러져 죽을 사람이다.

이러한 지주사의 눈으로 창훈이나 최참봉을 보면 그놈은 맨 미친놈이요, 제 분수 모르는 천둥벌거숭이요, 욕삼불한당이다. 지주사는 제 깜냥대로의 의분까지 느끼는 것이다. (364쪽)

〈예문 5〉

"그래 의사들에게 무얼 좀 주었나?"

"선사를 하였지요. 으레 할 것이 아닙니까. 다른 자들이야 집의 단골이니까 약간 손수세만 하고, 병원의 일본 의사야 애도 썼고, 박사란 체면도 보아서 좀 넉넉히 보냈지요."

"얼마나?"

…〈중략〉…

"삼백 원 템이!"

하고 지주사는 놀란다.

"그래야 우리 안목으로는 많은 돈 같지만 저 사람들이야 그까짓 것 한 달 월급도 못 되지 않습니까?"

덕기는 남이 많다고 하면 아무쪼록 변명을 하였다. 실상은 오백 원을 준 것인데 남 듣기에는 삼백 원으로 깎는 것이다. …〈중략〉…

지주사부터라도 그것이 의문이었다. 그 삼백 원이라는 것이 정말 무슨 일이 있는 것을 덮어두어 달라고 입수세로 준 것인지? 또 정말 그렇다면 덕기 자신이 겁이 나는 것을 하고 그리한 것인지? 혹은 덕기는 아무 죄 없고 내심으로는 분하나 가문이라든지 세사 체면을 보느라고 이왕지사 죽은 사람을 살릴 수도 없고 하니까 울며 겨자 먹기로 눈감아 버리고 도리어 덮어 주어 버렸는지? 그 점이 모호하기는 하다. 그러나 지금도 덕기는 이를 갈아 붙이는 수작으로 도둑이 제 발 저려서 그러는 것이라고 이번이야말로 가만두지 않겠다는 말을 들으면 덕기에게는 조금도 뒤가 컴컴한 일이 없을 것 같기도 하다.

또 그러나 일의 장본인이 상훈이에게 있기 때문에 덕기로는 어쩌는 수 없이 물려 지내는 것이나 아닐까……?

마지막으로 이런 추측도 든다. 즉 덕기가 창훈이와 최참봉과를 끼고 천하에 용납지 못할 짓을 하여 놓고 일이 끝난 뒤에는 그놈들에게 후히 논공행상도 안 하고 툭 차버리기 때문에 앙심을 먹고 상훈이에게로 되돌아 붙어서 일을 탄로시키려는 것이나 아닐까 하는 것이다. 그러나 덕기로서는 이미 열쇠꾸러미를 맡고 제게로 상속이 올 것이 분명할 뿐 아니라 그 당시에 덕기는 나중에야 경도에서 돌아왔다. 그 외에 여러 가지 전후 사정으로 보아서 덕기가 주동이 될 이유가 없기는 하다.(486~488쪽)

● **조덕희** ─────────────────────────────

성 별	여자
나이(추정포함)	열여덟 살
출생지 및 거주지, 활동 공간	
	① 조부 조의관의 수하동 본가에서 출생함.
	② 부친, 모친과 함께 화개동에서 거주함.
	③ 조의관 사망 후 본가로 돌아옴.
직 업	학생
출신계층	서울 중류계층
교육정도	R학교 고등과 4년급에 재학하고 있음.
가족관계	조부인 조의관, 부친 조상훈, 모친 화개동 마님, 서조모, 오빠 덕기, 올케, 조카, 새 누이동생 정례 등이 있음.
인물관계	① 오빠 덕기와 친밀하게 지냄.
	② 푸념과 히스테리 증세 때문에 모친과는 맞지 않음.
인물의 존재방식(사회계층)	
	서울 중류계층의 자녀로서 어려움 없이 모친의 보살핌으로 학교에 다니는 학생임.
성 격	① 애교 있고 발랄함.
	② 집 분위기에 답답해하고 모친과는 세대 차이를 느낌

과 동시에 그의 푸념과 히스테리 증세에 힘들어 함.
③ 돈에 집착하는 아버지를 못마땅하게 생각하며 세상의 사리를 깨달아감.

성격 지표 및 인물의 제시방식

〈예문 1〉

"어서 자시지요. 우리집에 한번 놀러 오세요. 내 누이하고 사귀어 노세요. 올에 열일곱, 아니 양력설을 쇠었으니까 열여덟이 되었습니다."

덕기가 비로소 이런 말을 하였다.

필순이는 덕기의 말이 귀에 들어오는 둥 마는 둥 하였으나 고개만 꼬박해 보였다. 속으로는 여전히 딴생각 - 필시 돈이 덕기에게서 나온 것이리라, 덕기가 오늘 찾아왔다가 밥 못 진 것을 보고 돈을 내놓고 종일 굶어 누운 김선생님을 끌고 나온 것이리라 - 하는 생각에 팔려서 앉았었다.

"참, 식기 전에 먹어요."

병화도 뜨거운 국수를 걸신스럽게 쭈룩쭈룩 먹다가 이렇게 권하고 나서,

"참 자네 누이가 벌써 그렇게 컸나? 꼭 동갑세로군! R학교 고등과에 다니지?"

"응, 이제 4년급 되는군."

"허지만 자네 누이와 교제는 안 될걸! 나는 자네를 감화를 시킬 자신이 있어도 여자란 암만해두 마음이 약해서 그런 부르주아의 온실 속에서 자란 귀한 따님하고 놀면 허영심만 늘어가고 못쓰지!"

필순이 부잣집 딸과 사귀면 마음이 변해갈 것을 염려해하는 말이나 덕기는 듣기 싫었다. (61쪽~62쪽)

〈예문 2〉

덕기가 바지저고리만 꿰고 뛰어나간 뒤에야 비로소 모친과 덕기 누이 덕희가 사랑으로 나갔다.

…〈중략〉…

"다치신 데는 없에요. 들어가 누우셨에요."

사랑방에 누운 영감도 며느리가 늦게 나와 보는 것이 못마땅하였다. 그래도 며느리는 아들보다 낫게 생각하는 터이라 내색은 보이지 않고 며느리가 문안 겸 인사를 하니까,

"응, 허리가 좀 아프지만 별일 있겠니?"

하고 나서 손주딸을 쳐다보고 온유한 낯빛으로,

"학교 가기 곤하겠구나? 그저 잤던?"

하고 물었다. 그저 자리 속에 있어서 인제야 나왔나 하고 묻는 것이었다.

"아녜요. 머리 빗느라고 어머니가 막 땋는데 넘어지셨다죠."

하고 덕희는 어리광삼아 생글 웃고 옆에 섰는 오라비를 돌려다보고,

"오빠 같은 게름뱅이나 이때까지 자지요."

하고 놀린다.

"예끼 년! 이때까지 머리를 제 손으로 못 땋는단 말이냐?"

할아버지는 이런 소리를 하고 웃었다.

"저두 땋는답니다. 하지만 숱이 많아서 …… 그리고 제 손으로 땋으면 하이칼라가 못 돼서요."

하고 덕희는 또 색색 웃는다.

"조년 벌써 하이칼라만 하려 들고 …… 그럼 학교 안 보낸다."

조부도 재롱을 보느라고 연해 웃으며 대거리를 하여준다. 방 안에는 웃음 소리와 화기가 가득하였다. 사실 이런 때의 이 노인은 천진한 어린

아이같이 백발 동안이 온화하였다.

조부가 몸을 추스르다가 허리가 아픈 듯이 에구구 하며 눈살을 찌푸리니까,

"너 좀 주물러 드려라."

하고 모친이 시키는 대로 덕희가 가까이 가려니까,

"고만두어라. 학교 갈 시간 늦는다. 의사를 부르러 갔으니까 인제 올게다."

고 하며 안으로 쫓아 들여보내고 어서 수원집을 나오라고 불러내었다.(115쪽~116쪽)

〈예문 3〉

덕희는 책보를 끼고 들어오면서 좌우 방문이 열리고 식구들이 우중우중 섰는 것을 보고 또 눈살을 찌푸렸다. 지금 전차에서 내리자 원광으로 부친의 눈길과 마주쳤으나 모른 척하고 휙휙 가버리는 뒷모양을 몇 번이나 바라보면서, 심사가 좋지 못한 것을 참고 들어오는 판인데, 집안 꼴이 또 이 모양이다. 덕희는 누구 편을 들고 말고 없이 요새는 집이라고 들어올 생각이 없다. 학교에서나 동무의 집에서 엉정벙정 지낼 때는 남과 같이 웃고 떠들다가도 집에를 들어와 앉으면, 무엇이 짓누르는 듯이 답답하고 누구의 얼굴이나 보고 싶지 않고 누구의 말이나 듣고 싶지 않다.

부친이야 원체 말할 것도 없고 남보다 좀 나을 따름이지마는 덕희는 모친과도 맞지를 않았다. 모친과 같은 전세상 사람과는 맞을 리도 없지만 하루에도 몇 차례씩 끌어내 놓는 푸념이나 히스테리 증세에는 머리를 내두를 지경이다. 이 집안에서 다만 한 사람 오라비만은 같은 시대에서 호흡을 하고 얼마쯤 이해를 해주고 귀해 주는 점으로 제일 마음에도 맞

고 남에게 자랑도 되었다. 그러나 그 오라비가 저 모양이 되었다.

"아버지 다녀가셨소?"

덕희는 오라범댁에게 물었다.

"그런데 또 왜 그러시우? 싸우셨소?"

"아니라우. 금고 열쇠를 찾으러 오셨더라우.:"

"아버지도 딱하시지!"

덕희는 한숨을 쉬었다.

"**오빠**는 저렇게 고생인데 그건 **빼놓아** 주실 생각은 아니 하시구 금고가 못 잊히셔서. 돈이 뭔구? 재산이 뭔구?"

공부방인 아랫방을 열고 들어가면서 덕희는 혼자소리를 한다.

…〈중략〉…

덕희는 문을 꼭 닫고 책상 앞에 가만히 앉아 버렸다. 말대구를 하면 모친이 점점더 화가 치밀어서 저녁도 못 자실 것이요, 귀가 아파서 못 견딜 것이니까. 그러나 모친의 말이 옳지 않은 것도 아니라고 생각하였다. 오십이 막 넘은 부친과 같은 중노인이면야 말이 노인이지 한참 활동할 때다. 남의 나라 사람은 칠팔십이 되어도 사회에 나서서 젊은 사람 못지않게 사업을 하고 대신 노릇도 하건만 우리나라 노인은 오십만 넘으면 그저 먹고 눕고 술타령이나 하고 계집에나 눈이 뒤집히니 그게 웬일인지 덕희는 노인이라면 미운 생각이 난다. 부친만 미운 게 아니라 세상의 노인 - 조선의 노인이 미웠다. 노인이라고 다 미울 리야 있나! 노인 떠세나 하고 주색에 미친 그런 노인 말이지! 덕희는 칠십이 불원한 동무의 부친이 조그만 반찬가게를 벌이고 매일 새벽이면 장을 보러 다니고 한다는 말을 생각하여 보고는 돈 있는 말자 좋은 노인이나 그런가 보다 싶었다.(505~506쪽)

● 홍경애 모친 ─────────────────────────────

성   별   여자

나이(추정포함)   사십대로 추정함.

출생지 및 거주지, 활동 공간

       ① 수원에서 경애를 낳음.

       ② 경애가 조상훈을 만난 후, 조상훈이 얻어준 북미창정 집에서 거주함.

직   업   주부

출신계층   알 수 없음.

교육정도

가족관계   사회주의 운동자 남편 홍××, 딸 홍경애, 홍경애와 조상훈 사이에서 낳은 외손녀 정례 등이 있음.

인물관계   ① 사회주의 운동자인 경애 부친의 삼취 아내로서 딸이 조상훈의 첩이 되면서 그의 재산에 욕심을 내고 그들의 관계를 인정하는 태도를 보임.

       ② 조상훈이 자신의 딸을 떼어버리려고 하자 그의 재산을 얻어내고자 그와 대립함.

       ③ 조카 피혁의 사건에 연루된 혐의로 금천 순사부장의 취조와 고문으로 고통을 당함.

       ④ 딸에 대한 애정이 각별함.

인물의 존재방식(사회계층)

       물질 지향적이고 허영심이 있어서 조상훈의 학벌과 지위, 재산 등에 관심을 보여 그와 딸과의 관계를 어느 정도 묵인하고, 딸에게 그에 합당한 물질적 보상을 해줄 것을 바라는 야소교인

성   격   ① 수다스럽고 거리낌이 없음.

       ② 허영심이 있고 물질 지향적임.

       ③ 걸걸하고 처세 수단이 있음.

성격 지표 및 인물의 제시방식

〈예문 1〉

경애의 집은 북미창정 쑥 들어가서였다. 덕기는 처음 오는 길이라 다시 찾아 나가기도 어려울 것 같다.

"약이나 좀 지어 가지고 왔니?"

모친은 기다렸다는 듯이 내달으며 소리를 치다가 덕기가 뒤에 섰는 것을 보고 물끄러미 내려다본다.

…〈중략〉…

영리한 예쁜 애라고 덕기는 생각하며 벙벙히 앉았기가 안되어서,

"아직두 열이 있겠군! 한약을 좀 써보지요."

하고 경애의 모친을 쳐다보았다. 모친이란 사람은 좀 수다스럽고 좀 거벽스러워는 보이나 함부로 된 위인 같지는 않다.

이 때까지 눈치만 슬슬 보고 앉았던 모친은 입을 벌린 틈을 탄 듯이,

"이 양반이 맏아드님?"

하고 딸에게 눈짓을 슬슬 한다.

…〈중략〉…

아까부터 오빠라는 말에 알아차렸던 것이나 좀 못마땅한 얼굴빛으로 호들갑스럽게 대꾸를 하고 나서 수다를 늘어놓으려 한다.

"어쩌면 그렇게 발을 뚝 끊으신단 말이오? 이 태 삼 년이 되어야 같은 서울 안에서 자식이 궁금해서라도 좀 들여다보아 줄 게 아니오? 내 딸하고 원수를 졌기로 그럴 수는 없는데……"

딸이 눈짓을 하다 못해,

"왜 그런 소리를 이 양반보고 해요!"

하고 핀잔을 주녀니까, 말을 멈칫하다가 그래도 분이 치미는 듯이,

"어쨌든 이것을 이만치라도 키워 놓을 제야 이 늙은 년의 **뼛골**이 얼마나 **빠졌겠는가**를 좀 생각해 보라고 가서 말씀 좀 하슈."

하고 얼굴이 시뻘개진다.

… 〈중략〉 …

"이 장한 집 한 채 내맡기었다고 어린애도 아니 돌아보니 그럴 자식을 왜 낳아 놓았더란 말이오."

또 꺼내려니까, 모친더러 건넌방으로 가라고 소리를 친다.

… 〈중략〉 …

"왜 말 못 할 게 무어냐? 무슨 죄 졌니? 부자지간이면야 부친에게 당한 듣기 싫은 소리라도 듣는 것이지…… 당신이나 이 애(애미 무릎에 안긴 애를 가리키며)나 아버지 잘못 만난 탓이지. 어쨌든 인제는 이를 데려가슈. 당신두 이제는 공부 다 하고 나온 모양이니 아버지가 안 데려다 기른다면 당신이라도 데려다 기르슈. 어엿한 누이동생인데 데려다 기르기로 억울한 한 조금도 없을 게니?"

"가만히 계세요. 어떻게 하든 좋도록 조처를 하지요. 그보다도 어서 약을 써서 병부터 나아야 하지 않아요."

덕기는 겨우 이렇게 한마디 하였다.

"어머니는 괜히 까닭도 모르는 이를 붙잡고 왜 이러슈. 참 정말 어서 건너가세요."

하고 딸은 민주를 대듯이 모친을 또 윽박지른다. ((72~75쪽)

〈예문 2〉

벌써 오 년이 되었는지 육 년이 되었는지 그 겨울에 덕기는 화개동 집으로 경애가 부친을 찾아왔던 것을 잠깐 본 기억이 지금 새삼스러이 난다. 그때 덕기는 아직 화개동 집에 있을 때이다.

…〈중략〉…

그때 부친에게,

"그 애가 왜 왔었어요?"

하고 물어 보니까, 저 어머니 심부름으로 왔다 하면서 경애 모친이 남대문교회에 다닌다는 것과 또 부친은 감옥에서 나와서 근 일 년이나 앓아누웠는데 이제는 죽기나 기다리는 터이라는 말을 간단히 들려주었다. …〈후략〉…

…〈전략〉… 목사의 기도 속에 경애 부친의 이름이 한번 나오고 '이 병든 아드님을 아버지의 뜻이옵거든 좀더 이 세상에 머무르게 하사 저희의 일을 더 돕게 하여 주시옵소서' 하고 경애의 부친의 중병이 낫게 하여 달라고 기도를 드린 뒤부터 경애의 모친의 존재는 교회 안에 뚜렷해지고 경애의 미모는 한층더 빛났던 것이다. 예배가 파하면 경애 모친은 보지도 못하던 뭇 형님 아우님과 이름도 모르는 오라버니의 호들갑스러운 인사─남편의 병 문안을 받기에 얼굴이 취하도록 한바탕 분주하였던 것이다.

…〈전략〉… 더구나 조상훈이는 이 부인에게 한층더 친절하고 은근하였다. 그렇다고 결단코 자기 학교에서 길러 내고 또 교회 안에서도 재색이 겸비하다고 손꼽히는 경애의 모친이라 하여서 그런 것이라 하여서는 조상훈이의 명예와 인격을 위하여 큰 모욕이다. 적어도 모든 사람이 그렇게 보지도 않았고, 또 조상훈이 자신도 그렇게 생각해 본 일이 없다.(79~81쪽)

〈예문 3〉

　인제 남은 문제는 경애의 결혼이었다. 든든한 사위를 하나 골라서 두 식구 살림을 세 식구로 세 식구를 네 식구로 재미를 보고 싶었다.

　경애 모친은 교회 안에서 골라 보았다. 그러나 인물 있으면 경박하고 학식 있는 듯하면 구차하였다. 아들 겸 사위 그리고 자기 남편의 유지(有志)를 이을 만한 젊은애란 그리 흔치 않았다. 더구나 조그만 교회 안에서는 인물이 동이 났다. 모친은 혼자 속으로 상훈이에게 그런 아들이 있었다면 하는 생각도 없지 않았으나 상훈이 집에 가서 보니 덕기라는 외아들은 나이 자기 딸보다 두 살이나 아래일 뿐 아니라 잔약해 빠진 그 애는 합당치 않다고 생각하였다.

　더구나 노영감이 예수교를 대반대를 하여 며느리도 믿지 못하게 하고 손주며느리는 가문 좋은 집으로 통혼중이라는 말도 들었다.

　적어도 나이 스물세넷 된 대학 출신으로 굶지 않는 둘째나 셋째 아들로 처가살이를 할 사람이 알맞았다. 그래도 조씨 문중에 조카고 당실이고 그런 아이가 있었으면 좋았다.

　"아직 열여덟밖에 안 되었으니까 그리 급할 것은 없지만 사윗감 하나를 골라 봐 주세요. 댁 당내로 혹시 알맞은 아이가 없을까요?"

　하고 상훈이에게 의논을 할 제 자기 집안에는 그런 애가 없지만 유의해 두마고 하였다.(85쪽)

〈예문 4〉

　…〈전략〉… 그러나 경애는 동경 간 지 삼 개월 만에 다시 도망꾼처럼 서울로 기어들었다. 용산역에서 내려서 사람의 눈을 피하여 밤중에 자동차로 모친에게 끌려 들어온 경애는 지금 들어 있는 북미창정 이 집에 처

음 집알이를 하게 된 것이었다.

…〈중략〉…

하여간 예닐곱 달 된, 남의 눈에 뜨일 만한 배를 안고 새 집에 들어와 앉으니 경애는 마음이 후련하고 다시 살아난 것 같았다.

모친은 처음부터 아무 말 없었지만 석 달 만에 만나서도 별말 없었다. 이왕지사 떠들면 무얼 하랴는 단념으로인지? 자기 남편 때 일을 생각하고 은인이라 하여 그것을 딸의 몸으로 갚겠다는 생각인지 혹은 명예 있고, 아니 그까짓 명예라는 것은 무엇 말라뒈진 것이냐 – 돈 있는 사람이니 이 사람의 첩 장모 노릇이라도 하여 두면 죽을 때 육방망이는 못 써도 마주잡이를 해서 나가지는 않으리라는 속다짐으로인지…… 그러나저러나 이 속다짐이 무엇보다도 앞을 섰던 것일 것이다.

이 늙은 부인은 손에 성경책 넣은 검은 헝겊 주머니를 들고 다니는 전도 부인이다. 그러나 살아 나아가야 할 수단을 잊어버린 어리배기는 아니었다. 게다가 첩에서 조금 면한 삼취댁이다. 만일 예수 믿고 사회일 하는 남편을 만나지 않았다면 장거리에서 술구기를 들었을지 딸자식을 기생에 박았을지 누가 알랴. 이것은 이 노부인을 모욕하여 한 말이 아니라 이 부인이 성격이 그만치나 걸걸하고 수단성 있다는 말이요, 또 누구나 그 놓인 처지에 따라서 이렇게 되고 저렇게도 된다는 말이니 만일에 자기 남편이 단 사오십 석의 유산만 남겨 주었었던들 이 부인은 조상훈이의 은혜를 받을 기회는커녕 서울로 올라오지도 않았을 것이 아니냐?

그러나저러나 이 부인은 새 집 든 지 석 달 만에 손주딸을 보았다. 쉬쉬하고 세상을 숨기고 낳은 목숨이다. 그러나 이 손주새끼는 외할머니로 하여금 교회에 멀어지게 하였던 것이다.(101~102쪽)

〈예문 5〉

남들이 듣기에 딸은 여전히 동경서 공부하고 자기는 서울서 혼자살이 하기 어려우니까 수원으로 다시 내려간다 하고, 교회 사람의 전별까지 무서워서 어름어름하고 수원까지 잠깐 갔다가 올라와서 집 정돈을 하고 딸을 맞아들인 것이다. 모녀의 종적이 감쪽같아진 것을 보고 누구나 천당에 먼저 올라가서 거룩하신 아버님 앞에 있으리라고 생각지는 않았던 것이다. 감추고 숨기는 것도 하루 이틀이지 요 좁은 서울 바닥에서 전차 속에서나 길거리에서 전일의 교회 형님 아우님을 만날 때 시골서 잠깐 다니러 왔다는 핑계도 한두 번이다. 소문은 얼토당토 않은 데서부터 시작되어 점점 정통을 쏘아 들어가게 되니 어지중간에서 볶이는 사람은 경애 모친이요, 상훈이는 얼굴이 노래서 돌아다닐 뿐이었다. …〈중략〉… 그 동안에 아이는 낳았다.

"자, 인제는 멀리 떨어져 가 살 테니 한밑천 해주오. 죄인같이 서울 속에서 숨어 살 수도 없고 수원으로 갈 수도 없지 않소. 자식은 물론 길러 바칠 것이요, 인연을 끊자는 것도 아니오."

경애 모친은 또다시 돈 놀래를 꺼냈다. 생각해 보니 상훈이가 교인이라 아내가 죽기 전에야 이혼을 할 수 없고 이혼 못 하면 떳떳이 내놓고 살 수 없다. 그것도 자기네들이 교회 방면에 연이 없었다면 모르겠으나 그렇지 못한 사람의 유족으로서 가위 조상훈이의 첩 노릇을 한 대서야 상훈이의 체면도 체면이려니와 죽은 이의 낯도 깎기는 것이다. 어쨌든 서울은 떠나고만 싶었다. (134~135쪽)

〈예문 6〉

덕기 모친은 부부끼리 옥신각신하기 전에 수원집이 가르쳐 주는 대로 단통 북미창정으로 뛰어가서 경애 모녀를 붙들고 머리채만 내두르지 않았을 뿐이지 갖은 욕설 갖은 위협을 다 하였던 것이다. 위협이라는 것은 너희가 떨어지지 않으면 교회 속에 소문을 퍼뜨리고 우리 서시어머니를 시켜서 너의 고향인 수원에까지도 발을 들여놓지 못하게 만들겠다는 것이었다.

…〈중략〉…

그러나 경애 모로 생각하면 이런 억울한 일이 없다. 딸 버리고 넓은 세상을 좁게 살고 욕더미에 앉아서 소득이라고는 성가신 손주자식 하나뿐이다. 들어 있는 집도 문서가 남의 손에 있으니 내 것이 아니다. 만일 이 사람이 은인이라는 한 가지 굽죄는 일만 없으면 멱살이라도 들고 날 것이요, 둘러치나 메치나 매한가지니 벗고 나서서 세상에 떠들어 욕이라도 보이고 싶으나 그럴 수도 없는 의리가 있다.

우선 돈 천 원 해달라고 하여 어디로든지 서울을 뜨자는 것이나 그 역시 정말 힘에 겨워 그런지 마음에 없어 내대는 수작으로 그런지 어름어름하고 그날 그날을 보낼 따름이었다.

그러다가 하루 와서는 큰 결심이나 한 듯이 척 하는 소리가,

"아이는 뉘게 맡기고 위선 이것을 가지고 어디로든지 가시오. 자식은 꼭 내 자식이란 법도 없고 내 자식이기로 없었던 셈만 치면 그만 아니오."

하고 돈 삼백 원을 내놓았던 것이다.

…〈중략〉…

…〈전략〉… 그러나 경애 모녀는 그대로 오늘날까지 삼사 년간을 그 집 속에서 들어 엎대어 사는 것이다.

…〈중략〉…

경애 모친도 사내같이 걸걸한 성미에 그까짓 사람답지 못한 놈과 다시 잇샅은 어울러서 무엇 하겠느냐는 뻗대는 생각과, 또 하나는 그래도 전일의 은인이라는 의리를 저버릴 수 없어서 모든 분을 참고 제대로 내버려둔 것이었다.(136~138쪽)

〈예문 7〉

경애 모친은 곧 내보낸다는 말에 지키고 있다가 마침 나오는 딸을 데리고 가려 했으나, 경애가 이리로 온다니까 상점 구경 겸 따라 온 것이다.

모친은 병화를 앞세우고 장사를 한다는 데 반대는 아니 하였으나, 병화와 관계가 생길까 보아 애를 쓰는 판에, 어제 딸이 여기서 잤다는 말을 오늘 아침에 듣고 내심에 불쾌도 하고 애가 쓰이는 것이었다. 그러나 다친 사람을 병구완하느라고 그랬다는 데야 하는 수 없었으리라고 생각한 것인데, 아까 덕기에게 자세히 들으니 필순이 집 식구는 다 나가고 둘이만 묵었다는 것을 듣고 인제부터는 가만 내버려 둘 수 없다고 속으로 앓는 것이다.

… 〈중략〉…

경애 모친은 필순이는 본 둥 만 둥하고 덕기에게만 인사를 한다.

"에구, 이 추운데 어서 댁으로 가실 일이지 감기 드시겠군."

하며 호들갑스럽게 인사를 하다가, 설렁탕 그릇을 물려 논 것을 보더니,

"저런! 설렁탕을 어떻게 자셨소!"

하고 또 놀란다.

덕기는 웃기만 할 수밖에 없었다.

경애 모친은 그런대로 이방 저방으로 돌아다니며 뒷간까지 열어 보고 오더니,

"여름 한철은 그런대로 살 수 있지만 난 겨울에는 못 살겠다!"

하고 누가 와서 살라는 듯이 이런 소리를 한다.

딸은 못마땅하였다. 모친의 생각에도 사위가 사준 집이니 내 딸의 집 – 내 집이라고 휘젓고 다니는 것이겠지만, 필순이 보는 데 민망하였다.

"어서 어머니 가슈."

딸은 성이 가셔서 어서 쫓아 보내려는 것이다.

"왜 넌 안 가련? 같이 가자꾸나."

"난 나중 가요. 내 걱정은 마시고 어서 가셔서 주무세요. 아이가 깼으면 안 될 테니요."

"오늘은 어서 가서 뜨뜻이 무어라도 먹고 편히 쉬어야 하지 않니."

데리고 가려니 안 가려니 하고 모녀가 다투는 판에, 병화가 툭 튀어 들어오며, 뒤미쳐서 원삼이 처가 함께 온 것처럼 따라 들어온다.

모여 앉았던 사람은 너무나 의외인 데에, 우중우중 일어서며 반색을 하였다.(436~437쪽)

〈예문 8〉

원삼이를 역정스럽게 불러 가는 것을 보면 상훈이가 감정이 난 모양이다. 누구나 그 뜻을 알았다. 경애 모친은 그럴수록에 병화가 밉살스럽고 병화 앞에서 알찐거리는 딸이 못마땅하였다.

경애는 생각하였다.

'노했건 노하렴! 이 집을 사주든 오므라져 들어가든 할 대로 하렴. 자식? 정 말썽을 부리겠거든 데려가라지! 어머니도 잘 맡아 기르실지 모르

겠지만, 더구나 내 일에 새삼스럽게 총찰을 하실 경우가 무슨 경우더람! 아무리 부모기로 시집 하나 번번히 안 보내 주고, 지금 와서 병화에게 돈 없다고 쌍지팡이 짚고 나설 염의가 있지!'

경애는 애초에 상훈이와 그렇게 된 것이 모친이 상훈이의 돈에 장을 대고 그래도 좋을 듯이 귀띔을 하기 때문에 용기가 나서 내뻗어버린 것이지, 만일에 모친만 다잡아서 안 된다고 뿌리치고 다른 데로 시집을 보냈다면 오늘날 이렇게는 안 되었으리라고 생각하는 것이다. 그렇다고 모친을 그다지 원망은 안 하나 지금에 제 마음대로 겨우 병화를 붙든 것을 반대하는 데는 화가 나는 것이다.

…〈중략〉…

모친은 부르르 화를 내고 가려다가, 그래도 마음이 아니 놓이는지 문턱까지 배웅 나온 딸을 데리고 나갔다.

"너 어쩌자고 그러니?"

모친은 으슥한 데 비켜 서서 딸을 족친다.

"무얼요?"

딸은 말이 나오려는지 모르는 것은 아니나, 입을 빼쭉하며 대꾸를 하였다.

"무어라니, 일껏 마음을 돌려서 이렇게 가게까지 내주었는데, 남의 공을 모르고 너는 너 할 대로만 하면, 누구는 역심이 아니 나겠니?"

"누가 가게를 내주고, 무얼 나 할 대로 했에요.?

…〈중략〉…

"가령 먹을 것은 먹고 혹 불어세는 한이 있더라도 조금은 몸조심도 하고, 저편을 달래서 이 집값이라도 치르게 하고, 차차 네 마음대로 어떻게든지 할 게 아니냐?"

"누구를 불어세란 말예요? 어떤 년은 누구 등쳐먹으러만 다니는 그런 더런 년인 줄 아셨습디까?"

경애는 발끈 터지고 말았다.

"그럼 뭐냐? 지금 하는 짓이?"

"누가 무슨 짓을 했단 말예요? 이 상점을 누가 벌였기에 말씀예요? 집 임자를 내쫓고 어떡하라시는 거야요? 이 상점에 조가의 돈이 오리 동록이나 든 줄 아슈?"

경애는 안 하려던 말까지 해버렸다.

"그럼 뉘 돈이란 말이냐? 이때까지 한 말은 모두 거짓말이었단 말야?"

"거짓말이든 정말이든 그건 그렇게 알아 무얼 하실 테에요? 계집에 미쳐서 저 아버지한테도 신용을 잃고 땅섬지기나 얻어 가지고, 그게 분해서 자식까지 의절하려 덤비는 그놈을 무얼 바라고 어쩌란 말예요?"

경애는 분김에 그대로 퍼붓는다.

"그게 무슨 소리냐?"

"모르시거든 가만 계세요. 행세하는 자식이 있고, 귓머리 맞풀고 이삼십 년을 살던 조강지처까지 내몰려고, 나이 오십이나 먹은 놈이 입에서 젖내가 나는 년을 집구석으로 끌어들이고 지랄을 버릇는, 그게 사람이라고 생각하슈?"

"무어?"

경애 모친은 모든 것이 금시초문이었다. 그러나 캐어물어야 그런 건 자세히 알아서 무엇 하느냐고 딸은 핀잔만 준다.

전차에 올라앉아서도 딸의 말이 정말일까? 병화란 녀석한테 홀깍 빠져서 상훈이와 떨어지려니까 있는 흥 없는 흥을 떠들쳐 내는 것은 아닌가? 곰곰 생각하여 보았다. 모친은 전차가 총독부 앞에 오자 홧김에 이 길로

상훈이에게로 가보리라고 차를 내려 버렸다.(438~441쪽)

〈예문 9〉

열한시가 넘었으니 늦기는 하였으나 무슨 이야기를 하면 오히려 늦은 뒤가 좋고 지금 들어앉은 것을 분명히 알았으니 이 길로 가지 않으면 또 언제 붙들어 볼지 모른다고 생각한 것이다. 그뿐 아니라 어떤 년인지 정말 집에 끼고 있다면 자는 데 뛰어들어가 한바탕 북새를 놀아 주는 것도 좋은 일일 것 같다. 우선 어떤 년인가도 보고 내 딸자식은 어떻게 할 테요, 외손주새끼는 어쩔 테냐고 단단히 담판도 하고 이래저래 부그르르 끓어오른 화풀이라도 하고 싶다.

또 그년하고 헤어질 수 있으면 헤어지게 하고 딸과 살게 하고 싶으나 정하면 말이 난 판에 귀정을 내고 단 몇십 석이라도 아이 몫을 떼내자는 생각이다. 그러나 그렇게 된대도 병화와는 떨어져야지, 그대로 두면 상훈이에서 졸라 낸다 해도 결국에 그놈 좋은 일 하고 말 것이 염려이다.(441~442쪽)

〈예문 10〉

어멈이 홍녀께 나가서 여니, 경애 모친이 들어온다. 전도 부친처럼 손에는 검정 우단주머니를 들고 자줏빛 목도리를 코밑까지 칭칭 감았다. 모녀는 서로 놀라며 주춤하고 상훈이는 어이없이 해 웃고 바라만 보고 섰다.

경애는 모친을 그대로 끌고 가려 하였다. 말눈치 같아서는 다소간 해 줄 모양인데, 공연히 덧들여 놓으면 창피만 스럽고 불끈하는 성미에 내키던 마음이 다시 들이그을까 보아 살살 달래자는 것이다.

그래도 모친은 한바탕 푸념을 한 뒤에 모녀를 못 데려가겠거든 일평생 먹을 것을 내놓거나, 그것도 안 들으면 재판을 하겠다고 막 잘라 말하였다.

"자식두 걸어서 재판질을 한다는데 왜 내가 재판을 못 하겠니! 너는 무엇 하러 비릿비릿하고 구칙칙하게 줄줄 쫓아만 다니는 거냐? 세상에 ×× 달린 놈이 동이 났더냐?"

이 마님이 언제부터 이렇게 마구 뚫린 창구멍이 되었는지, 상훈이는 예배당 시대를 생각하면 자기도 변하기는 하였지만 놀라지 않을 수 없었다.

…〈중략〉…

어쨌든 경애 모친은 이렇게까지 막 잘라 말하려고 온 것은 아니었는데, 의경이가 자기 딸보다 어리고 이쁜 것 같은 것이라든가 부부처럼 들어앉았는 것을 보니 심사가 치밀어서 마음먹은 것과는 딴청의 소리가 나온 것이었다.

그러니만치 길거리에 나와서는 금시로 후회를 하고,

"말이 그렇지만 어린것을 생각하기로 아주 인연을 끊을 수야 있니. 입에서 젖내 나는 것하고, 꼴 보니 오래 갈 것 같지도 않지 않으냐?"

하며 이번에는 다시 딸을 달래려 든다.

경애는 모친의 얼굴을 쳐다보았다. 모친의 쥐었다 폈다 하는 수단이 이렇게 늘었을 줄은 의외였다. 그러나 암만해도 상훈이를 놓치는 것이 아까워하는 양이 답답하여 말도 하기 싫었다.(450~452쪽)

〈예문 11〉

고등과장에게 면회를 청하였으나 사퇴하고 없었다. 중간에 선 형사는 경애가 붙들려 왔는지 모르겠으나 어쨌든 조금 기다리라 한다. 그러나 자정이 가까워 오도록 쓸쓸한 방 속에 경애 모친과 마주 앉혀둘뿐이더니 덕기를 취조실로 옮겨 갔다.

…〈중략〉…

"술집에서 만난 놈이겠지만 그놈 바람이 잔뜩 키인 헐렁이지요. 그놈 때문에 나까지 이 욕을 보는 것도 분한데, 내 딸이 그렇게 어림없이 그놈하고 무슨 일을 할 듯싶소. 어서 내 딸이나 내놔 주시구 그놈은 한 십 년 징역을 시켜 주슈."

노파는 이런 딴청을 하며 게두덜대었으나 차차 취조해 가는 중에 이 노파의 남편이 그 유명한 홍××이라는 말에 금천 형사는 눈이 커다래졌다. 더구나 이 여자도 야소교인이다. 결코 이렇게 말귀도 못 알아듣고 이면 경우 없이 덤빌 구식 여자가 아닌데, 이러는 것은 공연히 미친 체하고 떡목판에 엎드러지는 수작이 아닌가 하고 금천이는 마음을 단단히 먹었다.

더구나 본가 편의 이야기가 나왔을 제 오라비가 상해로 달아난 뒤에는 부지거처란 말에 또 놀랐다. 이 집안 내력들이 이렇구나 하고 벼르는 것이다.

…〈중략〉…

금천 부장(순사부장)은 비꼬듯이 대꾸를 하고 부하에게 선선히 눈짓을 하니까, 옆에 섰던 형사가 별안간 '일어나!' 하고 소리를 버럭 지른다.

"대접을 받고 싶거든 바른 대로 자백을 하는 게 아니라!"

부하는 혼자 중얼거린다.

경애 모친은 하도 무서운 큰 소리에 밑을 찌르는 듯이 벌떡 일어나면서 이상히도 사지가 찌르르 하는 것을 깨달았다. 십 년 전 남편 때문에

붙들려 갔을 때도 두 차례 세 차례씩 그 몹쓸 고생을 당하였다. 또 그러
려고 끌고 가는 거나 아닌가? 하는 겁이 펄쩍 나서 두 다리가 허청 놓이
며 부르르 떨린다…… 그러나 하는 수 없었다. 입 한 번만 벙긋하면 내
딸이 생지옥으로 떨어지는 판이다. 차라리 내가 예서 숨이 끊길지언정
우리 경애를 삼사 년 콩밥을 먹일 수는 없다!

 거의 한 시간 뒤에 경애 모친은 어두컴컴한 속에서 만들어 붙인 고무
손 같은 손으로 흑흑 느끼면서 옷을 주워 입고 형사를 따라 환한 방으로
다시 왔다. 아래위 어금니가 딱딱 마주쳐서 입을 어우를 수도 없고 어디
가 앉을 기운도 없다. 손발은 여전히 내 살 같지가 않고 빠질 것만 같
다.(495~502쪽)

• 홍경애 부친(홍××)

성   별   남자
나이(추정포함)   육십대 후반으로 추정함.
출생지 및 거주지, 활동 공간
        출생지는 알 수 없으며, 과거 사회주의 운동가로 유명했
        지만, 미근동 경애 외삼촌 집에서 투병생활을 함.
직   업   사회주의 운동가
출신계층   중류계층 이상으로 추정함.
교육정도   신교육을 받은 경험은 없고, 유학적 소양은 있었을 것으
        로 추정함.
가족관계   아내와 딸 경애 등이 있음.
인물관계   ① 투병 생활을 하는 중에 문병 온 조상훈에게 감동을 받
        아 자신이 죽은 뒤에도 두 모녀를 보호해 주기를 바
        란다는 유언을 남김.
        ② 이 유언이 결국 외동딸인 홍경애가 조상훈의 첩으로

들어가는 계기가 됨.

인물의 존재방식(사회계층)
　　　　　　3, 4백 하던 재산을 모두 학교에 내놓고, 소작인에게 탕
　　　　　　감해 주고 3.1운동으로 옥고를 치르는 등 일제강점기에
　　　　　　선각자적인 면모를 보임.
성　　　격　　① 호활하고 민족정신이 살아있음.
　　　　　　② 자상하며 사리를 분별할 줄 알고, 염치를 앎.
　　　　　　③ 강기(剛氣)가 있으며 지사적 풍모를 지님.

성격 지표 및 인물의 제시방식

〈예문 1〉

　덕기와 경애는 소학교 마친 뒤에 교제가 없었고 소학교에 다닐 때에
는 감옥에 들어앉았던 경애의 부친을 보았을 리가 없다.

　"우리 아버지는 너무 호활하시고 살림에 등한하셔서 삼사백 하던 재산
을 모두 학교에 내놓으시고 소작인에게 탕감해 주어 버리시고 감옥에 들
어가시기 전에는 무슨 장사를 해서 다시 번다고 하시다가 그일이 덜컥
나서 감옥에 들어가시게 되니까 옥바라지 하고 변호사 대고 어쩌고 한다
고 자꾸 끌려 들어가기만 해서 나중에는 집까지 팔아 가지고 올라왔었지
요. 지금 생각하면 서울로 올라온 것이 내 신상에도 좋을 건 조금도 없
건마는 ……."

　경애는 자기가 그렇게 된 변명을 하느라고 그러는지 조금 아까 살기
가 돌 때와는 딴판으로 재미있는 옛이야기나 하듯이 자기 집 내력, 자기
내력을 풀어 낸다.(77~78쪽)

〈예문 2〉

　그러기를 한 서너 번 한 뒤에 그해 겨울 어느 일요일에 예배를 마치

고 경애 모녀를 앞세우고 조상훈은 목사와 함께 미근동 경애 외삼촌 집으로 선배에게 대한 경의를 표할 겸 병 위문을 갔던 것이다.

병인은 반가워하였다. 신장염에 기관지병이 겹쳐서 중태이었으나 강기로 버티고 누웠던 사람이 일어나서 손을 맞았다. 그는 고사하고 상훈이를 첫대바기에 놀라게 한 것은 그 마님이 사십쯤박에 안 되었는데 영감은 육십을 훨씬 넘은 듯한 백발이 성성한 것이었다. 사실 경애의 모친은 이 영감의 첩장가나 다름없는 삼취이었고 경애는 전무후무한 이 삼취 소생이었다. 이 몸에서 남매가 겨우 나서 경애 하나가 자란 것이다.

동지 전 추위에 방은 미지근하고 머리맡에 양약방에는 먼지가 앉고 중문 안에 놓인 삼태기에 쏟아 버린 약찌꺼기는 얼고 마르고 한 것이 상훈이의 눈에 띄었다. 약이나 변변히 쓰랴 하는 생각을 하니 늙은 지사(志士)의 말로가 가엾었다.

조상훈은 한 시간이나 병인과 감옥 이야기, 교육계 이야기, 사회 이야기를 하다가 돌아갈 제 상훈이는 부인을 조용히 불러서 이따가 세시 후에 따님아이든지 누구든지 자기 집으로 보내 달라 하고 주소를 두 번 세 번 일러 주었다.(81쪽)

〈예문 3〉

아주 절망상태이니까 가출옥이 된 것이요 워낙 노인이라 병도 하도 여러 가지이니까 이루 이름을 주워 섬길 수 없지만 그래도 나와서는 좀 놀리는 눈치더니 심한 추위와 구차로 해서 또다시 기울어져 갈 뿐이었다. 상훈이가 댄 의사도 별도리는 없었다.

…〈중략〉…

임종에는 목사도 있었고 상훈이도 있었다. 유언이란 것은 별로 없었으나 남기고 가는 처자가 마음에 놓이지 않아서 안타까워하였다. 그러나 조상훈이를 얼마쯤은 믿었다. 사귄 지는 얼마 안 되어도 그처럼 친절히 해주는 것을 보고 아무리 다른 사람과 다른 종교사업가라 하여도 지금 세상에는 어려운 일이라고 가상히도 생각하고 고마운 생각이 그지없었다.

"여러분이나 가족에게 그렇게 폐를 끼치지 않고 어서 하느님의 안온한 품으로 들어가고 싶었더니 이제야 때가 온 것 같소이다. 가는 사람은 편안하고 행복되나 남은 사람은 여전히 괴로운 것이오. 우리 동포 우리 동지 - 이 사회를 그대로 두고 먼저 가는 것이 무엇보다도 거리끼어요. 여기 앉았는 이 자식을 혈혈단신으로 내던져두고 가는 거나 다름없는 일이오 .육십 평생에 그래도 무슨 일이나 하나 남겨 놓고 가자 하였더니 남은 것이란 이 자식 - 벌거벗겨 길거리에 내놓으나 다름없는 이 자식 하나와 이 세상에 오랫동안 끼친 신세뿐이오. 하여간 사회의 일은 여러분이 잘 맡아 하시려니와 저 어린것도 여러분이 잘 돌보아 주시오. 공변된 일을 맡으시라 하면서 또 사삿일까지를 부탁하는 것은 인사가 아니지마는 그래도 혈족에 끌리는 애정이야 어찌하는 수 없지 않소. 조선생께는 무어라고 치사를 다할지 결초보은하여도 오히려 족하지 않겠거니와 나 죽은 뒤라도 이 두 모녀를 지금과 변함없이 보호해 주시기를 염의없는 말이나마 마지막으로 부탁하는 것이오 …….."

이러한 장황한 유언은 아니나 자기의 감회를 남겨 놓고 여러 사람의 기도와 축복 속에 운명을 하였던 것이다.(83~84쪽)

〈예문 4〉

"그래도 몇 번 만난 사람이면야 그럴 리가 있겠나?"

하며 나이 아깝게 체통 없이 자꾸 뇌까리 제, 병화는 진정으로 변명을 하다가 놀려 주려 주고 싶은 생각이 나서,

"예전부터 친한 관계가 있습니다만 선생님께서 정 마음에 드신다면 양보하지요."

하고 웃어 버렸다. 그러나 관계라는 말에 상훈이는 또 놀라는 눈치였다.

…〈중략〉…

"그 애 어르신네들 안단 말인야?"

"어르신네는 인사는 없지요만 대강 짐작은 하지요."

이것도 병화는 공연한 헛소리였다.

"아, 홍×× 씨를 안단 말인야?"

홍××란 이름에 병화는 깜짝 놀랐다.

'경애가 그 사람의 딸이야?'

하고 마음으로는 입을 딱 벌렸으나 병화는 능청스럽게,

"글쎄, 그러니 딱하지요."

하고 대꾸만 하여 주었다.

홍××라는 이름은 병화가 기미사건 이후에 들어 알던 이름이다. 그가 죽었다 할 때도 덕기에게 들은 것을 기억하나 그 후에는 덕기에게 그 댓말은 다시 들어 본 일이 없었다.(187~188쪽)

● 금천

성 별   남자
나이(추정포함)   삼십대 중후반으로 추정함.
출생지 및 거주지, 활동 공간
          ① 일본에서 출생함.
          ② 서울 경찰서 고등계 형사로서 운동자 관련 사건을 담
            당함.
직 업   일본 고등계 형사
출신계층   일본에서의 출신은 알 수 없으며, 출신계층이 낮을 것으
          로 추정함.
교육정도   신보통교육과 형사 관련 전문 교육을 받았을 것으로 추
          정함.
가족관계   알 수 없음.
인물관계   ① 김병화와 홍경애, 장훈 관련 사건과 조상훈과 덕기 관
            련 사건의 혐의를 치밀하게 취조함.
          ② 취조 과정에서 조상훈을 조롱하고 비판함.
인물의 존재방식(사회계층)
          일본 고등계 형사로서 주로 독립운동가나 사회주의 운동
          자들을 추적하고 검거하는 활동을 벌이며 그 수법이 치
          밀하고 간교하며 수사력이 뛰어남.
성 격   ① 예리하고 간교하며 음흉함.
          ② 공명심이 강하고 자신의 확신은 고집스럽게 밀고 나
            아감.
          ③ 냉혈적이며 능청맞음.

성격 지표 및 인물의 제시방식

〈예문 1〉

경애는 입으로는 이런 소리를 하였으나 도깨비 이야기 한 뒤에 밖에
나갈 때와 같이 가슴이 뭉클하며 뒤숭숭해진다.

"긴상 있습니까?"

전화통을 떼어 든 경애의 얼굴은 해쓱하여졌다. 발음이 조선 사람 같지 않기 때문이다.

"누구세요? 왜 그러세요?"

경애의 혀는 뻣뻣하였다.

"나는 금천이올시다."

경애도 상점을 벌인 뒤로 이 사람을 몇 번 만나서 안다. 그러나 부전부전히 인사할 경황도 없어 그대로 수화기를 앞턱에 놓고 뛰어 들어갔다.

…〈중략〉…

"받지!"

하고 병화는 낑낑 일어난다. 경애도 없다고 한들 소용없을 것을 돌려 생각하였다.

"허허, 용하게 아셨구려?"

"아니, 손등을 좀……."

"무얼 취해서들 그런 거지요."

"글쎄, 하하하…… 그렇게 흔한 기밀비면야 나 같은 놈도 좀 주었으면 고마울 일이지만, 핫하하……."

저편에서 껄껄 웃는 소리도 수화기 옆에 붙어 섰는 경애에게까지 들린다.

"내일 아침 아홉시? 예, 가지요. 그러나 거기서 재울 필요야 없지요? 아무쪼록 깨워서 보내 주시지요."

"예, 그럼 내일 뵙지요. 안녕히 주무슈."

전화는 딱 끊겼다. (417~418쪽)

〈예문 2〉

"가쵸도노(과장 영감)! 오늘 저녁에라도 일제히 착수를 할까요?"

경찰 고등과장이 인제는 퇴사를 할까 하는 생각을 하며 난로 앞으로 와서 안락의자에 앉아서 담배를 꺼내 물려니까 금천 형사가 들어와서 품을 한다.

"응? 글쎄 …… 무어라고들 하던가?"

과장은 그리 탐탁지 않은 대답이었다.

"어차피 그놈들이야 무어 압니까. 어쨌든 확신은 있는 일이요, 일부를 건드려 논 다음에야 철저하게 나가야 하지요."

금천 형사는 이번 일에 고등과장이 우유부단인 것이 불평이었다. 그 이유를 모르는 것이 아니라 과장이 ××서장 시대에 조덕기의 조부와 비교적 가까이 지낸 관계가 있다. 돈 있는 사람을 괄시 못 할 점도 있다. 그러나 금천이로서는 타오르는 공명심을 걷잡을 수도 없고 과장이 그럴수록 고집을 세워 보고도 싶은 것이요, 또 그만한 확신도 있는 것이다.

물론 덕기 자신의 문제나 그 가정 내의 문제는 발전됨을 따라서 분리를 시켜서 사법계로 넘길 성질의 것이나 고등계 소속의 금천 형사로서 노리는 점은 따로 있는 것이다. 즉 덕기 조부의 독살이 사실이라면, 그리고 그 주범이 조덕기라면 분명히 그 교사자(敎唆者)는 김병화라는 단안이다. 첫째 부호 자제와 ××주의자가 그렇게 친할 제야 아무 의미 없는, 동문수학하였다는 관계뿐이 아닐 것, 둘째 경도부 경찰부에 의뢰하여 조사해 본 결과 특별히 불온한 점은 인정치 않으나, 덕기의 하숙에 두고 나온 책장에 마르크스와 레닌에 관한 저서가 유난히 많다는 점, 셋째 덕기가 돈 천 원을 주어서 장사를 시키는 점, 넷째 작년 겨울에 한참 동안 두 청년이 짝을 지어 바커스에 드나들었는데, 그 여주인도 다소간

분홍빛이 끼었다는 점! 등등으로 보아서 조덕기는 그 소위 심퍼사이저(동정자)일 것이다. 그런데 재산이 아무 이유 없이 당연한 가독 상속자인 조상훈이를 젖혀놓고 손자에게로 갔다. 여기에는 무슨 음모든지 있을 것이요, 그 배후에는 김병화가 있지 않으면 안 될 것이다. 이러한 의문이 상식적으로만도 넉넉히 드는 터에 항간에는 중독설과 의사 매수설이 자자하다. 마침내 금천은 단독적으로 단연히 일어섰다.

　…〈중략〉…

어쨌든 과장이 고개를 전후로 흔드는 것을 보고, 금천 형사도 오늘 아침 막 밝으면서 효자동 부근 파출소로 가 앉아서 복장순사를 보내어 원삼이 내외를 데려갔다.

병화가 기다리다 못하여 원삼이 집에를 갔다가 깜짝 놀라 뛰어와서 금천이에게 전화를 걸어 보니까 금천이는 무슨 일인지 모르겠으나 서(署)로 물어봐 주마 하고 조금 있다가 다시 전화를 걸고,

"응, 별거 아니야. 그 근처에 절도사건이 생겼는데 참고로 불려갔다는 군. 그 동리로 새로 떠나갔다니까 누군지 모르고 그런 게지. 내 이따 서에 들러서 잘 말하고 빼놓아 주지."

이렇게 친절한 회조를 하여 주었다. 경찰부와 상관없는 것처럼 해서 병화를 오늘 하루 안심시켜 두려는 것이다.(488~490쪽)

〈예문 3〉

금천이는 중독사건은 수원집 일파를 사법계에 맡겨서 취조하는 것이 첩경이라 하여 그리로 넘기고, 병화와 경애 문제는 경애 모를 닦달하면 무엇이든지 나오리라 믿었다.

"술집에서 만난 놈이겠지만 그놈 바람이 잔뜩 키인 헐렁이지요. 그놈

때문에 나까지 이 욕을 보는 것도 분한데, 내 딸이 그렇게 어림없이 그놈하고 무슨 일을 할 듯싶소. 어서 내 딸이나 내놔 주시구 그놈은 한 십 년 징역을 시켜 주슈."

노파는 이런 딴청을 하며 게두덜대었으나 차차 취조해 가는 중에 이 노파의 남편이 그 유명한 홍××이라는 말에 금천 형사는 눈이 커다래졌다. 더구나 이 여자도 야소교인이다. 결코 이렇게 말귀도 못 알아듣고 이면 경우 없이 덤빌 구식 여자가 아닌데, 이러는 것은 공연히 미친 체하고 떡목판에 엎드러지는 수작이 아닌가 하고 금천이는 마음을 단단히 먹었다.

더구나 본가 편의 이야기가 나왔을 제 오라비가 상해로 달아난 뒤에는 부지거처란 말에 또 놀랐다. 이 집안 내력들이 이렇구나 하고 벼르는 것이다.

"그래 그 오라비 이름은 무어야?"

"×××라고 하지요. 그놈도 죽일 놈이지요."

"응? ×××?"

금천 형사는 눈이 등잔만해졌다.

경애 자신은 아직 변변히 취조를 못 했으나, 대강 병화와의 관계만 물어 보기에 급급하여 저희 집 내력을 이때껏 몰랐더니 알고 본즉 맹랑하다.

…〈중략〉…

"이 구두 뉘 것인지 알겠지?"

금천 형사의 눈은 금시로 험악하여졌다.

"뉘 건데요."

"뉘 건데라니?"

옆에 섰던 부하가 마루청을 탕 구르며 덤벼들어서 경애 모친의 어깨를 으스러져라 하고 후려잡고 흔들어 놓으니, 애고고 소리를 치며 바닥에 뒹구는 것을 발길로 두어 번 걷어찼다. 우선 얼을 빼놓자는 것이다.

…〈중략〉…

금천이는 저번 일이 있은 뒤부터 보지 못하던 구두를 장훈이 집의 사랑방(사랑방이래야 행랑방이나 다름없지만)에서 보고 눈여겨보아 오던 것이다. 사흘돌이로 장훈이 집에를 순행하듯이 들여다보았지만, 다녀간 사람이나 묵고 간 사람은 없다는데 주인이 집 속에서 끄는 헌 구두가 새로 생긴 것이 이상하였던 것이다. 더구나 그 구두는 장훈이에게는 대가래 같아서 출입에는 못 신는 모양인 것이다.

…〈중략〉…

"그래 이 구두는 정말 모르겠소?"

하고 다시 순탄한 목소리로 묻는다.

"알면 안다지, 무엇 하자고 속이겠어요."

"응, 그럴 테지!"

금천 부장(순사부장)은 비꼬듯이 대꾸를 하고 부하에게 선선히 눈짓을 하니까, 옆에 섰던 형사가 별안간 '일어나!' 하고 소리를 버럭 지른다.

"대접을 받고 싶거든 바른 대로 자백을 하는 게 아니라!"

부하는 혼자 중얼거린다.

…〈중략〉…

거의 한 시간 뒤에 경애 모친은 어두컴컴한 속에서 만들어 붙인 고무손 같은 손으로 흑흑 느끼면서 옷을 주워 입고 형사를 따라 환한 방으로 다시 왔다. 아래위 어금니가 딱딱 마주쳐서 입을 어우를 수도 없고 어디가 앉을 기운도 없다. 손발은 여전히 내 살 같지가 않고 빠질 것만 같다.

"말 한마디에 달렸는 것을 그걸 발악은 하면 무얼 하우? 내 몸 괴로운 것은 고사하고 귀한 내 딸도 당장 그 지경을 당할 것을 생각하면 자식의 정리를 생각해서라도 얼른 시원스럽게 불어 버릴 게 아니오. 우리야 범연히 그럴 리가 있나! 손샅같이 알기에 그러는 것을 속이려면 되나! 나 같으면 내 자식이 그런 곤경을 치를까 보아서라도 선뜻 한마디 할 테야……."

이렇게 달래는 것이었다. (496~502쪽)

〈예문 4〉

금천 형사의 방 안이다. …〈후략〉…

금천 부장이 앞으로 다가오자 부하가 덮었던 외투를 휙 벗겼다.

얼굴이 아니라 시꺼먼 선지 덩어리다. 코, 입, 뺨…… 할 것 없이 그대로 넉절한 선지 핏덩이다. 사람의 얼굴이 아니라 마치 그믐 밤중에 메줏 덩이를 손 가는 대로 뭉쳐 논 것 같다. 입이 어디가 붙었는지 알 수 없다. 다만 눈만 반짝 하고 뜬다.

"이게 무슨 못생긴 짓인가? 큰 뜻을 품은 일대의 남아가 비겁하게도 이렇게 죽는단 말인가? 비소망어평일(非所望於平日)이지. 장군(蔣君)이 이렇게 비루할 줄은 몰랐군……"

금천이는 피투성이의 얼굴을 눈살을 찌푸리고 들여다보며 달래는 듯 나무라는 듯 이런 소리를 하였다. 듣는 데 따라서는 비웃는 어조 같기도 하다.

"지사란 무사의 정신에 사는 것이다! 그리고 무사는 죽음을 깨끗이 잘 하여야 하는 것인데 이것이 무슨 추태란 말인가? 이왕 죽으려면 저 피스톨로(자기 책상 위에 놓인 피스톨을 가리킨다) 비장하고 남자다운 최후를 마친다면 오히려 장쾌하지나 않을까? …〈중략〉… 자기의 명예를 위해서도 그렇고, 내 뜻을 이을 동지를 얻기 위해서도 그렇지 않은가? 그러니 세 마디만 들려 주게 – 저 피스톨이 피혁이가 주고 간 것인가? 혹은 피스톨만은 다른 데서 나온 것인가? 또 피스톨을 가지고 무슨 일을 하려 하였던 것인가? 그 다음에는 폭발탄은 장군이 김병화에게 맡겼던 것인지? 김군이 장군에게 맡긴 것인지 그 점만 말을 해주게.…〈후략〉…”

…〈중략〉…

"얼른 좀 보아 주시교. 어떻게 해서든지 살려 놓아야 하겠는데…….”

금천이는 수건질을 하며 의사를 동독시킨다. 숨만 걸린 자식을 애처로워하는 자부(慈父)와 같다. 의사는 이런 경우를 하도 많이 보았는지라 유도(柔道)군이 제 손으로 죽여 놓고 제 손으로 소위 활(活)을 넣어서 살리는 그런 종류의 사실이려니만 생각하고 우선 맥을 짚어 보려다가, 무엇인지 독약을 제 손으로 먹었다는 말에 다소 놀라면서,

"허, 무언데? 어디서 났길래…… 먹은 지가 오랜가요?”

하고 좀 서두르기 시작한다.(518~519쪽)

● **장훈(장개석)** ────────────────────

성   별   남자
나이(추정포함)   스물일곱 살
출생지 및 거주지, 활동 공간
        출생지와 거주지는 알 수 없으며, 주로 서울에서 사회주의 또는 독립 운동가로 활동함.

직 업	사회주의 또는 독립 운동가
출신계층	알 수 없음.
교육정도	보통학교 이상의 학력일 것으로 추정함.
가족관계	알 수 없음.
인물관계	김병화, 피혁 등과 함께 사회주의 운동에 가담하여 활동함.

인물의 존재방식(사회계층)
① 정세가 악화되어 강경파 운동가들이 거의 검거된 상황에서도 폭발물 실험을 돕는 등 꾸준히 일제에 저항함.
② 검거 되어서도 실험의 성공을 위해 관련된 인물들을 발설하지 않고 코카인을 먹고 자살함.

성 격
① 신념이 강하고, 뚜렷한 목적의식이 있음.
② 대의명분을 중시하고 호방함.
③ 자신이 속한 조직의 구성원을 위해 신의를 지킴.

성격 지표 및 인물의 제시방식

〈예문 1〉

병화는 모든 사람을 사랑하는 마음이 가슴에 넘치었다.

"장개석(蔣介石)이도 결코 나쁜 사라마이 아니야. 나쁘기는커녕 그놈의 본심은 오늘 알았어! 알고 보니 그만한 놈도 없어!"

병화는 젓가락을 짜개서 들고 별안간 이런 소리를 혼자말처럼 중얼중얼한다. 경애는 뭐요? 하는 듯이 고개를 쳐들고 말뚱히 바라본다. 이 사람이 잠꼬대를 하나? 너무 들볶여서 실성을 했나? 겁도 났다.

"그게 무슨 소리슈? 장개석이가 어째요."

…〈중략〉…

"이때껏 시달리던 장개석이 말이야? 장훈이 말이야!"

"그 사람이 장훈이래요? 장개석이야?"

두 사람은 마주 웃었다.

…〈중략〉…

경애는 머리끝이 쭈뼛하며 한걸음 뒤로 물러섰다. 하마터면 소리를 칠 뻔하였다.

거기에 미소를 띠고 우뚝 선 사람은 아까 청요릿집에서 시달리고 족 치던 그 무서운 청년이다. – 지금 병화가 금방 말하던 장개석이다. 장훈이다.

검정 수목두루마기에 꾀죄죄한 목도리를 비틀어 끼우고 흰 고무신에 중같이 덧버선목이 대님 위로 올라오게 신은 양이, 변장한 형사 같으나 분명히 아까 본 그 사람이다.

…〈중략〉…

"어서 올라오게."

병화는 놀라는 기색도 없고 그렇다고 반기는 양도 아니다.

"응, 마침 잘 됐네. 올라갈 건 없고 궁금해서 잠깐 들렀네."

하고 붕대 처맨 손으로 눈을 주며,

"과히 다는 데는 없나?"

하고 웃는다.

뺨 때리고 아픈가 아픈가 하고 물어 가며 때리는 사람도 이 세상에는 있는지? 덜 다쳤다면 더 때려 주마고 쫓아왔는지? 때려 놓고 위문 오기란 술 먹여 놓고 해장 가자 부르러 오기보다 더 친절한 일인지? 병화의 대답이 또 요절을 하겠다.

"나는 그만하면 겨우 연명은 되네마는, 이 동무(필순이 부친)는 갈빗대가 단 하나 부러졌네."

하고 병화는 손가락 하나를 쳐들어 보인다.

…〈중략〉…

"하여간 미안하이. 그렇게까지는 하지 말라고 단속을 하였건만 그예 그렇게 되고 말았네그려. 하나 지난 일을 어쩌나. 자, 난 가네. 어떻게 됐나 궁금해서 잠깐 들른 걸세. 아까 내 말대로 오해는 결코 말게."

장훈이는 훌쩍 나가 버렸다.(407~411쪽)

〈예문 2〉

물론 장훈이는 제 비밀을 한마디도 입 밖에 내지 않았다. 장훈이의 말은 간단하였었다.

"자네, 그 돈 내게 주게."

장훈이는 맡긴 돈처럼 만나는 길로 손을 내밀었다.

"돈이 무슨 돈인가?"

"두말 말고 내놓게. 반찬가게 하라고 준 것도 아니요, 홍경애 용돈 쓰라고 준 것도 아니니까……."

"자네 언제 내게 돈 맡겼나?"

장훈이는 아무 말 안 하고 벽장에서 똘똘 뭉친 봇짐을 꺼내서 툭 던진다.

"그럼 이걸 사가게."

하였다.

…〈중략〉…

장훈이는 셋째로 권총을 가리키며,

"이것은 자네에게 쓰자는 것은 아니었으나 자네가 이것도 안 사간다면 그 값에 자네 목숨을 내가 사겠네. 그 대신 그 돈은 홍경애에게 유산으로 주면 그만 아닌가!"

이때의 장훈이의 입가에는 그 독특한 쌀쌀한 미소가 떠올라 왔었다.

…〈중략〉…

"그럼 자네 지금 하는 일은 무언가? 반찬가게는 무언가?"

"보호색(保護色)! 사람에게도 보호색은 필요한 걸세."

두 사람의 문답은 간단명료하였다.(413~414쪽)

〈예문 3〉

금천이 보기에도 당장 숨을 모르는 것 같지는 않으나 심약해진 이 판에 무슨 말이든지 시키자는 것이다. 그러나 대답하기 싫어서 숨겨 가졌던 약을 먹고 혀를 깨물어 버린 사람이 지금 와서 대답할 리가 있을 리 없다. 장훈이 입에서는 사흘 낮 사흘 밤을 두고 다만 모른다는 말 한마디 외에 다른 말이라곤 나온 것이 없다. 이런 쇠귀신 같은 놈은 경찰부 설치 이래 처음 본다고 혀를 내두르는 터이다. 그러노라니 약을 안 먹었다 하여도 장훈이는 앞길이 얼마 안 남았을 만치 되었다. 자루 속에 뼈다귀를 넣은 것 같은 것이 장훈이의 몸이었다.

장훈이는 눈을 떴다 감았다 하며 혼곤한 듯이 금천 형사의 말을 듣다가 육혈포 폭발탄이란 말을 듣자 정신이 반짝 든 듯이 무서운 눈을 똑바로 뜨고 한참 노려보다가 입을 쫑끗 하며 무엇을 훅 내뿜는다. 금천 부장은 고개를 돌리며 나는 듯이 일어났으나 얼굴과 가슴에 유산탄을 받은 듯이 핏방울 천지다.(519쪽)

〈예문 4〉

'지금 죽어? 그러나 그 뒤에는?'

이런 생각을 하다가 못생긴 생각도 한다고 혼자 나무랐다. 쓸데 있는 당면한 일은 생각이 안 나고 쓸데없는 죽은 뒤의 일은 무엇 하자고 생각하는가 하고 혼자 화를 버럭 내었다.

'내가 지금 죽기로 비겁하다고 치소를 받을 리는 없는 일이다.'

고 또다시 생각하였다.

'당장 고통을 견디지 못해서 죽는 것은 아니다. 몇십 명의 숨은 동지를 대신해서 죽는다는 것도 말이 아니다. 그들 개인이나 그들의 가족을 고통과 불행에서 건져 주려는 그 따위 희생적인 정신이란 것은 미안하나마 내게 없다. 나는 다만 조그만 시험관 하나를 죽음으로 지킬 따름이다. 그 시험관은 자기네 일의 결정적 운명을 좌우하는 것이요, 지금 이시각도 몇몇 우수한 과학적 두뇌를 가진 동지들이 머리를 싸매고 모여 앉아서 연구를 계속하는 것이다. 이 연구와 실험도 미구불원에 성공할 것이다. 그것 하나만으로도 내 죽음은 값이 있는 것이다. 그러나 그 시험관의 결과를 못 보는 것만은 천추의 유한이다. 하지만 그 역시 내 눈으로 보자던 것도 아니었다. 어차피 성불성간에 그 시험관과 함께 이 몸도 없어질 것을 벌써벌써 각오하였던 것이 아닌가……'

장훈이는 저녁밥을 먹고 나서 물을 마실 때 위산이나 먹듯이 코카인을 들어뜨려 버렸다. 혀를 깨문 것은 계획하였던 바도 아니요, 자기도 의식 있이 한 노릇이 아니었다.

이날 새벽에 장훈이는 이십칠 세의 일생을 마치었다. (521~522쪽)

● 조문기

성 별	남자
나이(추정포함)	이십대 후반으로 추정함.
출생지 및 거주지, 활동 공간	

시골에서 출생하였으며, 부친인 창훈의 집에 거주함.

직 업	알 수 없음
출신계층	하류계층
교육정도	보통학교 이하 정도의 학력일 것으로 추정함.
가족관계	부친 조창훈이 있음.
인물관계	부친 조창훈의 뜻만을 좇아 움직임.
인물의 존재방식(사회계층)	

조창훈의 아들로서 그의 말에 따라 활동하며 시속(時俗)과 사리분별에 어둡고 자신의 처지를 자각하지 못하는 인물

성 격	① 주체적 자각 능력을 결여함.
	② 사리분별 능력이 떨어지고 빙충맞음.

성격 지표 및 인물의 제시방식

〈예문 1〉

"아저씨, 그 영수증 가져오셨나요?"

덕기는 안방으로 건너가서, 저녁 먹고 와서 앉았는 창훈이에게 전보환 부친 표를 채근하여 보았다. 세 번씩 놓았다는 전보가 한 장도 들어오지 않은 것도 이상하거니와, 돈 부친 것까지 중간에서 횡령을 당하지 않았나 의심이 드는 것이었다.

"응, 여기 가져왔는데 그 애가 잘못 부치지나 않았는지 문기가 들어오면 자세히 물어 보고 오려 했더니 아직 안 들어왔어."

창훈이는 눈에 잠이 어린 듯이 어름어름하며 지갑을 꺼내서 훔척거리더니, 착착 접은 종이를 꺼낸다. 등을 주황빛으로 인쇄한 것이 분명한

228 염상섭 『삼대』의 인물 스토리텔링 전략

우편국에서 받은 돈 부친 표다.

  덕기는 받아서 펴면서,

"이게 웬일예요?"

하고 놀라며 웃는다.

"왜 그러니?"

"이건 바로 돈표가 아닙니까. 이것을 보내야 돈을 찾아 쓰는 게 아닙니까."

"응? 그럼 영수증하고 바꾸어 보냈단 말야?"

"그렇지요. 그건 그렇고, 전보환으로 보냈다면서 이것은 통상위체(通常爲替)가 아닙니까?"

"무어? 통상위체? 통상위체란 어떤 건가?"

"통상위체면야 편지에 넣어 보내는 게 아닙니까?"

"엉!"

하고 창훈이는 금시초문이라는 듯이 눈이 뚱그래지다가,

"온 자식두, 빙충맞은 못생긴 자식두 다 보겠군."

하며 아들을 혼자 나무란다. (332~333쪽)

   ·

〈예문 2〉

  이튿날 아침에는 문기가 와서 안방에 건성으로 잠깐 다녀나오더니 건넌방에서 내다보는 덕기를 보고,

"아버지께 들으니까 무어 돈을 잘못 부쳤다구? 난 그런 게 처음이라 무언지를 알겠던가? 일본놈이 반씩 반씩 하는 소리로 무어라고 하기에 그렇다고 고개만 끄덕거렸더니 돈표를 해주기에 어쩔까 하다가 급하기는 하고 어떻게 부칠지를 몰라서 우편국에서 봉투를 사다가 넣어서 등기로

부쳤네그려. 여기 이렇게 등기 부친 표가 있지 않은가."

하며 서류 부친 쪽지를 내어 주고 열적은 듯이 웃는다.

"상관 있소. 이왕지사 그렇게 된 것을……."

하며 덕기도 좋은 낯으로 웃어 버렸다.

"어쨌든 돈은 잃어버리지 않았으니 하마터면 내가 곤경에 빠질 뻔한 걸 불행 중 다행하이."

문기는 이런 소리를 하고 훌쩍 가버리는 양이 자기 부친에게 무어라고 듣고 변명삼아 온 눈치다. 그러나 아무리 시골 성장이기로 그런 반편일 수야 있을까? 더구나 돈 등록에 눈이 새빨개진 창훈이 아저씨까지 그렇게도 환전 부치는 묘리에 어두울까 하는 생각을 하면 암만해도 곧이들리지 않았다.(334쪽~335쪽)

● 매당

성 별	여자
나이(추정포함)	사십대 초반임.
출생지 및 거주지, 활동 공간	
	출생지는 알 수 없으며, 안동에서 매당집을 운영함.
직 업	매당집 주인
출신계층	하류계층으로 추정함.
교육정도	권번 출신일 것으로 추정함.
가족관계	알 수 없음.
인물관계	① 수원댁을 조의관의 첩으로, 김의경을 조상훈의 첩으로 소개하여 양쪽에서 소개비를 받고, 특히 김의경을 수양딸로 삼고, 수원댁과 김의경을 조종하여 조의관과 조상훈의 재산을 탐함.

② 최참봉은 수원댁과 매당집을 연결하여 주는 구실을
   함.
③ 김의경을 조상훈의 첩으로 들여앉히기 위해 홍경애와
   대립함.

인물의 존재방식(사회계층)

매당집을 운영하면서 세력가나 재력가들에게 여자를 소
개하고, 양쪽에서 소개비를 받아내며, 심지어는 소개한
여자들을 첩으로 들여앉혀 그들을 이용하여 재산까지 탐
하는 인물

성   격   ① 간교하고 교만함.
         ② 물질중심적이고 이해타산적임.
         ③ 외형적이고 능청맞음.

성격 지표 및 인물의 제시방식

〈예문 1〉

"어제 오늘 별안간 웬일이에요. 이제는 하느님의1 허락이 내려서 나
같은 사람을 만나도 괜찮은가요? 매당집에 계집년들이 떼도망을 갔나
요?"

매당집이라는 것은 상훈이의 축이 수년래로 비밀히 술을 먹으러 다니
는 고등 내외 술집이요 동시에 뚜쟁이들과 소위 은근짜가 번갈아 드는
집이지만 경애가 매당집을 안다는 것은 천만의외이다.

〈예문 2〉

경애는 고개를 떡 제치고 들어오는 두 여자를 내려다보듯이 똑바로
쏘아본다.

사십 넘은 이드르르한 아낙네의 웃는 이빨에서는 금빛이 번쩍 하였다.
그러나 들어오는 사람의 얼굴에서는 금시로 웃음이 스러지고 주춤 선다.

경애는 이것이 그 유명한 매당이로구나! 하며 우선 초벌간선만 하고 급히 시선을 그 뒤에 따른 젊은 '여학생'- 다음 시대에는 없어질 말이지마는 아직까지도 여학생이라는 이 말에는 여러 가지 뜻이 포함되어 있는 것이다-에게로 옮기었다. 살갗과 눈이 인형을 연상케는 하나 경애의 눈에도 귀여운 아가씨로 비치었다. 이렇게 첫인상이 좋은 데에 경애는 도리어 동정하는 마음이 생겼다.

…〈중략〉…

"이런 법두 있소? 난 뒤보러 가셨나? 하두 시절이 험난하니까 어떤 놈에게 봉변을 당하셨나…… 하고 집안 식구를 다 내세워서 한 시간이나 동리를 뒤지고 법석을 하지 않았겠소."

매당은 조바위만 벗어 들고 죽은 사람의 손 같은 회색 장갑을 낀 두 손을 망토 뒤에 내밀어 떨어뜨리고 다가선다.

…〈중략〉…

"실례올시다. 노시던 양반을 말없이 모시고 나와서!"

비로소 경애가 인사성 있게 웃어 보이고 알은체를 하며,

"하지만 캄캄한 데서 몇 시간씩 노시는 것보다 이렇게 바람두 쏘이시구 자리를 옮기셔서 노시는 것도 좋지 않습니까?"

하고 어서 앉으라고 권하였다.

매당은 이 젊은 계집애에게 한수 넘어간 것도 분하고 누가 자동차를 보냈던지 간에 자기가 쫓아온다는 것보다 자동차를 다시 돌려보내서 상훈이를 데려가지 못한 것이 수에 접힌 것이지만 그렇다고 여기서 노해 보이거나 하는 것은 점잖지 않다고 생각하였다. 그래도 여걸(女傑)이 동난 이 시대에서는 내가 여걸의 서리(署理)는 보는 터인데 희로애락을 얼굴에 나타내서야 체통이 되었는가? 하는 자존심이 어떠한 때든지 한구석

에 계신 것이다. 그러나 그것만이 아니다. 경애의 작인(作人)을 잠깐 보니 한 모 쓸데가 넉넉히 있는지라 공연히 덧들여서는 잇속이 없다고 눈썰미 좋게 벌써 타점을 해놓은 때문도 있는 것이다. 원래 큰 물은 청탁을 가리지 않는 법이니 우리의 서울이 가진 여걸의 여걸다운 점도 여기에 있다 할 것이다.

"누구신지? 처음 뵙는 자리에 이렇게 뛰어들어 미안합니다. 하지만 이 양반은 우리집 손님이니 그만 개평을 떼우시고 인제는 내놓으시는 것이 어떨까요? 하하하…….."

하고 매당은 능청맞은 웃음을 커다랗게 내놓았다.

"그렇다뿐이겠습니까. 그럼 인젠 데려가시지요."

경애의 대답은 선선하였다. 그러나 그 웃음은 쌀쌀하다. 너희들의 얼굴은 보았으니 인제는 소용없다는 생각이다. 그러나 말이 이렇게 나가니 일건 호의를 가지고 농담으로 데려가겠다고 한 매당으로서는 흥도 식고 말도 막혀 버려서,

"요년 어린 게 여간내기가 아니로구나.'

하는 생각을 속으로 할 뿐이다.

…〈중략〉…

"그럼 이 아씨도 가시면 어떨까요?"

별안간 매당은 경애를 끌려 하였다. 여기까지 어림없이 끌려온 앙갚음으로도 데리고 가서 시달려도 주고 어떤 위인인지 캐어 보고도 싶은 것이다.

"나요? 나는 바빠서 못 가요. 실상은 여러분보다도 내가 먼저 가야 하겠습니다."

하고 경애는 정말 앞장을 서 가려 한다.

…〈중략〉…

"젊은 아가씨가 밤에 무슨 시무가 그렇게 바쁘시우?"

매당은 놀리듯이 웃다가,

"오늘 조상훈 씨를 데려오신 것도 밤 사무의 한 가진가요?"

하고 남자처럼 커다랗게 웃는다.

"예, 나두 댁에서처럼 술장사를 하기 때문에요! 손님들을 앉혀 놓고 왔기 때문에 곧 가야 합니다. 하지만 권번사무소나 첩쟁이나 첩쟁이 예비군이 꼬이는 데는 아니니까 그렇게 밤을 새지는 않습니다. 하하하."

하고 경애는 인사도 변변히 않고 휙 나와 버렸다.(278~283쪽)

〈예문 3〉

"들은 게 있나마는, 그 뒤에는 매당집이라는 년이 또 있네그려. 자네 어르신네도 거기 가서 술잔이나 자시고, 수원집과 맞장구를 친 일도 있다네!"

이 말에 덕기가 귀가 번쩍 띄었다.

"하여간 그년의 집이 저희 패가 모이는 웅덩이라데. 여기서 쑥덕거리지 않으면 틈틈이 거기로 모여서 숙설거려 가지고는 모든 일을 잡질러 놓는 걸세그려."

"매당집이라니 어디기에 아버니도 그런 축에 끼실까요? 같이 무슨 공론인지를 하시나요?"

덕기는 부친을 그렇게까지 의심하는 것이 못내 죄가 되겠다고는 생각하였으나 그래도 못 미더웠다.

"아냐, 자세는 몰라도 그럴 리는 없지. 그러나 매당이란 위인이 나는 보진 못했어도, 장안에 유명한 못된 년이요, 남의 등 쳐먹기로 생화를 삼는 위인이니까 자네 어르신네와 수원집을 좌우로 끼고 안팎벽을 치는 것인가 보데그려. 두 군데서 다 얻어먹든지 그렇지 못하면 어디든지 한 쪽 등이라도 쳐먹자는 게지."

"응, 그래요?"

덕기는 자기의 이해관계보다도 세상물정을 또 하나 알게 된 것이 반가웠다.(365~366쪽)

〈예문 4〉

그러나 때는 돌아왔다. 조의관이 덜컥 돌아가니 좋아할 사람도 하고많은 중에 매당집은 더구나 한숨 휘 돌렸다. 파리 한 마리가 죽어자빠지면 어느것 벌써 개미 거둥이 일어나서 이놈의 송장을 끌어가기에 '영치기 영차' 하고 까맣게 덤벼서 뒤법석을 하는 것이다. 매당은 개미의 여왕이다. 매당집은 개미굴이다.

"아우님 차례는 얼맙디까?"

"난 몰라요! 단 이백 석이라우! 귀순이 몫으로 오십 석!"

"흥, 그거라두 우선 받아 두는 게지."

매당과 수원집이 초상 뒤에 만나서 조상으로 주고받은 첫인사가 이것이었다.

"우리 조카님이 수났더군!"

수원집이 의경이를 보고 비양대며 하는 말이었다.

"얼마?"

매당은 눈이 커졌다.

"이백 석! 게다가 현금이 한 이삼천 원 차례에 가겠지."

"단 이백 석야?"

장래 사위 - 상훈이가 단 이백 석이라는 데 놀라자빠졌다.

"하지만, 그렇게 꼼꼼하게 바자위게 하고 간 영감이 정미소 하나만은 뉘게로 준다는 말이 없이 유서에도 안 써놓았으니 인제 좀 말썽일걸! 우리도 그까짓 정미소에는 쌀 섬이나 있으려니 했더니, 웬걸 영감이 꼭 가지고 쓰던 장부에 보면 줄잡아도 현금 이삼만 원 넘고 집이며 가게며 할 만하더는데!"

수원집보다도 매당집의 입에 침이 괴었다.

…〈중략〉…

어쨌든 매당집은 새판으로 팔을 걸고 나설 차비를 차렸다. 그래서 우선 의경이부터 단단히 굳히려고 급기야에는 화개동 집으로 끌고 가서 여기서 살림을 시키라고 복장을 안긴 것이었다.

"이왕이면 화개동 집으로 들어가서 살자지. 어차피 나는 쫓겨나고 화개동 마누라가 큰집으로 들어갈 것이니까. 얼른 서둘러야지 그렇지 않으면 홍경애에게 자리를 뺏길걸……."

수원집이 충동이지 않아도 매당도 그런 짐작이 없지는 않았다. 수원집으로서는 어서 떼어 가질 것을 떼어 가지고 태평통 집으로 옮아 가자는 것이다. (445~446쪽)

〈예문 5〉

아무러면 그 이백 석이 일 년을 갈 텐가, 이태를 갈 텐가? 계집자식을 먹여 살릴 테니 걱정인가. 어느 년의 코 아래 진상이 되든지 까불리고 말 바에야 의경이나 주어서 자식이나 살게 하고 의지를 하게 하여야지 정미소는 아무 말 없이 돌아갔으니까 으레 상훈이 차지가 될 것이니 그것으론 더 늦기 전에 한번 써보고 그거나마 더 털어먹건 새 옷 한 벌 입혀서 큰집-아들의 집으로 데밀어 두면 개구멍받이가 들어온다고 내밀리야 있을라구, 싫어도 제 아비요, 미워도 제 남편이면야 망령나자 철난 것만 다행해서 늦게 편히 먹이고 입히다가 환갑 진갑 지내고 잘 파묻어까지 줄 것이니 그런 상팔자야 또 어디 있을라구!

매당집은 수원집과 의경이를 앞에 놓고 이런 소리도 하였다. 경애의 자식 몫으로는 그 이백 석을 뺏고야 말겠다는 것이요, 또 정미소를 차지하게 되면 그 돈 쓸 때까지만 의경이더러 살라는 것이다.(447쪽)

〈예문 6〉

매당은 신이 났다. 시집간 딸을 세간이나 내주듯이 큰마누라의 세간짐이 문전을 채 떠나기 전에 동생 형님 하는 축을 앞뒤로 거느리고 쭉 들어섰다. 그래야 매당이 가지고 온 것이라고는 성냥통 한 갑뿐이다. 집 안을 들부셔 내고 안방에 채를 잡고 앉아서 세간을 사들이는 판이다. 살던 솜씨요 하던 솜씨라, 발기가 머릿속에 있고 말 한마디면 떼그르하고 영등같이 들어서는 것이다. 심부름꾼은 창훈이와 최참봉이다. 이 마누라 쟁이의 손으로 수양딸 조카딸 아우님 들의 세간을 일 년에도 한두 번 내는 것이 아니요, 그럴 적마다 최참봉이 심부름을 한 것이니 최참봉도 이력이 빤하다. 그리고 보니 종로 시정에서 매당이 적어 내보내는 발기를 뉘 분부라고 거역할 것이냐.

'값은 좀 비싸도 물건만 좋은 것으로'라는 것이 이 마누라의 섭탁이다. 어차피 돈 쓰는 놈은 따로 있으니 사는 사람도 그렇겠지만 파는 사람도 물건만 눈에 차게 쭉쭉 뽑아서 들여놓아 주면 한 푼 깎지 않고 군소리 없이 제꺽제꺽 치러 주게 하니, 이 마누라의 신용과 위세가 더 떨치는 것이다.

…〈중략〉…

매당은 집 든 지 대엿새 만에 열 상점 스무 점방에서 뽑아 들여온 발기 한묶음을 상훈이 앞에 내놓았다. 상훈이는 펴보지도 않고 그대로 접어서 최참봉을 주며 덕기에게 갖다가 주라고 명하였다.(453~455쪽)

● **피혁(이우삼)** ─────────────────────────

성   별   남자
나이(추정포함)   이십대 후반으로 추정함.
출생지 및 거주지, 활동 공간
           ① 출생지는 알 수 없으며, 황해도 두메에서 왔다고는 하나, 홍경애 어머니 조카뻘로서 상해와 국내를 왕래하며 사회주의 또는 독립 운동을 벌임.
           ② 모종의 임무를 띠고 국내에 잠입하여 현재는 경애네 집 건넌방에서 머물고 있음.
           ③ 김병화와 장훈이 검거되기 전 어디론가 사라짐.
직   업   사회주의 또는 독립 운동가
출신계층   중류계층 정도일 것으로 추정함.
교육정도   보통학교 이상의 학력일 것으로 추정함.
가족관계   홍경애 모친의 조카뻘로 경애에게는 외가쪽 오빠가 됨.
인물관계   모종의 임무를 띠고 국내에 잠입하여 친척 관계인 홍경애네 집 건넌방에서 머물며 임무를 수행할 사람을 소개해 달라고 하여 김병화를 소개 받고 이미 알고 지내던 장훈과도 일정한 동지 관계를 유지함. 홍경애는 피혁 군이 외가쪽 오빠이기 때문에 그의 활동을 어느 정도 도와주고 빨리 떠나보내려고 함.
인물의 존재방식(사회계층)
           상해와 국내를 왕래하면서 비밀 임무를 수행하는 사회주의 또는 독립 운동 하부 조직의 두목격임.

성   격   ① 호활하면서도 예리함.
          ② 물계를 명확하게 판단하고 민첩함.

성격 지표 및 인물의 제시방식

〈예문 1〉

병화는 잠자코 꾸부리고 앉아서 구두를 신으려니까 이번에는 중문이 찌이걱 하며 우중우중 누가 들어온다.

병화는 무심중에 가슴이 선뜩하는 것을 깨달으며 쳐다보았다.

후줄근하게 차린 헌칠한 양복 신사가 앞에 와서 딱 서며 입가에는 조소를 머금고 면구스러이 바라보는 눈이 안경 뒤에 부리부리한다.

'형산가?'

하는 뜨끔한 순간이 지나니까 병화는 이상히도 마음이 가라앉으며 휙 지나쳐 나가려 하였다. 그 청년의 신은 구두 본새가 조선에서 보기 드문 서양제나, 상해 다녀온 친구가 신은 것을 많이 본 것 같은 점과, 양복을 모양 낸 것은 아니나 몸에 턱 어울리는 것이 어딘지 외국 갔다 온 사람 같은 인상을 주었던 것이다. …〈후략〉…

…〈중략〉…

"어머니, 어서 차려서 상을 건넌방으로 들여다 주세요."

경애는 남자들을 안방으로 몰아넣고 이런 부탁을 하며 따라 들어갔다.

"두 분 인사하세요. 이분은 우리 일가 오빠-이번에 시골서 올라 오셨에요. 또 이분은 ××회 간부로 계신 분-며칠 있으면 군속이나 면서기로 취직해 가실 양반입니다. 오늘은 환영 겸 송별 겸 약주나 한잔 대접하려구……."

두 남자가 통성을 하고 앉았는 동안에 경애는 혼자 조잘댄다. 그러나 병화는 이 청년이 시골서 올라온 오빠라는 말에 그의 얼굴을 다시 보고

다시 보고 하였다. 그 소위 '둘째애 아버지'가 아닌 것이 섭섭도 하거니와, 차림차리나 수작 붙이는 것이 촌 속에서 갓 잡아올린 위인은 아니다. 그건 그렇다 하기로, 하고 많은 성명에 가죽피자 가죽혁자의 – 피혁(皮革)이라는 성명이 있을 리 없다 피혁상을 하는 놈인가, 바지저고리의 껍질만 다니는 놈인가? 위인 됨됨이 껍질만도 아닌 양하다. …〈후략〉…

병화는 꿀 먹은 벙어리처럼 이사람 저사람 눈치만 보고 앉았다.

피혁 군은 밥을 먹을 때 별로 말도 없이 병화의 인금을 보는지 슬슬 눈치만 보다가,

"관변에 취직을 하려면 용이할까요? 다른 사람과 달라서."

이런 소리를 떠듬떠듬 한다.

"공연히 누구를 떠보는 수작인지 실없이 놀리는 것이지요."

병화는 심중의 경계를 풀지는 않았으나 아까 같은 불뚝하나 감정은 어느결에 스러져 버렸다.

…〈중략〉…

"어쨌든 도회에 있으면 아무래도 유혹이 많으니까…… 당장 입에 풀칠을 할 수 없는데다가 속에 똥만 들어앉았어두 이름은 나고, 게다가 정치의 중심이 있는 데니까 그런 유혹의 손이 뻗기도 쉽고 따라서 끄리기도 쉬운 일이지. 그런 걸 보면 오히려 지방 청년들이 곧이곧솔이요, 도리어 열렬하지. 첫째 지방 관헌이야 그런 고등정책을 쓸 여지도 없고 머리도 없으니까. 늘 대치를 해 있기 때문에 긴장해 있고 투쟁적 자극이 더 심하거든……."

피혁의 의견이 병화에게도 그럴듯이 들렸다.

"고향이 어디세요? 무얼 하시나요?"

하고 묻는다.

"나요? 나는 저 황해도 두메에서 - 촌구석에 들어엎데서 부조 덕택으로 밥이나 치우고 있는 위인이지요."

하고 피혁 군은 자기를 조소하듯이 웃어 버린다. (227~231쪽)

〈예문 2〉

"그 사람을 예전부터 알았습니까?"

"외가 쪽으로 어떻게 되어요. 어머니 조카뻘예요."

경애의 말로 하면 자기의 외삼촌이 수원집을 팔아 가지고 올라와서 맡겼던 돈을 자기가 가지고 상해로 도망한 뒤에는 일 년에 한두 번씩 소식이 있을 뿐이었고, …〈중략〉… 그런데 상해에 있던 외삼촌이 그 후에 얼마 만에 어느 방면으로 도망하였다던 이 조카 - 즉 지금 온 피혁 군과 어디서 어떻게 만났는지 이번에 외삼촌의 편지를 가지고 별안간 찾아온 것이라 한다. 물론 외삼촌댁에게 보내는 안부 편지와 살림에 쓰라고 돈 백 원을 부탁해 보낸 것이나 셋방 구석으로 떠돌아다니게 된 후로는 이 태나 되도록 소식이 끊겼던 터이므로 피혁 군도 천신만고를 해서 집을 찾았으나 찾아가보니 외가에는 묵을 방이 없고 한만히 여관에 들 수도 없고 해서 우선은 경애 집으로 끌고 와서 건넌방에 묵게 한 것이라 한다. 그러지 않아도 피혁 군이 떠날 때 경애의 외삼촌은 자기 집에나 자기 누님 집에 묵으라고 일러 보냈던 것이다. 이러한 관계로 피혁 군은 경애의 집에 묵으면서 사회의 물계도 살피고 경애의 위인을 엿보다가 그런 방면 사람 중에 아는 사람이 있느냐고 물으니까 처음에는 아는 사람도 없었고 또 무심코 들어 두었더니 얼마 후에 우연히 병화를 알게 되니까 병화 이야기를 피혁에게 하였던 것이라서 무슨 인연이 닿는다고 그런지 일이 여기까지 발전되어 온 것이라 한다. (263~264쪽)

〈예문 3〉

병화의 말눈치가 마음이 썩 내키지 않는 것 같은 데에 경애는 잠깐 경멸하는 마음이 생겼다.

"왜…… 겁이 나는 게로구려?"

"흥! 아무려면 사람이 그렇게 얼뜰라구! 하지만 나두 인금두 캐어보고 믿을 만한지 어쩐지 알아 놓고서야 말이지. 하여간 본성명을 대어 주."

"그것두 당자더러 물어 보세요."

경애는 가르쳐 주고 싶었으나 당자의 의향을 알 수가 없어서 말하기 거북하였다.

…〈중략〉…

"쓸데없는 소리 마슈. 단 세 사람이 한 이야기도 벌써 날만 새면 흘러 가는 세상에…… 당신네들의 실패가 모두 그런 데서 생긴 일이라고 그 사람이 그러던데?"

"그럼 당자를 만나 뵈두 자기 본성명이나 내력은 말 아니 할 테구려?"

"그야 모르지."

하고 경애는 한참 생각하다가 앞뒤를 돌아보며 사람이 끊긴 것을 보자,

"거기 나가서는 이우삼이라고 했답니다."

고 가만히 소곤소곤하였다.

"무어? 무어?"

병화는 채 못들었는지 듣고도 자기 귀를 의심하는 것인지 급급히 묻는다.

"이우삼……."

경애는 또 한번 소곤댔다.

병화는 다시는 입을 벌리지 않았다.(265~267쪽)

〈예문 4〉

피혁은 간단히 이렇게만 대답을 하고 한참 무슨 생각을 하다가,

"거기서 우수리만 날 주고, 나머지는 그대로 저 사람이 달랄 때 내주오."

경애는 더 캐어묻지도 않고 잠자코 듣고만 있다.

"이따, 언제든지 떠날 테니 안 들어오건 떠났나 보다 하고 어머니께는 집으로 내려간다고 할 게니 그렇게 알아두고 잘 지내우. 언제 또 만날지 모르지마는 지금 같은 그런 생활은 어서 집어치우고 저 사람을 좀 도와주도록 하우. 감독을 한다든지 감시를 할 수야 없겠지만, 옆에서 내용 아는 사람이 바라보고 있으면 행동이나 금전에 대해서 한만히 못 하게 될 것이오. 또 그런 사람한테 적당한 여성이 있어서 위안도 해주고 격려도 해주면 용기가 나는 수도 있으니까, 말하자면 저 사람을 못 믿는 것이 아니나 반은 경애를 믿고 가는 것이오."

경애는 고개를 끄덕여 보였다.

"그렇다고 둘이 너무 깊어져 버려서 일이고 무어고 집어치워 버리고 술이나 먹고 떠돌아다니면 큰일이야! 밖에서도 그런 소문은 빠르고 사실이라면 그때는 참 정말 큰일이니까!"

피혁은 이런 부탁과 어르는 수작을 찬찬히 일렀다.(299~300쪽)

〈예문 5〉

피혁이란 이름도 물로 본성명은 아니지만 저기로 나가서 처음에 쓰던 이우삼(李友三)이라는 변명으로 병화는 그가 누구인 것을 알고 탁 믿었

던 것이었다. 이우삼이란 이름은 경찰의 '블랙 리스트'에는 물론이요, 그 동안 몇몇 사람 공판 때마다 재판소 기록에 오르내리던 이름이니만치 바깥에 있는 사람 중에서는 한 모퉁이의 두목인 것은 사실이요, 따라서 여기 있는 동지간에는 본인이 누구인지는 몰라도 이름만은 잘 아는 것이었다. 어쨌든 그런 관계로 병화는 절대 신임을 하고 앞질러서 무슨 일이든지 맡으마고 나선 것이었다. 피혁만 하여도 경계가 점점 심해 가는 판에 머뭇거리고 있을 형편이 못 되었다. 자기가 맡아 가지고 온 두 가지 일 중에 한편 일은 쉽사리 끝나고, 이편 일이 이때껏 미루미루 끌려내려온 것이었다. 물론 속일 알고 보면 한 계통의 한 종류 사람들에게 부탁을 하는 것이요, 후일 일이 탄로가 되는 날이면 너도 그런 일을 맡았던? 나도 이런 일을 맡았었다고 저희끼리 놀랄지 모르지마는, 지금은 설사 한 자리에 자는 내외간일지라도 서로 각각 비밀히 일을 안기고 가려니까 피혁으로서는 힘이 몹시 드는 것이었다.

하여간 일이 이만큼 무사히 낙착되었으니까 피혁은 피혁대로 불이시각하고 들고 뺄 일이다. 여기에 대하여는 피혁이 자신도 그렇게 생각하였지마는, 병화의 의견대로 조선옷을 입고 떠나기로 하였다. 그래서 병화는 어젯밤으로 필순의 부친과 의논을 하고 그이의 단벌 출입복을 내놓게 하고 필순의 모친은 밤을 도와서 버선 한 켤레까지 짓게 하여 지금 필순을 시켜 주어 보낸 것이다.(300쪽~301쪽)

• 김원삼(아범, 바깥애) ─────────────────

성   별   남자

나이(추정포함)   스물세 살 정도임.

출생지 및 거주지, 활동 공간

① 청풍 김씨 출신이었지만, 영락하여 서울로 올라온 뒤
부터 화개동 조상훈의 집에서 행랑살이를 함.

② 조상훈의 집이 매당과 첩의 기세로 뒤숭숭해지자 김
병화와 홍경애가 운영하는 식품가게 산해진에서 일을
보고자 효자동 근처에 셋방을 얻어 거주함.

직   업   조상훈네 행랑살이를 하다 김병화와 홍경애가 차린 식품
가게 산해진에서 일을 봄.

출신계층   청풍 김씨 출신 양반계층이었지만, 영락하여 행랑살이를
함.

교육정도   통감 셋째 권까지 읽음.

가족관계   처와 어린 아들이 있음.

인물관계   ① 조상훈의 행랑살이를 하던 중 매당이 자신의 사람을
행랑살이로 들이려하자 잘되었다 싶어 그 틈에 가깝
게 지내던 김병화의 식품가게 산해진에서 일을 보게
됨.

② 덕기와 필순이 원삼을 호의적으로 대함.

인물의 존재방식(사회계층)

조상훈네에서 행랑살이를 하는 하류계층이지만, 잇속을
따지지 않고 주인집과 친구격인 병화의 일을 성심껏 도
움.

① 무식하지만, 자존심과 진실성이 있음.

성   격   ② 순진하고 솔직하면서도 능청스러운 면이 있음.

③ 자신의 출신계층에 대하여 자긍심이 있고, 낙천적이며
바지런함.

④ 인정이 두터움.

성격 지표 및 인물의 제시방식

〈예문 1〉

병화가 빈손으로 들어오려니까 뒤미처 아범이 큰기침을 하고 터덜터
덜 들어온다.

걷어 올린 외투깃 속에 방한모 쓴 대가리를 푹 파묻고 좌우 주머니에
두 손을 찌른 양이 푸근한 눈치다.

"여보게, 그 외투 벗어서 이 양반 드리게."

"왜요?"

하고 아범은 놀란다.

"왜든 어서 벗어드려! 이 어른 거야."

하고 사랑 사람은 두 사람을 다 조롱하듯이 웃는다.

"아니, 영감께서 저더러 입으라고 내주셨는데요?"

그래도 아범은 벗기가 아까운 모양이다.

"아따, 잔소리 퍽두 하네. 자네 팔자에 외투가 당한가! 하루쯤 입어 봤
으면 고만이지."

하고 껄껄 웃는다.

아범은 그래도 내놓기가 서운해서 외투 입은 제 모양을 두서너 번 위
아래로 훑어보다가 기가 막힌 듯이,

"흠!"

하고는 입맛을 다시고 또,

"흠!"

하고는 입맛을 쩍쩍 다시다가,

"옜습니다!"

하고 홀떡 벗어서 병화에게 내던지듯이 준다.

"이거 대단히 미안하우. 추운데 …… 내 며칠 후에 형편 피면 다시 갖다 주리다."

병화는 참 미안하였으나 이왕지사 지금 와서는 그대로 안 받을 수도 없다.

"싫습니다."

아범은 코대답을 하고,

"흠! 이건 섣불리 감기만 들겠는 걸!"

하고 웅숭그리고 나간다.(197~198쪽)

〈예문 2〉

상훈이는 이튿날 늦은 아침에 일어나서 세수를 하다가 아범이 도로 땟덩이 회색 두루마기를 입고 터덜터덜 들어오는 것을 보고 우스운 생각이 나서,

"그 외투를 도루 **뺏겼다지**!"

하고 말을 걸었다.

"네, 십상 좋은 걸 그랬어와요. 부덕부덕 벗으라시는 걸 어쩔 수가 있나요? 그런데 그 나리 댁이 어디야요?"

"왜? 다시 가서 달래려구?"

"아니야요 …….""

"참 그런데 어제 그 편지 갖다 두었니? 만나 뵈었니?"

어제 저녁때 나갈 제 아범에게 편지 써맡기고 나간 생각이 인제야 난 것이었다.

"네! 갖다 드렸어요 …… 그런뎁쇼…….""

아범은 눈이 멀개서 망단한 듯이 어름거린다.

"왜 무엇을 말이냐?"

"저, 무얼 적어 주시던뎁쇼…….'"

말을 할까말까 망설이다가 꺼내고야 말았다.

"무어? 그래 어쨌단 말이냐?"

상훈이는 급히 묻는다.

…〈중략〉…

여자에게서 오는 답장이라 으레 불호령이 내릴 것을 생각하고 아주
속여 버릴까 하는 생각도 없지 않았으나, 그랬다가 나중에 그 외투 임자
가 편지를 가지고 와서 주머니 속에 이런 게 있습디다 하고 주인에게 내
놓으면 그때 가서는 속였다는 죄목이 하나 또 늘 것이니 그것이 무서워
서 망설이다가 이실직고를 하고 만 것이다.

"네! 그 외투 속에 제가 넣기만 하였으면 잃어버리기야 하겠습니까?"

"잔소리 말고 어서 갔다 와, 이놈아."

"네! 네!"

하고 아범은 천방지축 한걸음에 뛰어나갔다.

…〈중략〉…

이런 조바심을 하며 맛없는 아침상을 받고 앉았으려니까 아범이 다시
허둥지둥 뛰어들어온다.

"왜 입때 안 가고 또 들어왔니?"

상훈이는 미닫이를 홱 밀치고 또 호령이다.

"저, 그 댁이 어디던가요?"

"미친놈! 옛이야기 같구나! 난 그렇게 뛰어나가기에 어딘 줄 아나 보다
하였구나…….'"

이렇게 나무라면서도 속으로는 웃지 않을 수 없었다. 가는 사람이나

보내는 사람이나 등신이긴 매한가지다. 그러나 병화가 어디 있는지 자기 역시 알 수가 없다.

생각다 못해 경애 집을 가르쳐 주고 거기 가서 알아 가지고 찾아가라고 일러 보냈다.(209~211쪽)

〈예문 3〉

바깥에는 조상훈 씨 저택에까지 들어갈 것 없이 동구의 반찬가게 앞 병문에서 마침 잘 만났다.

"여보! 동무! 매우 춥구려, 한잔합시다 그려."

병화는 댓바람에 이렇게 말을 붙였다.

아범 - 아범이니 바깥애니 하는 것은 조상훈이 집의 아범이요 조상훈의 바깥애지 병화에게는 친구다.

…〈중략〉…

"술도 아무것도 싫습니다. 그 편지나 내놓으세요. 그것 때문에 오늘 온종일 다릿골만 빠지고 저 댁에서는 쫓겨나게 되고 - 흥, 참 수가 사나우니까……."

아범은 잡담 제하고 맡긴 것 내놓으라는 듯이 손을 내밀고 섰다.

…〈중략〉…

"글쎄 이 사람아! 그까짓 외투니 편지니 사람두 되우 녹록은 하군. 이따 찾아 줄 게 술이나 먹으러 가잔 말야."

"천만의 말씀 마시고 외투든지 편지만 내놓으세요. 왜 또 오셔서 히야까시를 하십니까?"

아범은 어제부터 심사 틀리는 분수로 할 양이면 한번 집어세거나 한술 더 떠서 '그래 보세그려. 한잔 낼 텐가?' 하든지 무어라고 대꾸를 하고 따라 나서서 여차직하면 입은 외투를 벗겨라도 보고 싶었으나 그래도 상전의 친구라 꾹 참을 수밖에 없었다.

"글쎄 외투구 편지구 찾아 준단밖에 퍽두 조급히는 구는군. 춥건 이거 벗어 줄게 입우."

하며 병화는 입은 외투를 정말 벗어 주려는 듯이 서두른다. 벗어 주면 당장 아쉽다는 생각도 잠깐 까먹었던 것이다.

"주면 못 입을 게 아니지만 누구를 까짜를 올리는 거요? 약주가 취했건 곱게 가 주무슈."

아범은 볼멘 소리로 불공스러이 대꾸를 하다가 구경거리나 난 듯이 눈들이 휘둥그래서 물계만 보고 섰는 병문 친구들을 돌려다보며 입 속으로

"나 온 별꼴을 다 보겠군!"

하고 중얼거린다.

…〈중략〉…

병화는 옆에서 떠드는 것은 못 들은 척하고 외투를 홀떡 벗더니,

"자아, 우선 입우. 편지도 그 속에 들었으니 …… 인제 가겠지? 친구가 술 한잔 먹자는데 이렇게 승강이를 할 거야 무어람."

하고 벗은 외투를 뚤뚤 뭉쳐서 복장을 안기듯이 아범에게 내민다. 병화는 물론 술 조금 먹은 것이 다 깼으나 그렇게 하는 것을 보면 강주정 같다.

아범은 외투를 정말 벗는 것을 보니 놀랍고 의아하여 시비조가 쑥 들어가고 미안한 생각이 도리어 났다.

"그럼 갈 테니 어서 입으십쇼. 그리고 제가 손을 넣어서는 안 되었으니 편지나 꺼내십쇼."

하며 아범은 다시 말공대가 나왔다.

"주머니 속의 편기가 도망 갈 리는 없으니 자, 가세."

하고 병화는 외투를 뭉뚱그려 든 채 앞장을 섰다. 아범도 헛기침을 하고 따라 나섰다.(248~250쪽)

〈예문 4〉

"우리 인사나 하고 지냄세."

병화는 이제야 생각난 듯이 말을 걸었다.

"천만의 말씀이십니다. 저는 원삼이라고 합니다."

고 아범은 꾸벅하였다.

"나는 김병화요, 그러나 성은 없단 말요. 원씨란 말요."

…〈중략〉…

"네, 성은 김가입지요. 저도 꼴은 이렇습니다만 청풍 김가랍니다."

원삼이는 술이 들어가니까 마음이 확 풀려서 이런 소리도 하였다.

"허, 알고 보니 우리 종씨로군! 하지만 꼴이 이렇다니 어때서 말이오. 청풍 김가면 또 어떻단 말이오?"

하고 병화는 웃었다.

"일자무식으로 남의 행랑살이나 다니니 말씀입죠."

"구차하면 글 못 읽고 글 못 읽으면 무식하지 별수 있소. 하지만 청풍 김가라는 것이 자랑이 아닌 것처럼 무식한 것도 흉이 아니오. 남의 행랑 살이를 하기로 내 노력 팔아먹는 데 부끄러울 거 있소. 놀고 먹고 내가 바르지 못하면 부끄럽겠지만……."

원삼이는 좀더 말이 하고 싶으나 자기 뜻을 말로 표시할 줄 몰랐다.

"무식한 것이 걱정이면 내가 가르쳐 주리다. 사십 문장이란 옛적에만 있는 것이 아니니까."

"말이 그렇지, 이 나이에 그게 무에 되겠습니까? 그저 간신히 기성명이나 하니 그대로 늙어 죽는 것이지만 어린 놈이나 남과 같이 가르쳐 보고 싶습니다."

"그것두 좋은 말이야. 더구나 기성명을 하는 다음에야……."

"통감 셋째 권까지는 배웠더랍니다마는 이십여 년을 이렇게 살아오니 무에 남았겠습니까? 그저 목불식정(目不識丁)은 면하였지요만."

아범은 문자를 한번 쓰며 자탄과 자긍이 뒤섞인 소리를 한다.

"그럼 염려 없소. 넉넉히 책을 볼 것이니 내 요담 올 제 책을 가져다 줄 게 읽어 보슈. 공부라는 것은 사서삼경을 배워야 맛이오? 아무 책이나 잡지 같은 것이라도 소일삼아 보아 지식이 느는 것이 아니오? 자식을 가르치려도 세상물정을 알아야 아니 하오?"

"이르다뿐이겠습니까?"

원삼은 제가 판무식이 아니라는 자랑 끝에 부친 대까지도 글자나 하는 집안이라는 자랑을 하고 싶었으나 병화의 말이 다를 데로 새니까 원삼도 얼쯤얼쯤 대꾸만 해두었다.

"제 이름도 원래 원삼이는 아니랍니다. 행렬자를 맞춰서 분명히 지었었으나 서울 올라와서 이 지경이 되니까 일가고 무어고 다 끊어버리고 아주 숨어 버리느라고……"

원삼은 그래도 자기의 근지가 그렇지 않다는 것을 이야기하고 싶어했다.

"또 청풍 김씨가 나오는 구려? 이름은 부르자는 이름이지 족보 놓고 골라 내자는 이름이겠소."

하고 병화는 듣기 귀찮다는 듯이 핀잔을 주면서도 그만큼 행세하던 집 자손으로 아무리 영락하였기로 말투까지 저렇게 '아범'이 되었을까 하

는 생각을 하고는 혼자 우습기도 하고 그럴 것이라고 속으로 고개를 끄덕였다. (251~253쪽)

〈예문 5〉

병화가 간동서 나와서 원삼이에게 책을 주러 갔었다. 사랑으로 들어가긴 싫고 어정버정하다가 행랑방 문 앞에 사내 고무신이 놓인 것을 보고 두들기니까 문이 풀썩 열린다. 가지고 간 책을 들이뜨리고 원삼이와 같이 나왔다.

"오늘 안동 좀 가보시지 않으랍쇼?"

아범은 밤 사이로 무척 친숙하여졌다.

"왜?"

"색시도 보구 약주도 잡숫게요."

하며 원삼이는 웃다가 오늘 저녁 일곱시쯤 해서 가보라고 한다.

원삼이가 조금 전에 그 집에를 다녀왔다고 한다. 병화가 뒤를 캐는 것을 보니 원삼이도 웬일인가 하는 궁금증도 나고, 또 병화에게 알리러 가마고 약속산 것을 생각하고는 편지를 들고 나와서 제 방에서 몰래 뜯어 보았던 것이다.

"댁까지 가서는 무얼 합니까? 제가 뜯어 보고 이렇게 만나 뵈옵건 일러 드리기만 하면 좋지 않습니까?"

하고 원삼이는 껄껄 웃는다.

"그러니까 그 집에서는 또 그 색시 집으로 기별을 해둘 모양이로군?"

병화는 이런 소리를 하다가,

"오늘이 공일인데 저녁 예배는 안동 그 집에 모여서 볼 모양이로군?"

하고 마주 웃었다.

"술상 놓고 색시 끼고 보는 예배가 어디 있습니까."

아범은 기가 막힌다는 듯이 코웃음을 친다.

"술 한 잔 마시고 기도로 안주하고 또 술 한 잔 들고 기도하고……."

병화가 노랫가락처럼 하니까, 원삼이도 지지 않고,

"색시 입 맞추고 성경 읽습니까?"

하고 보기 좋게 웃는다.(258쪽)

〈예문 6〉

조금 있으려니 원삼이가 터덜터덜 온다. 병화가 가다가 오늘만 일을 보아 달라고 불러 보낸 것이다.

원삼이는 오는 길로 벗어붙이고 달겨들었다.

"이래봬두 무어든지 할 줄 압니다. 밥두 짓고 국두 끓이고 배달을 나가라시면 자전거도 탈 줄 압니다. 그러나 여기 서방님같이 사람은 치고 다니지 않습니다."

원삼이는 여자들을 웃겨 가며 빗자루부터 들고 나서 서둘러 댄다.(420쪽)

〈예문 7〉

현관에 올라온 덕기와 만나서 나란히 돌쳐서려니까 밖에서 자전거를 부리는 소리가 나며 문을 열고,

"서방님!"

하고 부른다. 원삼이다.

원삼이는 꾸벅 하고 일변 자전거에 실은 짐을 풀어 들여다 놓으려 한다.

"응, 애썼네."

덕기가 받으려니까 필순이가 대신 뺏듯이 받으며,

"무얼 이렇게 가져오셨에요."

하고 두 볼이 살짝 발개졌다. 한 손에 든 것은 과실 광주리요, 한 손에 든 것은 길 떠나는 행구같이 가죽띠로 비끄려맨 누런 담요이었다.

"아씨, 오늘은 산해진 배달 겸 댁의 아범 겸 두 가지 심부름을 함께 왔습니다."

원삼이는 껄껄 웃고 나가 버린다. 담요는 댁의 심부름이요, 과실은 덕기가 산해진에서 사서 함께 가지고 온 것이라는 뜻이다.

"좀 쉬어서 녹여 가시구려. 또 저리 가시우?"

필순이가 밖에 대고 소리를 치니까,

"에이 괜찮습니다. 바빠서 어서 가봐야지요. 인제 마님이 오신댔으니까, 아씨는 저리 오시겠지요?"

원삼이는 자전거를 돌려 놓고 몇 마디 하고는 휙 올라앉아서 기세 좋게 나간다.

두 사람은 나가는 뒷모양을 바라보며 마주 웃었다.

"쓸모 있지요? 아주 댁에 데려다 두어도 좋겠지만……."

"잠깐 지내 봐두 퍽 좋은 이예요. 하지만 자기가 와 있으려 할지도 모르고 또 화개동 댁에서 내놓으시겠에요."

"그야 어떻게든지 하지요."(424~425쪽)

〈예문 8〉

이날 낮에 덕기 모친은 침모더러 자기 금침과 옷장을 실려 보내라고 이르고 아들의 집으로 가버렸다.

영감은 암만해야 쇠귀에 경읽기로 점점더 빗나갈 뿐이요, 늙은 년 젊은 년들이 신새벽부터 패패이 꼬여들어서 저자를 벌이는 그 꼴이야 이제는 더 볼 수 없다는 것이다.

영감은 시원할 것도 없으나, 되어 가는 대로 내버려두었다.

아들이 왔다갔다하고 한참 뒤숭숭하였으나, 결국 이틀 후에는 영감만 남겨 두고 원삼이 식구까지 모두 떠나 버렸다. 원삼이 내외는 있을 맛도 없는 판에 매당이 제 사람을 들이려고 행랑도 내놓으라니까 마침 잘 되었다고 산해진으로 가게는 되었으나 거기는 방세가 없어서 효자동 근처에 셋방을 얻어 들고 원삼이만 상점 일을 보게 되었다.(452쪽)

〈예문 9〉

덕기는 병화 등의 공산당 사건, 독살사건, 상훈이 사건 등 어느 데나 관계가 깊으나 범죄사살은 하나도 나타난 것이 없고 더욱이 병중이니까 특히 내보내서 정양을 하게 하는 것이나 수시로 필요한 때 부를 것이니 서울을 떠나지 말라고 일러 내보냈다.

…〈중략〉…

정신이 맑아가니까 경찰부 속 소식이 궁금해서 못 견딜 지경이다.

"아버지 어떻게 되셨는지 소식 있어?"

그래도 부친 소식부터 먼저 물었다.

"모르겠어요. 원삼이 내외는 나왔지요."

"응? 원삼이가 나왔어? 언제?"

반기며 놀라며 한다.

"그저께요."

"아, 그럼 왜 내게는 안 알렸소."

"알리고 말고, 원삼이도 앓아누웠대지만 당신은 무슨 정신 계셨나요."

…〈중략〉…

얼굴이 홀쭉해진 원삼이가 아침결에 동부인을 하고 왔다. 원삼이 처도 얼굴이 세이고 입술에 핏기가 비쳤다. 푸석인 남편과 달라서 앓지는 않았으나 십여 일이나 갇히었던 동안에 여자의 마음이라 너무나 심로를 한 끝에 남편의 병구완에 더 지친 것이었다.

"애썼네, 어쨌든 다행하이."

덕기는 이렇게 위로를 하였다.

"좋은 구경 - 좋은 경험하였어와요. 살아서 지옥 구경 했으니 좀 좋은 일입니까."

원삼이는 이런 소리를 하고 웃었다.

처는 여기 두고 원삼이만 병원에 위문을 갔다 온다 하고 나가 버렸다. 그러나 오정 전에 간 사람이 저물녘이 되도록 오지 않는 것을 보고 원삼이 처는 병도 낫기 전에 술을 먹나 보다고 애를 썼다. 덕기도 병원 소식이 듣고 싶어서 기다리다가 복만이더러 병원에 전화를 걸어 보라 하니 조금 전에 나갔다 한다.

병원에 이때까지 있었다면 무슨 일이 난 게로군 - 하고 있으려니까 뒤미쳐 원삼이가 왔다.

"이때까지 거기 붙들려 있었어와요. 사람이 귀하고 사내 하나 없이 모녀분만 애를 쓰고 계시니까 어쩌나 반가워하시는지 어디 빼치고 돌아설 수가 있어야지요 …… 또 곧 가봐야 하겠습니다."

"그래 병세는 어떻던가?"

"벌써 글렀나 뵈와요. 오늘 밤을 넘기기가 어려울 것 같애요."

"허."

덕기는 놀라는 소리를 하며 좀 가볼까 하는 생각을 하였으나 모친이 꾸지람을 할까 보아 주저하였다. (535~538쪽)

성　　별　　남자

나이(추정포함)　　　오십대 후반으로 추정함.

출생지 및 거주지, 활동 공간

　　　　　① 출생지는 알 수 없으며, 수원집을 조의관 집에 들여앉
　　　　　　힌 사람으로 매당집과 내통하며 계집 거간이나 땅 중
　　　　　　개로 일을 삼음.

직　　업　　계집 거간과 땅 중개

출신계층　　하류계층일 것으로 추정함.

교육정도　　알 수 없음.

가족관계　　수원집과 그렇지 않은 사이나 살 수가 없어서 조의관네
　　　　　　로 들어앉은 것이라는 후문이 있을 뿐, 가족은 없음.

인물관계　　① 매당집과 수원집, 어멈(안잠자기) 등과 한 통속이 되어
　　　　　　조의관의 재산을 빼돌리려 계략을 꾸미고 그것을 실
　　　　　　행함.
　　　　　② 조상훈의 미움을 사 대립함.

인물의 존재방식(사회계층)

　　　　　돈이 어디서 나오는지 호사스럽게 꾸미고 다니며 오입쟁
　　　　　이에다 계집 거간이나, 땅 중개로 자신의 이익을 챙기는
　　　　　협잡꾼

성　　격　　① 호사스러우며, 간교함.
　　　　　② 능청스럽고 음흉함.

성격 지표 및 인물의 제시방식

〈예문 1〉

　팔이 안으로 굽는 것이라고 덕기는 자지 모친에게 더 동정이 가기는
하지만 그래도 자기 모친이 매사에 좀더 점잖게 해서 수원집을 꽉 누르
고 채를 잡지 못하는 것이 마음에 부족하였다.

　"아무려면 내가 공연한 소리를 했겠니? 제삿날만 하더라도 그 법석통

에 어멈과 틈틈이 수군거리다가 남들은 바빠서 쩔쩔매는데 친정에서 누군가 올라와서 무슨 여관에선가 앓아누웠는데 곧 가보아야 할 일이 있다고 영감님이 안 계신 틈을 타서 휙 나가 버리니 저 어멈이 숨을 몬대도 그럴 수 없는데 그게 말이냐? 그건 고사하고 간난이년이 보니까 최참봉하고 문간서 또 수근러리다가 최참봉 사랑으로 들어가 버리고 수원집은 허둥지둥 나가더라니 저희끼리 무슨 꿍꿍이속이 있는지 암만해도 수상하지 않느냐? 아무리 정성이 없고 할 줄 모르는 일이라 하기로 대낮까지 경대를 버티고 앉았던 사람이 겨우 나물거리를 뒤적거리는 체하다가 쓸어 맡겨 놓고 휙 나가는 그런 버릇은 어디 있고, 원체 그 어멈이 최참봉의 천으로 들어온 거라는데 들어온 지 며칠이 못 되어서 부동이 되어 숙덕거리고 또 게다가 나갈 제 대문 안에서 최참봉과 수근거린다는 것은 무엇이냐. 어쨌든 저희들끼리 무슨 내통들이 있는 것이 뻔한 게 아니냐마는 할아버지께서야 그런 걸 아시기나 하시니!"

덕기는 수원집이 제삿날 조부가 출입한 틈을 타서 한 시간 동안이나 나갔다 들어왔다는 말은 아내에게 들었으나 그다지 의심스럽게 생각하지 않았다. 그러나 모친의 말대로 그렇다 하면 좀더 의아하기는 하다.(125~126쪽)

〈예문 2〉

상훈이는 최참봉을 보자 저절로 눈이 찌푸려졌다. 담 밑이 양지라 해서 거기서 어른거리는지도 모르겠으나 지금 자기네의 이야기를 들었을 것이 싫기도 하고, 날마다 대령하는 축이 아직 안 모여서 스라소니 같은 지주사만 지키고 들어앉았는 이 사랑에 수원집이 나왔으면 최참봉밖에 만날 사람이 누굴까. 최참봉이란 늙은 오입쟁이다. 파고다 공원에서 가서 천냥만냥하는 축이나 다름없으나 어디서 생기는지 인조견으로 질질 감고 번지르르한 노랑 구도도 언제 보나 울이 성하다. 또 그만큼 차리고 다니기에 파고다공원에는 안 가는 것이다.

어쨌든 이 사람은 수원집을 이 집에 들여앉힌 사람이니 주인 영감에게는 유공한 병정이다. 천냥만냥이 본업이요, 그런 일이 부업인지, 계집 거간이 전업이요, 땅 중개가 부업인지 그것은 닥치는 대로니까 당자도 분간하기가 좀 어려우리.

하여간 요전에 들어온 이 댁 어멈인가 안잠자기인가도 이 사람의 진 권이라 하니 자기 마누라 말마따나 이 세 사람이 한통속은 한통속일 것 이라고 상훈이도 생각하였던 것이다. 일전 피제삿날에 수원집과 싸우고 온 마누라를 나무랄 때 마누라 입에서 들은 말이지마는, 제삿날도 문간 에서 최참봉과 숙설거리다가 어디인지 갔다 왔다 하지 않은가. 소문에는 원체 최참봉과 그렇지 않은 사이나 살 수가 없어서 이리 들어앉은 것이 라는 말도 귓결에 떠들어 온 것을 기억하고 있다. 어쨌든지 상훈이는 최 참봉만 보면 달라는 것 없이 미웠다. 미운 사람에는 또 한 사람 있다. 제삿날 저녁에 말다툼하던 재종 형 창훈이다. 이 두 사람을 꼼짝못하게 만들어 놓아야 하겠다고 벼르는 것이나 이편이 싫어하면 저편도 좋아할 리가 없다. 상훈이가 밖에 나가서 하는 일거일동을 영감에게 아뢰어 바 치는 사람은 이 두 사람이다.

"요새 어떠슈? 살살 혼자만 다니지 말고, 어떻게 나 같은 놈도 데리고 다녀 보구려? 과히 해로울 건 없으리다."

최참봉은 이런 소리를 하고 껄껄 웃는다. 나이는 상훈이보다 육칠 년 위나 말은 좀 높인다.

"어디를 가잔 말요?"

상훈이는 핀잔을 주며 냉소한다. 어젯밤 일이 벌써 이 놈팽이에게 보고가 들어갔고나 하니 더욱 불쾌하다.

"매당집에 자주 간답디다그려? 거기나 가볼까?"

하고, 상훈이는 고쳐 생각하고 앞질러 떠보았다.

"그거 좋지! 매당이란 말은 들었어도 이때껏 가보지는 못했어."

"수원집이 다 가는 데를 못 가봤어? 퍽 고루한데! 서울 오입쟁이 아니로군!"

"이 늙은 놈을 가지고 무슨 소리슈, 허허! 그런데 수원집이 그런 데를 가다니? 누가 그런 소리를 합디까?"

하며 최참봉은 자기 딸의 흉이나 나온 듯이 놀란다.(293~294쪽)

〈예문 3〉

덕기는 부친을 그렇게까지 의심하는 것이 못내 죄가 되겠다고는 생각하였으나 그래도 못 미더웠다.

"아냐, 자세는 몰라도 그럴 리는 없지. 그러나 매당이란 위인이 나는 보진 못했어도, 장안에 유명한 못된 년이요, 남의 등 쳐먹기로 생화를 삼는 위인이니까 자네 어르신네와 수원집을 좌우로 끼고 안팎벽을 치는 것인가 보데그려. 두 군데서 다 얻어먹든지 그렇지 못하면 어디든지 한쪽 등이라도 쳐먹자는 게지."

"응, 그래요?"

덕기는 자기의 이해관계보다도 세상물정을 또 하나 알게 된 것이 반가웠다.

"그건 고사하고 이런 말은 자네만 알아 두게마는, 원래 최참봉이란 자가 수원집과 떨어지려야 떨어질 수 없는 관계인가 보데. 말하자면 오늘날 이러한 일을 꾸미려고 계획적으로 수원집을 들여보냈나 보데. 거기에 창훈이가 툭 튀어든 것이나, 그놈들이 헉 하고 나가자빠질 날이 있을 것이지."

지주사는 열심이다.(365~366쪽)

〈예문 4〉

의사가 연구재료로 해부를 해보아도 좋을 듯이 말을 꺼낼 제 맨 먼저 찬동의 뜻을 표시한 사람은 상훈이었다. 덕기는 실상은 그렇게 하자고 하고 싶었으나 일가의 시비가 무서워서 대담히 입을 벌리지는 못하였다.

과연 당장에 우박이 상훈이의 머리 위에 쏟아졌다.

…〈중략〉…

그런 놈이니 제 아비에게 비상이라도 족히 먹였을 것이요, 제 죄가 무서우니까 시신도 안 남게 갈가리 찢어발겨 없애서, 증거가 안 남게 만들어 가지고 불에 살라 버리든지, 약병에 채워서 우물주물 만들려는 그런 무도한 생각을 하는 것이라고, 봉인첩설(逢人輒說)을 하는 것도 최참봉과 창훈이다. 누구도 또 그럴듯이 듣는 것이다. 이러노라니 수원집은 정신을 차리지 못하고 병실에서 울어 젖히고, 수십 명 몰려 든 사람들은 제각기 한마디씩 떠들어 놓고 병원은 한 귀퉁이가 떠나갈 지경이다.(370쪽)

조창훈(조의관의 당질, 상훈의 재종형)

성   별   남자
나이(추정포함)   오십이 넘음.
출생지 및 거주지, 활동 공간
             조의관의 집
직   업   직업이 없음.
출신계층   시골 하류계층에서 출생했을 것으로 추정함.
교육정도   알 수 없음.
가족관계   조의관의 당질이며 상훈의 재종형으로서 다른 가족관계
             는 제시되지 않음.
인물관계   ① 조씨 문중의 사람들이 조의관에게 제일 신임 있는 창
                훈을 내세워 그의 돈을 뜯어내기 위해 족보 인쇄와
                ××조씨 중시조인 ○○당(堂) 할아버지 산소 치레를 한
                다며 조의관을 부추김.
             ② 이와 같은 구습에 돈을 쓰는 것을 못마땅하게 생각하
                여 반대하는 상훈과 대립함.
             ③ 조의관의 재산을 탐내는 이해관계가 맞아떨어져 최참
                봉, 수원댁과 한 통속이 됨.
             ④ 덕기가 창훈이 수원집 일파와 한 통속이라는 것을 알
                고 경계하고 대립함.
인물의 존재방식(사회계층)
             시골에서 상경하여 조의관에게 빌붙어 생계를 유지하는
             신세이면서도 탐욕스럽기까지 하여 그의 재산을 탐하여
             수원댁, 최참봉과 한 통속이 되어 날뛰는 협잡꾼.
성   격   ① 허황되고 탐욕스러움.
             ② 위선적이고 간교함.
             ③ 가문을 이용하여 자신의 이기심을 채우려고 함.

성격 지표 및 인물의 제시방식

〈예문 1〉

"글쎄, 아버지께서는 망령이 나셔서 그러시든, 옛날 시절만 생각하고 그러시든 형님으로서는 되레 그러지 못하시게 말려야 할 것이 아닌가요?"

"자네가 못 하는 일을 내가 어떻게 말리나? 자네가 못 하시게 하지 못하기나 내가 여쭈어 안 들으시기나 매한가지가 아닌가?"

"못 하시게 하기는 고사하고 그렇게 하시도록 충동이고 다니는 사람은 누구게요."

"글쎄, 이 사람아, 딱한 소리도 하네그려. 그래 아저씨께서 누구 말은 들으시던가? 내가 다니면서 일을 꾸며 놓은 것같이 생각을 하지만 자네 어쩌자고 그런 소리를 하나?"

"어쨌든 이 전황한 판에 무슨 정성이 뻗쳤다고 별안간 십대조니 십 몇 대조니 하는 조상의 산소 치레를 하고 있단 말씀이오?"

상훈이는 문제의 산소가 몇 대조의 산소인지도 모른다.

"아버지께 여쭈어 보게그려!"

상훈이의 재종형 창훈이는 핏대를 올리고 소리를 높인다.

…〈중략〉…

"대관절 대동보소를 이리 옮겨 온 것도 형님이 아니오?"

상훈이는 종형을 또 들이댄다.

"옮겨 오고 말고가 있나. 그런 일이란 집안 어른이 하셔야 할 것이요, 나는 영감님 심부름만 한 게 아닌가? 자네는 나만 보면 들큰거리네마는 대관절 내가 무얼 잘못했단 말인가?"

창훈이는 다시 순탄한 목소리로 눅진눅진 대거리를 하고 앉았다.

···〈중략〉···

"대동보소로 모두 얼마나 쓰셨소?"

상훈이는 자기 부친 족보 인쇄하는 데 적어도 삼사천 원은 그럭저럭 부스러뜨렸으리라고 생각하는 것이었다.

"그 역시 나도 모르지. 장부에 뻔한 것이요, 회계 본 애가 있으니까."

창훈이는 냉연히 이렇게 대답하다가,

"자네 생각에는 내가 거기서 담배 한 갑이라도 사먹고 밥 한 그릇이라도 먹었을 성싶지만 없네, 없어! 나도 조카로 태어났으니까 싫어도 하고 좋아도 하는 노릇이 아닌가?"

하고 코웃음친다.

서울 올라올 제의 고무신짝이 구두로 변하고 팻덩이 두루마기가 세루 두루마기로 되더니 올 겨울에는 외투가 그 위에 또 는 것은 어디서 생긴 것이오? 하고 들이대고 싶은 것을 상훈이는 참았다.(102~104쪽)

〈예문 2〉

"그래야 결국 아저씨께서는 돈 천 원, 하나밖에 안 내놓스신다니까 나중에 뒷갈망은 우리가 발바투 돌아다니며 긁어모아야 할 셈이라네. 말 내놓고 안 할 수 있나! 이래저래 뼛골만 빠지고 잘못되면 시비는 우리만 만나고……."

창훈이는 한참 앉았다가 혼자말처럼 이런 소리를 한다.

"장한 사업하슈. ㅇㅇ당 할아버지가 묘막 지어 달라고, 제절 앞에 석물이 없어서 호젓하다고 하─십디까?"

···〈중략〉···

"그런 소리 아예 말게. 자네는 천주학을 하니까 이런 일에는 반대인지 모르지만 조상 없이 우리 손이 어떻게 퍼졌으면 조상 모르는 사람이 이 세상에 어디 있단 말인가? 어떻게 우리 조씨도 그렇게 해서 남에 빠지지 않고 자자손손이 번창해 나가야 하지 않겠나."

창훈이는 못마땅한 것을 참느라고 더욱 이죽이죽 대거리를 한다.(108쪽)

〈예문 3〉

하룻밤을 새워서는 겨울날이 막 밝아서 덕기가 들어왔다. 정거장에는 창훈이와 지주사가 마중을 나가 데리고 들어왔다.

창훈이는 덕기가 그저께 덕희의 전보밖에는 받아 본 일이 없다고 하는 데 펄쩍 뛰며, 그게 웬일이냐고 덕기가 속이기나 하는 듯싶이 종주먹을 댄다.

"낸들 알 수 있에요. 하지만 이상하군요. 아저씨의 그 서투른 일본말로 번지수를 썼으니까 그렇지 않을라구."

덕기는 신지무의하고 이렇게 웃어만 버렸다. 어쨌든 조부가 그만하다는 데에 마음이 놓였다.

"이것 봐, 할아버지께서 무어라 하시거든 전보 봤다고 얼쯤얼쯤 해두어라. 전보 하나 똑똑히 못 놓는다고 또 벼락이 내릴 테니. 학교에서 여행을 갔다가 와서 비로소 전보를 보고 마침 떠나려는데 덕희의 전보가 또 왔더라고 하든지. 무어라고든지 잘 여쭈어 주어야 한다. 그 동안 전보 사단으로 얼마나 야단이 났었던지 ……."

창훈이는 타고 오는 택시 속에서 연해 이런 당부를 하였다.

"그게 다 무슨 걱정이세요. 어쨌든 애들 쓰셨습니다. 그러나 다행히 그만하시다니 이 고비를 놓치지 말고 약을 바짝 잘 쓸 도리를 해야지요."

덕기는 창훈이가 병환의 경과 이야기는 안 하고 어느 때까지 전보 놀래만 하는 것이 못마땅하여 치사는 하면서도 핀잔을 주었다. (327쪽)

〈예문 4〉

"아저씨, 그 영수증 가져오셨나요?"

덕기는 안방으로 건너가서, 저녁 먹고 와서 앉았는 창훈이에게 전보환 부친 표를 채근하여 보았다. 세 번씩 놓았다는 전보가 한 장도 들어오지 않은 것도 이상하거니와, 돈 부친 것까지 중간에서 횡령을 당하지 않았나 의심이 드는 것이었다.

"응, 여기 가져왔는데 그 애가 잘못 부치지나 않았는지 문기가 들어오면 자세히 물어 보고 오려 했더니 아직 안 들어왔어."

창훈이는 눈에 잠이 어린 듯이 어름어름하며 지갑을 꺼내서 훔척거리더니, 착착 접은 종이를 꺼낸다. 등을 주황빛으로 인쇄한 것이 분명한 우편국에서 받은 돈 부친 표다.

덕기는 받아서 펴면서,

"이게 웬일예요?"

하고 놀라며 웃는다.

"왜 그러니?"

"이건 바로 돈표가 아닙니까. 이것을 보내야 돈을 찾아 쓰는 게 아닙니까."

"응? 그럼 영수증하고 바꾸어 보냈단 말야?"

"그렇지요. 그건 그렇고, 전보환으로 보냈다면서 이것은 통상위체(通常爲替)가 아닙니까?"

"무어? 통상위체? 통상위체란 어떤 건가?"

"통상위체면야 편지에 넣어 보내는 게 아닙니까?"

"엉!"

하고 창훈이는 금시초문이라는 듯이 눈이 뚱그래지다가,

"온 자식두, 빙충맞은 못생긴 자식두 다 보겠군."

하며 아들을 혼자 나무란다.

…〈중략〉…

"그러니까 돈하고 네게서 온 편지 겉봉을 안동해 주고 전보환을 부치라 했더니 이른 말은 까먹고 아무거나 돈표면 되는 줄 알고 받아서 그거나마 영수증 쪽을 찢어서 봉투에다가 넣어 부친 게로구나."

창훈이는 변명삼아 이런 소리를 하고 어처구니없는 듯이 웃는다.(332~334쪽)

〈예문 5〉

"어디를 가셨었나요?"

덕기는 유심히 얼굴을 쳐다보았다.

"응, 집을 내몰리게 되어서 좀 돌아다녔으나 어디 있어야지. 사글셋집이라곤 여간 몇백 원 보증금을 준대도 구하는 도리가 없고…… 그 큰일 났어."

창훈이는 혀를 찬다. 별안간 집 놀래는 금시초문이다.

…〈중략〉…

창훈이는 덕기가 차차 이 집 주인이 될 테니까 그런지 별안간 '하게'를 붙이면서

"이런 때 자네 할아버지께서 어떻게 집이나 한 채 내주셨으면…… 더

두 말고 조그마한 오막살이라도 한 채 주셨으면 사람을 살리시는 일체이겠건만 ……."

하고 혼자 소리처럼 껄껄 웃는다.

"할아버지께서 웬걸 집을 사두신 게 있을라구요."

"흥, 자네는 한층 더하이그려. 허허 …… 인제 자네두 살림을 맡을 테니까 그두 그렇겠지마는, 지금 할아버지께서 처맡으신 것만 해두 서울 안에 오륙 채는 될 것일세. 이 집이나 화개동 집, 북미창정, 태평통, 그런 것까지 합하면 십여 채일세. 아무려면 자네가 더 잘 알겠나."

"그건 고사하고, 그래 정말 섣달 그믐날 집을 보러 다니시니까 보여 드립디까?"

덕기는 웃어 버렸다.

"그럼, 내가 거짓말인 줄 아나? 무엇 하자고 거짓말을 하고 또 병원은 내버려두고 온종일 이 추위에 나돌아다니겠나! 다 틀렸군! 다 틀렸어! 나는 자네게 청이나 해서 할아버지께 말씀을 좀 해달라렸더니 ……."

덕기는 아무래도 창훈이 말이 곧이들리지 않았다.

이때까지 어디 가서 무슨 짓을 하다가 와서 집 보러 다녔다고 꾸며 대는 것으로밖에 아니 들렸다.(357~359쪽)

〈예문 6〉

사랑 안방에서 지주사와 돈셈을 하고 나서 지주사는 나가다가,

"이건 뉘 목도리야?"

하고 장지 구석에 매화분을 받쳐 놓은 사방탁자 밑에 내던져 둔 누런 목도리를 집는다. 덕기도 눈이 둥그래서 바라보았다.

"창훈이 것인가 본데."

지주사는 신지무의하고 그대로 못에 걸고 나가 버렸다.

…〈중략〉…

"아침에 병원에 폭 싸서 두르고 오신 걸 분명히 봤는데 지금 사랑에 떨어져 있으니 목도리에 발이 달렸나요?"

"글쎄, 발이 달렸나? 그 왜 거기 있나."

창훈이는 태연무심히 대꾸를 하고 웃는다.

"그렇게 흔적을 내고 다니시면야 좀 서투르지 않은가요."

"무에 서투르단 말인가?"

창훈이는 눈을 똑바로 뜬다.

"나 같으면 좀더 교묘히 할 수가 있단 말씀예요. 황송한 말씀입니다만 꼬리를 밟혀서야…….."

덕기는 조소를 하였다. 참고 참았던 미운증이 복받쳤다.

"뭐야? 그게 말이라고……? 버릇 없이! 돈이 없으면 어른도 어른 같지 않아 보이나?"

창훈이는 눈을 부르대인다.

…〈중략〉…

"고만 두세요. 다만 이후부터는 그러시지 마시라는 말씀예요. 주책없는 사람들이 부질없는 짓을 하더라도 아저씨는 말리셔야 할 것이 아닙니까. 그것을 한층더 뛰어서 앞장을 서시면야 남이 알면 욕을 해요! 욕을 해요!"

"글쎄, 내가 무슨 욕먹을 짓을 했단 말인가? 내 목도리가 어째 거기에 있는지는 모르겠네마는 사람 잡을 소리 아닌가? 거기 좀 앉게. 분명히 이야기를 좀 들어 보세."

"들어 보시나마나 눈이 있고 귀가 있으면서 범연한 말씀을 할라구요!

어쨌든 전보는 놓으신 것입니까, 안 놓으신 것입니까. 그것부터 좀 따져 보시지요."

오늘이 섣달 그믐날이다. 아주 셈을 닦아 보려고 덕기가 도리어 판을 차린다.

"그건 또 무슨 소린가? 자네 무엇에 씌었나?"

"씌인 사람은 따로 있겠지요. 경성우편국에서 이달 한 달 치 전보지를 모조리 뒤져 보았으면 그만이지요. 광화문우편국에서 놓으신 것을 잘못 생각하신 것인가요?"

"허, 그거 참 누구를 꼭 말려죽이려 드는군……."

창훈이는 항렬 높은 것과 나이 많은 것만 앞세우고 몸부림을 하듯이 펄펄 뛰다가 외투 모자를 뭉뚱그려 들고 사랑으로 나가서 지주사더러 목도리를 가져오라 하여 외투 속으로 두르면서,

"눈에 뜨이건 집어다 두었다가 줄 일이지 왜 알알이 뒤집어 발려 떠들어서 말썽을 만드나? 내남없이 늙으면 어서들 죽어야 해."

하며 혀를 찬다.

"죽겠거든 자네나 죽게그려. 길동무가 없어 못 죽나?"

십 년이나 떨어진 창훈이는 언제나 만만한 지주사를 휘두르지만 까닭 없이 핀잔을 맞는 것이 지주사는 불쾌하였다.

"나는 아직 좀 있다가 죽겠네만 자네 따위를 길동무를 해서는 무얼하나, 공연히 짐만 되게!"

창훈이는 화풀이를 지주사에게 하고 나니까 조금은 마음이 풀렸다.

"피차일반일세. 자네 따위 날탕패하고 저승까지 같이 가면 지옥문도 안 열어 줄 테니 공중에 걸린 원귀가 되라구! 사람이 맘보가 고와야 하는 거야."

지주사는 저편이 마음을 돌린 눈치를 보고 슬금슬금 핀잔 맞은 대거리를 하려는 것이다. 쬔 병아리 같은 지주사는 언제나 저편이 휘두를 때는 가만 내버려두었다가 누그러지기를 기다려 갉죽갉죽 비위를 긁어서 앙갚음을 하는 것이다.

"내 맘보가 어쨌단 말이야?"

창훈이는 눈을 부르대며 다시 쉰다.

"억울한가? 제 똥 구린 줄은 누구나 모른다지만……."

지주사는 초근초근히 골을 올리고 앉았다.

"무어 어째? 이놈아, 내가 승야월장(乘夜越牆)하는 걸 봤니? 무슨 까닭으로 맘보가 어쩌니 제 똥이 구리히 하는 거냐?"

저 한 일이 있는지라 지주사는 단순히 골을 올리려고 한 말이나 창훈이에게는 제 발등이 저려서 예사로이 들리지 않는 것이다.

"이거 왜 핏대를 올리고 덤비나. 종로서 뺨 맞고 행랑 뒤에서 눈 흘기는 것도 분수가 있지 왜 내게 와서 화풀이인가?"

"무어 어째고 어째? 늙은 놈이 밥이나 치우고 한구석에 가만히 끼어 앉았는 게 아니라 제 목숨에 뒈지지를 못하려고 왜 요러는 거야? 그러면 무에 생길 줄 아니? 이것두 밥값 하느라고 하는 소리냐?"

"이 자식아, 너두 늙은 부형을 모셔 봤겠구나? 나〔年齡〕를 대접하기로 의법이 그런 소리가 나오니?"

지주사는 배쭉배쭉 웃으며 농담을 또 걸었으나 창훈이는 그래도 날뛰며 내가 무슨 못된 짓 하던 것을 보았느냐고 종주먹을 대었다.

"내게는 이 집이 종조댁이다. 무슨 말을 해도 상관없는 사람이다. 너 같은 놈에게 그런 소리를 듣고 가만 있을 내가 아니다. 너는 덕기가 이 집 차지를 하게 된다니까 제딴은 긴하게 뵈느라고 쏘삭거리고 알랑거리는지 모르겠지만 잘못하면 다리 뼈다귀가 성하지 못할 게니 정신을 차려."

창훈이는 어린애처럼 조가라는 떠세를 한다.

"글쎄 내가 뭐랬다고 이 지랄인가? 여기가 자네 종조댁이 아니라고 누가 그러던가? 어서 가게. 자네 술취했네그려."

지주사는 빌었다.

"잔소리 말어! 아가리를 함부로 놀리다가는 네 명에 못 거꾸러질 게니 실없는 말이 아니라 정신 바짝 차려라."

창훈이는 으르딱딱거리고 훌쩍 가버렸다. (359~363쪽)

● 어멈 ─────────────────────────────

성   별   여자
나이(추정포함)   삼사십대로 추정함.
출생지 및 거주지, 활동 공간
            출생지는 알 수 없으며, 최참봉이 들여앉혀 조상훈의 집
            안 일을 도움.
직   업   조상훈네 집안 일을 도움.
출신계층   하류계층으로 추정함.
교육정도   무학일 것으로 추정함.
가족관계   알 수 없음.
인물관계   수원집, 최참봉과 한 통속이 되어 내통함.
인물의 존재방식(사회계층)
            남의 집안 일을 도와주는 하류계층으로서 조의관의 재산
            을 탐하는 수원집, 최참봉과 결탁하여 자신의 잇속을 챙
            긴 인물

성 격	① 너름새 좋고 능글능글하며 수다스러움.
	② 간교하고 기회주의적이며 염치를 모름.

성격 지표 및 인물 제시방식

〈예문 1〉

이 안으로 굽는 것이라고 덕기는 자지 모친에게 더 동정이 가기는 하지만 그래도 자기 모친이 매사에 좀더 점잖게 해서 수원집을 꽉 누르고 채를 잡지 못하는 것이 마음에 부족하였다.

"아무려면 내가 공연한 소리를 했겠니? 제삿날만 하더라도 그 법석통에 어멈과 틈틈이 수군거리다가 남들은 바빠서 쩔쩔매는데 친정에서 누군가 올라와서 무슨 여관에선가 앓아누웠는데 곧 가보아야 할 일이 있다고 영감님이 안 계신 틈을 타서 휙 나가 버리니 저 어멈이 숨을 몬대도 그럴 수 없는데 그게 말이냐? 그건 고사하고 간난이년이 보니까 최참봉하고 문간서 또 수근러리다가 최참봉 사랑으로 들어가 버리고 수원집은 허둥지둥 나가더라니 저희끼리 무슨 꿍꿍이속이 있는지 암만해도 수상하지 않느냐? 아무리 정성이 없고 할 줄 모르는 일이라 하기로 대낮까지 경대를 버티고 앉았던 사람이 겨우 나물거리를 뒤적거리는 체하다가 쓸어 맡겨 놓고 휙 나가는 그런 버릇은 어디 있고, 원체 그 어멈이 최참봉의 천으로 들어온 거라는데 들어온 지 며칠이 못 되어서 부동이 되어 숙덕거리고 또 게다가 나갈 제 대문 안에서 최참봉과 수근거린다는 것은 무엇이냐. 어쨌든 저희들끼리 무슨 내통들이 있는 것이 뻔한 게 아니냐마는 할아버지께서야 그런 걸 아시기나 하시니!"

덕기는 수원집이 제삿날 조부가 출입한 틈을 타서 한 시간 동안이나 나갔다 들어왔다는 말은 아내에게 들었으나 그다지 의심스럽게 생각하지 않았다. 그러나 모친의 말대로 그렇다 하면 좀더 의아하기는 하

다.(125~126쪽)

<예문 2>

어멈은 눈살을 찌푸렸다. 무엇인지는 모르겠으나 골패짝 같은 것이 벌어지면 밥상은 오밤중까지 놓여 있고 청요리를 시키든지 하여 이 추운 날 얼른 들어앉을 수가 없기 때문이다. 그것도 풍성풍성히 사들여서 하다못해 청요리 찌꺼기라도 남는 것이 있으면 모르겠지만 여기 모이는 손님들은 삼대 주린 걸신들인지 접시를 핥아 내놓으니 조금도 반가울 것이 없다.

"진지상을 다시 들여 갔다가 잡술 때 내올까요?"

식을까 보아 이렇게 물으니까 주인나리는 그대로 두라 하고 자기끼리 수군수군하더니 아니나다를까, 청요리를 시켜 오라고 쪽지를 적어 준다.

"사랑문을 꼭 닫아 두고 누가 오든지 없다고 해라."

이 댁 나리는 하느님 앞에서는 누구나 형제자매지만 집에 들어오면 양반이라 해라를 하는 것이다. 그건 어쨌든 오늘은 문만 닫는 게 아니라 누가 오든지 따버리라 하는 것이 어멈에게도 처음 듣는 일이요, 이상하였다.

빚쟁이가 오나? 아주 판을 차리고 밤들을 샐 생각인가? - 어멈은 이렇게 생각하였으나 기실은 그 청요리 이름을 적은 쪽지에 배갈 한 근이 적히었기 때문이었다. 설경을 보아 가며 흔잔 먹자는 판인데 자기네 축 이외의 교회 사람이 찾아오거나 하면 여간 파흥으로 언론이 아니기 때문이다.(141~142쪽)

〈예문 3〉

　상훈이는 최참봉을 보자 저절로 눈이 찌푸려졌다. 담 밑이 양지라 해서 거기서 어른거리는지도 모르겠으나 지금 자기네의 이야기를 들었을 것이 싫기도 하고, 날마다 대령하는 축이 아직 안 모여서 스라소니 같은 지주사만 지키고 들어앉았는 이 사랑에 수원집이 나왔으면 최참봉밖에 만날 사람이 누굴까. 최참봉이란 늙은 오입쟁이다. 파고다 공원에서 가서 천냥만냥하는 축이나 다름없으나 어디서 생기는지 인조견으로 질질 감고 번지르르한 노랑 구도도 언제 보나 울이 성하다. 또 그만큼 차리고 다니기에 파고다공원에는 안 가는 것이다.

　어쨌든 이 사람은 수원집을 이 집에 들여앉힌 사람이니 주인 영감에게는 유공한 병정이다. 천냥만냥이 본업이요, 그런 일이 부업인지, 계집거간이 전업이요, 땅 중개가 부업인지 그것은 닥치는 대로니까 당자도 분간하기가 좀 어려우리.

　하여간 요전에 들어온 이 댁 어멈인가 안잠자기인가도 이 사람의 진권이라 하니 자기 마누라 말마따나 이 세 사람이 한통속은 한통속일 것이라고 상훈이도 생각하였던 것이다. …〈후략〉…(293쪽)

〈예문 4〉

　약을 잘못 썼으리라는 말에 지주사가 신이 나서 여부가 있느냐고 대답하는 것을 들으니 덕기는 가슴이 다 찌르르하는 것같이 놀랐다.

　그러나 지주사는 거기에 대한 분명한 대답은 모피하는 눈치였다.

　덕기는 지주사가 거기 가서는 어름어름해 버리는 것이 더욱 의심이 났다. 무심코 들었던 아내의 말도 다시 머리에 떠오른다. 약은 다른 사라마은 건드리지 못하게 하고 꼭 어멈만 맡겨 달여서 안방에 들여가는 시중만은 자기에게 시키는데, 그나마 조부가 듣는 데서 손주며느리가 약을 안 달이느니 정성이 없느니 하고 들큰거리지나 않았으면 좋으련만 사람을 미치게만 만드니, 이럴 수도 없고 저럴 수도 없다고 아내가 하소연할 제, 수원집의 예증(例症)이거니 하고 들어만 두었으나, 지금 생각하니 그것도 의심이 난다.

어멈이란 위인이 너름새 좋게 뉘게나 굽실대고 일도 시원스럽게 하여 주는 바람에, 처음에는 모두 좋아하였으나 두고 볼수록 뚜쟁이 감이나 기생집 어멈같이 능글능글하고 수다스러운 점이 뉘게나 밉살맞게 보여 왔다. 어쨌든 그 어멈에게 약을 맡겨 달이게 하였다는 것이 덕기에게는 실죽하다. (366~367쪽)

작가연보

염상섭(廉想涉, 1897~1963)은 본명이 상섭(尙燮), 호는 횡보(橫步)이며 서울에서 태어나 보성소학교를 거쳐 일본 게이오대학(慶應大學) 문학부에서 수학하였다. 그는 1920년 2월《동아일보》창간과 함께 기자로 활동하였으며, 1920년 귀국 후,《폐허》를 창간하고, 1921년 일제 강점기 지식인의 정신적 고뇌와 어두운 현실을 그린「표본실의 청개구리」를 발표하여 등단하였다. 또한 그는「만세전」,「제야」등을 발표하여 사실주의 문학의 선구자가 되었다. 봉건지주인 조부와 개화교육파인 부(父), 신세대의 자유주의자인 손자를 대비한「삼대」는 그의 대표작으로 꼽힌다. 그는 1936년 만주로 건너가《만선일보》의 주필 겸 편집국장을 지냈으며, 평론을 통해 프로문학과 대립적인 입장을 취했다. 그는 장편「사랑의 죄」(1927),「이심」(1928),「광분」(1929),「취우」(1952),「무화과」(1931~1932),「모란꽃 필 때」(1934),「그 여자의 운명」(1935)과 단편「암야」(1922),「제야」(1922),「해방의 아들」(1949),「재회」(1948),「임종」(1949),「일대의 유업」(1949),「두 파산」(1949) 등을 발표했다.

저본 1995년 동아출판사 출간『한국소설문학대계』5

찾아보기

이 종 호

건국대학교에서 국어국문학을 전공하고 같은 학교 대학원에서 현대문학을 전공하여 석사·박사학위를 받았다. 건국대학교 미디어커뮤니케이션대학 커뮤니케이션문화학부에서 강의하고 있다. 주로 현대소설과 서사학, 한국문학과 영상예술의 통섭에 관심을 갖고 연구하고 있다.

주요 저서
『이무영 소설의 서술시학』, 『우리말 속담사전』, 『한국 현대소설의 서사담론』, 『한국 현대소설 인물사전』, 『한국문학과 영상예술의 서사미학』, 『한국 서사문학과 문화콘텐츠』 등

주요 논문
「구미호의 '되기 / 생성' 애니메이션 『천년여우 여우비』 연구」, 「동화와 각색 애니메이션의 서사학적 비교 연구」, 「고전소설 『뎐우치전』과 영화 〈전우치〉의 서사구조 비교 연구」, 「서사무가 〈원텬강본푸리〉와 애니메이션 〈오늘이〉 비교 연구」, 「洪命熹의 『林巨正』 硏究」 등

염상섭 『삼대』의 인물 스토리텔링 전략

2015년 3월 25일 초판 인쇄
2015년 3월 30일 초판 발행

지은이 이 종 호
펴낸이 한 신 규
펴낸곳 도서출판 **문현**
주 소 138-210 서울특별시 송파구 동남로11길 19(가락동)
전 화 Tel.02-443-0211   Fax.02-443-0212
E-mail   mun2009@naver.com
홈페이지www.mun2009.com
등 록 2009년 2월 24일(제2009-14호)

ISBN 978-89-94131-83-2   93810   정가 23,000원